Radio Silence

レディオ・サイレンス

Radio Silence

by Alice Oseman

First published in English in Great Britain
by HarperCollins Children's Books,
a division of HarperCollins Publishers Ltd. under the title

This edition published by arrangement with
HarperCollins Publishers Ltd, London
through Tuttle-Mori Agency, Inc., Tokyo

学校はクソだ
なんで勉強なんてしなきゃならない？　さっぱりわからない
なあ
見ろよ、どうだこの顔
学校を気にしてるように見えるか？
ノー

――「lonely boy goes to a rave」ティーン・スーサイド

ユニバースシティ：エピソード1――ダークブルー

UniverseCity　109,982回再生

窮地にある。ユニバースシティに閉じ込められている。助けがほしい。

下にスクロールして文字起こしを表示 >>>

ハロー。
誰か聴いてくれているといいけど。
この呼びかけは、無線《ラジオ》信号で発信している――ずいぶん前時代的だと思うだろう。だけど、シティの監視を逃れる数少ない通信手段のひとつだというのは間違いない。暗闇で助けを求める、必死の叫びが君に届くことを願っている。

ユニバースシティでは、物事は見た目どおりではない。

わたしが誰かを明かすことはできない。だから……レディオ――レディオ・サイレンスと呼んでほしい。わたしは単なる無線《ラジオ》の声に過ぎず、聴いている人は誰もいないかもしれないのだから。

でも――誰も聴いていないとしたら、声を発していることになるんだろうか。

[…]

☆将来

「何の音?」あまりに突然、カリス・ラストが目の前で立ちどまったので、危うくぶつかりそうになった。ふたりとも駅のホームにいた。わたしたちは十五歳で、友達だった。

「え?」何も聞こえていなかった。片耳にイヤホンをつけて音楽を聴いていたから。たしか、アニマル・コレクティヴだったと思う。

カリスは笑った。かなりめずらしいことだ。「ボリューム上げすぎなのよ」彼女はわたしのイヤホンのコードに指を引っ掛けて、耳から引き抜いた。「聞いて」

わたしたちは立ちどまって耳を澄ました。そのとき聞こえてきた音は、ひとつ残らず覚えている。さっき降りた列車が駅を出て町に向かう音。駅員が年配の男の人に〝今日は大雪のためセント・パンクラス行きの高速列車は運休です〟と告げる声。遠くから聞こえる車のブレーキ音。頭上を吹き抜ける風。駅のトイレの水洗音、〝ただいま一番ホームに到着の列車は、八時二分発ラムズゲート行きです〟というアナウンス、雪かきをするシャベルの音、消防車のサイレン、カリスの声、それから……。

何かが燃える音。

わたしたちは振り返り、雪に覆われて死んだような町を見つめた。いつもなら学校が見えるはずの場所に、煙が立ち込めている。

「列車に乗っているとき、どうして見えなかったのかしら」カリスが言った。

「わたしは寝てたから」

「わたしは起きてた」

「じゃあ、外を見てなかったのね」

「学校が焼けたんだとしたら」カリスは歩きだし、駅のベンチにすわった。「七歳のときの願いがかなったことになる」

わたしはしばらく眺めたあと、彼女のとなりにすわった。

「やつらのしわざだと思う？」先月から学校にいろんないたずらを仕掛けて、最近ますますエスカレートしてきている謎のブロガー集団のことだ。

カリスは肩をすくめた。「誰がやったかなんて、どうだっていい。結果に変わりはないもの」

「どうだってよくないわ」事の重大さに気がついたのは、そのときだった。「これって――かなり深刻なことじゃない？　わたしたち、学校を移らなきゃならないかもしれない。見て。C棟とD棟がぜんぶ……焼け落ちてる」わたしはスカートをぎゅっと握った。「D棟にはわたしのロッカーがあるのに。GCSE試験（義務教育終了時に受ける統一試験）のときのスケッチブックが入ってるのに。何日もかけて描いた作品もあるのに」

「なんてこと……」

わたしは身震いした。「どうしてこんなことするの？　たくさんの人の努力を踏みにじって。GCSE試験やAレベル試験（大学進学のための統一試験）のためにがんばってきた成果を台無しにして、みんなの将来に深刻な影響を与えて。文字どおり、人生をめちゃくちゃにして」

カリスはしばらく何か考えて、いったん口を開きかけたが、結局そのまま口をつぐんで何も言わなかった。

1章
夏学期(a)

☆わたしは優等生

「われわれは生徒の幸福、そして生徒の成功を第一に考えています」十二年生の夏学期の保護者懇親会の日、校長のドクター・アフォラヤンは四百人のシックス・フォーム（イギリスの高校で大学進学準備のための最後の二年間）の生徒たちと保護者を前に語った。わたしは十七歳で、女子生徒会長で、二分後のスピーチに備えて舞台の袖にいた。スピーチの内容は決めていないけど、緊張はまったくしていない。そんな自分が誇らしかった。

「今日《こんにち》、世界でアクセスしうる最高の機会を生徒たちに与えることが、われわれの使命だと考えています」

去年、わたしが生徒会長になれたのは、選挙ポスターの写真が二重あごだったからだ。あと、選挙スピーチで〝バズる〟という言葉を使ったから。これは、わたしが選挙をそれほど重く見ていないという印象を与え（実際は真逆だったけど）、みんながわたしに投票したがる結果につながった。大衆がどういうものかをわたしはよく知っている。

にもかかわらず、これから何を話すかはまったく決まっていない。ブレザーのポケットにあったクラブイベントのチラシの裏に走り書きしたことは、ぜんぶアフォラヤン校長に言われてしまった。「本校のオックス・ブリッジ受験対策プログラムは、今年はとくに成果を上げ――」

チラシを丸めて床に捨てる。ぶっつけ本番でいくしかない。

以前にも即興でスピーチしたことはあるから、たいしたことじゃない。それに、アドリブだなんて誰も思わない。そんな可能性すら考えない。わたしがきちんと宿題をするまじめな生徒で、成績は常に上位で、志望校がケンブリッジ大学だということは知れ渡っているから。わたしは先生たちに愛され、同級生たちからは羨望の目で見られている。

わたしは優等生だ。

学年トップの生徒だ。

ケンブリッジに進学して、いい仕事に就いて、たくさんお金を稼ぎ、幸せになるつもりだ。

「そして」アフォラヤン校長が続けた。「この一年、熱心に指導してくれた先生がたにも大きな拍手を送りたいと思います」

聴衆は拍手をしたが、何人かの生徒たちは天井を仰いでいる。「ここで、生徒会長のフランシス・ジャンビエを紹介しましょう」

校長は、わたしの姓の発音を間違えている。ふと見ると、男子生徒会長のダニエル・ジュンが、舞台の反対側の袖からこちらを見ている。ダニエルはわたしを嫌っている。互いにトップを勝ち取ることにしのぎを削る成績至上主義者だから。

「フランシスは二年前に本校に入学して以来、一貫して成績優秀であり、彼女が当アカデミー（イギリスの公立高校の一種）の掲げてきた理想を体現してくれることは、わたくしにとって大きな誇りであります。今日は、彼女自身のシックス・フォーマーとしての体験と、将来の計画について話してもらいます」

立ち上がって舞台に進むわたしは笑みを浮かべ、晴れやかな気分になる。わたしはこのために生まれてきた。

☆語り手

「今回もアドリブじゃないんでしょうね、フランシス」十五分前、ママは言っていた。「前回なんて、スピーチの最後に聴衆に向かって親指を立ててたわよね」

　わたしとママは、舞台裏の廊下にいた。

　ママは保護者懇親会が大好きだ。フランシスの母親だと名乗ったときに、相手が一瞬戸惑いを見せるのが楽しくてしかたがないのだ。どうしてそうなるかと言うと、わたしの肌が浅黒く、ママが白人だから。なぜかほとんどの人がわたしをスペイン系だと思っている。昨年、GCSE試験でスペイン語を選択して、家庭教師について好成績を収めたからかもしれない。

　ママは、わたしがどれほど優秀かを先生がたに繰り返し聞かされるのも大好きだ。

　わたしは、クラブイベントのチラシを振った。「心配しないで。準備は万端よ」

　ママはわたしの手からチラシを取り上げ、目を走らせた。「箇条書きが三つあるだけじゃない。そのうちのひとつは〝インターネットについて何か言うこと〟。これだけ？」

「それで充分。ぶっつけ本番の技術は身についてるわ」

「知ってる」ママはわたしにチラシを返し、壁にもたれかかった。「今回は『ゲーム・オブ・スローンズ』の話を三分ぶっ通しで聞かされるようなことがなきゃいいけど」

「頼むから、思い出させないで」

「だめよ」

わたしは肩をすくめた。「言わなきゃいけないことは、ぜんぶ頭に入ってるわ。わたしは優等生で、大学に進学して、成績は申し分なくて、ハッピーで、そんな感じのことを話せばいいだけ。大丈夫よ」

ときどき、自分がそれしか話していないような気がする。結局のところ、優等生であることだけがわたしの自尊心の源泉だった。わたしはあらゆる意味でかなり悲しい人間だ。でも、少なくとも、大学には進学する。

ママは片眉を上げてみせる。「あなたを見ていると不安になるわ」

それについて考えないようにして、代わりに今夜の計画のことを考える。

家に帰ったら、コーヒーを淹れてケーキを食べる。それから二階に行き、ベッドにすわって、ユニバースシティの最新話を聴く。ユニバースシティというのは、ユーチューブのポッドキャスト番組で、スーツを着た学生の探偵が、モンスターに支配された架空の大学から脱出する方法をさがすというSFものだ。番組の制作者《クリエイター》が誰なのかは誰も知らないけれど、わたしがこの番組にハマった理由は、語り手の声だ。なんともいえず穏やかで、眠りに誘うような声。ちょっと変な表現だけど、まるで髪をなでられているみたいな。

それが帰宅後にしようと思っていることだった。

「ほんとに大丈夫なの？」ママはわたしの目をのぞき込んで尋ねる。わたしが少なくない回数、人前でスピーチするたびに、いつも尋ねてくる。

「大丈夫だってば」

ママはわたしのブレザーの襟を直し、銀色の生徒会長バッジを指でたたく。

そして尋ねる。「どうして生徒会長になりたかったんだっけ？」

わたしは答える。「自分に向いているからよ」だけど、本心は違った。生徒会長になりたかったのは、大学がその肩書きを愛しているからだ。

☆死にそう、いい意味で

スピーチを終えて舞台を降りて、午後になって一度も見ていなかった携帯をチェックする。そのときだった。わたしの人生を永遠に変えてしまうかもしれないツイッターのメッセージを見たのは。わたしはびっくりして咳込み、プラスチックの椅子に腰を下ろし、男子生徒会長のダニエル・ジュンの腕をぎゅっとつかんだ。彼は「うわっ、何だよ」と小声で言った。

「とんでもなくすごいことが起きたの、わたしのツイッターに」

ダニエルは少し興味ありげだったが、〝ツイッター〟という言葉を聞いたとたんに顔をしかめ、さっと手を引っ込めた。わたしが何か恥ずべきことでもしたみたいに、眉間にしわを寄せて、顔を背ける。

ダニエル・ジュンについて知っておくべきおもなことは、いい成績を取れるなら死んでもいいと思っているということ。多くの人にとって、わたしたちはそっくり同じ人間だ。共に成績優秀で、ケンブリッジ大学を目指すわたしたちのイメージは、さしずめ校舎の上空を高く飛ぶ、光輝く学問の神ふたりといったところだろう。

違いといえば、周囲からのライバル視をわたしがくだらないと思っているのに対して、ダニエルは、ガリ勉を極める争いにわたしも参画していると思い込んでいることだ。

話を戻すと、とんでもないことは、実際にはふたつ起きていた。

ひとつ目はこれだ。

@UniverseCity があなたをフォローしました

ふたつ目は、わたしのオンライン・ネーム〈トゥールーズ〉あてにダイレクトメッセージが届いていたこと。

ダイレクトメッセージ ∨ レディオ

はじめまして、トゥールーズ！　突然のことで変に思われるかもしれないけど、君が投稿したユニバースシティのファンアートを見て、とても気に入ったんだ

番組とコラボして、ユニバースシティのエピソードのビジュアルを制作することに興味はない？

番組にぴったりのアーティストをずっとさがしていて、君のスタイルがすごくいいと思ったので

ただ、ユニバースシティは非営利だから、報酬は払えない。だから、答えがノーだとしても完全に理解できる。だけどほんとうに番組を気に入ってくれているみたいだから、興味を持ってもらえるんじゃないかと思って

リスナーたちもきっと気に入ってくれると思う。ほんとうはお金を出したいけど、先立つものが

なくて（学生なので）
とにかく、少しでも興味があれば連絡をください。もしだめでも、君の絵を好きなことに変わりはない、というか、大好きです。それじゃ

レディオx

「じゃあ、話せば？」ダニエルがあきれ顔で言う。「何があったんだよ」

「だから、とんでもなくすごいことが」わたしは声をひそめた。

「それはわかった。で？」

そのとき突然思った。こんなこと、ぜったい人に話せない。そもそも、ユニバースシティが何なのかをたぶん誰も知らないし、そうでなくても、ファンアートはマニアックな趣味だと思われている。ひょっとしたら、18禁のイラストでも描いているんじゃないかと思われるかもしれない。みんなが寄ってたかってわたしのタンブラーをさがしだし、プライベートな投稿をぜんぶ読まれるなんてことになったら、目も当てられない。〈校内随一の秀才で、女子生徒会長のフランシス・ジャンヴィエ、じつはマニアのオタクだった〉なんてゴシップになったら、最悪だ。

わたしは咳払いをした。「えーっと……言っても興味ないと思う。気にしないで」

「あっそ」ダニエルは首を振ってそっぽを向いた。

ユニバースシティが。わたしを。選んだ。専属アーティストに。

死にそう、いい意味で。

「フランシス」ささやくような声。「大丈夫?」

顔を上げると、ダニエルの親友のアレッド・ラストがいた。

アレッド・ラストはいつも、スーパーで母親とはぐれた子どもみたいに見える。童顔で、目がつぶらで、髪が赤ちゃんみたいに柔らかそうだからかもしれない。どんな服を着ていても、なぜかしっくりきていない。

アレッドはうちの学校の生徒ではない。町の反対側にある男子校に通っていて、わたしより三か月しか上じゃないけど、学年はひとつ上だ。ほとんどの人が、ダニエルの親友だという理由で彼を知っている。わたしが彼を知っている理由は、向かいの家に住んでいるからで、彼の双子の姉と友達だったからで、同じ列車で通学しているから。乗る車両は違うし、言葉を交わすこともないけど。

アレッドはダニエルのとなりに立ち、まだ心臓がバクバクしているわたしを見下ろして、おずおずとつけ加える。「えっと、ごめん、その……気分が悪そうに見えたから」

大声で笑いだしたくなるのをこらえて、言葉を絞りだす。

「大丈夫よ」と言いながらも、顔がにやけてくる。たぶん誰かを殺しそうに見えると思う。「ところで、どうしてここにいるの? ダニエルの付き添い?」

アレッドとダニエルは、いつも一緒にいることで有名だ。ダニエルは偉そうにズケズケ物を言うタイプで、アレッドは一日に五十語ほどしか発しないという事実にもかかわらず。

「そうじゃない」いつものように、ほとんど聞こえないほど小さな声。なんだか怯えているみたい。

「アフォラヤン校長にスピーチを頼まれたんだ。大学進学についての」

わたしは彼を見つめた。「うちの学校の生徒じゃないのに?」

「う、うん」

「どうしてそういうことになったの？」

「シャノン校長の提案で」シャノン校長というのは、アレッドの学校の校長だ。「両校の交流のためとかで。ほんとうは友達がやるはずだったんだけど……去年、生徒会長をやってたから……だけど忙しいから……代わりにやってくれないかって……」

話しているうちにだんだん声が小さくなっていく。わたしがじっと見つめているのに、話を聞いていないとでも思っているみたい。

「それで、引き受けたの？」

「うん」

「どうして？」

アレッドは、ただ笑っている。

身体がぶるぶる震えている。

「こいつ、バカだから」ダニエルが腕組みをして言う。

「うん」アレッドは小声で言い、うっすら笑みを浮かべる。

「無理することないよ」わたしは言った。「気分が悪いんだって言ってきてあげる。そうすれば問題ないわ」

「だけど、やらなくちゃ」

「やりたくないことをする必要なんてないのよ」言ったものの、それが真実ではないことはわかっていた。アレッドもわかっているらしく、ただ笑って首を振った。

わたしたちはそれ以上何も言わなかった。

アフォラヤン校長が、再び舞台に立った。「さて、次に男子校の優秀な十三年生、アレッド・ラストを紹介しましょう。彼は九月にはイギリスでも屈指の名門大学に進学する予定です。まあ、Aレベル試験が計画どおりなら、ですが」

保護者たちはどっと笑ったが、ダニエルとアレッドとわたしは笑わなかった。

校長と保護者たちの拍手の中、アレッドが舞台に進み出て、マイクに近づく。何千回と経験しているわたしでも、マイクの前に立つときはいつも胃が少しひっくり返りそうになる。だけど、アレッドを見ていると、その三十億倍は胃がひっくり返る感じがした。

アレッドとは、これまでまともに話したことがない。通学の列車は同じだけど、車両は別々だ。彼のことは何も知らないも同然だった。

「あの、えーっと、こんにちは」今にも泣きだしそうな声。

「アレッドがこんなにシャイだとは知らなかった」小声で言ったが、ダニエルは何も言わない。

「僕は去年……面接を受けて……」

ダニエルとわたしは、アレッドがしどろもどろになりながら話すのを見守った。わたしと同じくらい人前で話すことに慣れているダニエルは、ときおり首を振りながら聞いていたが、ついに言った。「ぜったい断るべきだったな」

見ているのもつらくなり、スピーチの後半は椅子にすわって、ツイッターのメッセージを五十回以上読み返した。気持ちを切り替えて、ユニバースシティのメッセージに集中する。レディオがわたしのアートを気に入ってくれた。夜中の三時、歴史のレポートを完成させる代わりに、九十九ページのスケッチブックに遊び半分で落書きしたキャラクターのスケッチをいいと思ってくれた。こんなことがわたしに起こるなんて、これまで一度もなかった。

アレッドがスピーチを終えて戻ってきたとき、「お疲れ！　すごくよかったわ」と声をかけたけど、わたしがまた真実を言っていないことは、ふたりともわかっていた。

アレッドはわたしと目を合わせた。目の下にクマができている。わたしと同じで夜更かしなのかもしれない。

「ありがとう」彼はそう言って、すぐに行ってしまった。彼と話すのはきっとこれが最後だ、わたしは思った。

☆ やりたいことをやりなさい

車に乗り込むと、ママが「いいスピーチだったわ」と言い終えるのも待たずに、ユニバースシティのメッセージのことを話す。以前、ママをユニバースシティに引き込もうと、コーンウォールへ休暇に向かう車内で、強制的に最初の五話を聴かせたことがある。そのときの反応はこうだった。「なんだかよくわからない。これっておもしろい話？　それとも怖い話？　レディオ・サイレンスというのは女の子？　男の子？　どちらでもないの？　大学が舞台みたいだけど、どうして講義には出ないの？」まあ、もっともな反応だ。少なくとも、ママは『グリー』は一緒に観てくれている。

「詐欺か何かじゃないいんでしょうね」帰りの車の中で、ママは眉をひそめた。「お金を払わないなんて、あなたのアートを搾取しようとしているように思えるけど」

わたしはシートの上に脚を上げる。「ちゃんと認証を受けた、公式ツイッターからの連絡なんだよ」と言ったけど、ママにはそれほどは響かなかったみたい。「わたしのアートをすごく気に入ってくれたから、一緒にコラボしないかって誘ってくれてるの」

ママは何も言わず、眉を上げるだけだ。

「よかったねって喜んでよ」わたしはママに向き直る。

「ええ、よかったと思ってるわ！　素晴らしいことよ！　ただ、あなたのスケッチを盗まれたくないの。あなたが大事にしているものだから」

「盗むだなんて！　わたしを評価してくれてるのよ」

「契約書にサインはしたの？」

「ママ！」わたしはいら立ちの声を上げた。ここで押し問答しても意味はない。「そんな必要ない。どうせ断るんだし」

「え、待って、どういうこと？」

わたしは肩をすくめた。「そんな時間あるわけないもの。あと数か月で十三年生になるし、そうなればやることがいっぱいで、四六時中時間に追われることになる。ケンブリッジの面接の準備もしなくちゃならないし……毎週、エピソードごとに何か描くなんて、どう考えても無理よ」

母さんは眉をひそめた。「よくわからないんだけど。わくわくしてるんじゃなかったの？」

「わくわくしてるわ、もちろん。わたしのアートを気に入って、メッセージを送ってくれたのはすごいことだもの。だけど……現実的に考えると――」

「だけど、こんな機会はなかなか巡ってこないわよ。なにより、あなたは間違いなくやりたがっている」

「そりゃ、やりたいけど……今でも毎日山ほど宿題があるし、これからは、課題も試験勉強もますますキツくなるし――」

「やったほうがいいと思う」ママはまっすぐ前を見て、ハンドルを切る。「あなたは学校の勉強で自分を追い込みすぎてる。今回くらいはチャンスをつかんで、やりたいことをやりなさい」

わたしのやりたいこと、それはこれだ。

こんにちは!!　なんと言うか……すごくうれしいです。わたしのアートを気に入ってもらえたなんて感激です。ぜひ参加させてください！

もし、メールのほうがやりとりしやすいなら、わたしのメールアドレスは　touloser@gmail.com です。ビジュアルについて、どんなアイデアがあるのか聞くのが楽しみです！

じつは、ユニバースシティはこれまで聴いてきた中でいちばん好きなポッドキャストなんです。声をかけてもらったこと、感謝してもしきれません!!

イタすぎるファンだと思われなきゃいいんですけど（笑）！　x x

☆趣味があればいいのに

家に帰ったら、やるべきことがある。家に帰ったら、ほとんど毎日やらなきゃならないことがあるそして実際、ほとんどの時間を勉強にあてている。勉強していないと、時間を無駄にしているように感じてしまうから。これが悲しいことだというのは自覚していて、趣味があればいいのにととずっと思っていた。サッカーとかピアノとかアイススケートとか。だけど現実には、わたしの特技は試験でいい点を取ることだけだ。ありがたいことだ。感謝はしている。逆だったらもっと悲しいことになっていた。

その日――ユニバースシティのクリエイターからメッセージを受け取った日、わたしは家に帰って何もしなかった。

ベッドに倒れ込み、ノートパソコンの電源を入れ、タンブラーの自分のページにアクセスする。ファンアートはここにぜんぶ投稿してある。ページをスクロールしていく。クリエイターはこの中のどれを見たんだろう。どれもくだらない落書きばかりだ。歴史のレポートも、美術の課題も、生徒会選挙のスピーチも五分だけ忘れて、頭のスイッチをオフにして眠るために、描いたものばかりだ。

クリエイターからの返信がないか、ツイッターを開いてみる。メッセージはない。メールもチェックしてみたが、メールもない。

わたしはユニバースシティが好きだ。

これがわたしの趣味なのかもしれない。ユニバースシティのファンアートを描くことが。

だけど、趣味というより、人に知られたくない秘密のように感じる。

それに、ファンアートなんて何の意味もない。売れるものでもないし、友達に見せるものでもない。わたしをケンブリッジに入学させてくれるものでもない。

画面を下にスクロールし続ける。何か月も前まで、そして去年やおととしまでさかのぼる。あらゆるものを描いてきた。さまざまなキャラクター――語り手のレディオ・サイレンスや、レディオの仲間たちを。物語の舞台――暗くすんだ近未来の大学、ユニバースシティを。悪役や武器やモンスターを。レディオのルナ・バイクやレディオのコスチュームを。紺青《ダークブルー》ビルや孤独の道《ロンリー・ロード》、そして二月の金曜日《フェブラリー・フライデー》さえも。あらゆるものを、ひとつ残らず描いてきた。

どうして描いたんだろう。

どうしてそんなことをしたんだろう。

それは、わたしが心から楽しめるたったひとつのことだから。勉強以外にわたしが打ち込めるたったひとつのことだから。

違う――待って。それじゃあまりにも悲しすぎる。そこまで変人じゃない。

眠る手助けをしてくれるから、ただそれだけだ。

たぶん。

わからない。

わたしはノートパソコンを閉じて、おやつを取りに階下に行き、それ以上考えるのはやめにする。

☆ごくふつうの十代の女の子

「それじゃ」何日かあとの夜の九時、車がパブ・スプーンズの向かいにとまるとわたしは言った。

「お酒とドラッグとセックスをたっぷり楽しんでくるね」

「へえ」ママがにやっと笑う。「うちの娘がそんなにワイルドだったとはね」

「ほんとのこと言うと、これが百パーセント、リアルなわたしなの」車のドアを開け、舗道に飛び出して大声で言う。「死なないから心配しないで！」

「終電に乗り遅れないようにね！」

その日は試験休みに入る前日で、この店で友達みんなと待ち合わせて、町のクラブ、ジョニー・リチャーズに繰りだすことになっていた。クラブに行くのは初めてで、ほんとはすごく怖かったけど、同じグループの子たちとは没交渉寸前だったから、行かないとみんなから〝一軍の友達〟と見なされなくなり、日々の生活に支障をきたすかもしれないと思ったのだ。チャラいシャツを着た酔った男たちと、マヤとレインがスクリレックスの曲に合わせてわたしをぶざまに踊らせようとすること以外、何が待っているかは想像もつかない。

ママの車は走り去った。

通りを渡り、パブのドア越しに中をのぞく。奥の席で、友人たちがお酒を飲んで笑っている。みんないい子たちだけど、一緒にいるとちょっと緊張する。意地悪されるとかじゃなく、すごく特別な目で見られるから。優等生のフランシス。ガリ勉でオタクで退屈な生徒会長。それはあながち間違いじゃないけれど。

バーカウンターに行き、ウォッカのレモネード割りをダブルで頼む。IDを見せろとは言われない。念のために偽物を用意していたのに。ちょっとびっくり。わたしはいつも十三歳くらいに見られるから。

友達のいる奥の席へ向かう。若い男性グループや、クラブに行く前に一杯引っかけている人たちをかき分けて進むうちに、ますます緊張してくる。

まじめな話、わたしはごくふつうの十代の女の子であることを、怖がるのをやめる必要がある。


「え、フェラチオ?」みんなからレインと呼ばれるロレイン・セングプタは、わたしのとなりにすわっている。「そんなのしても意味ないわ。男なんてみんなへなちょこ。そのあとじゃ、キスだってしたがらなくなるんだから」

グループの中でいちばん声が大きく、それゆえリーダーであるマヤは、テーブルにひじをつき、空のグラス三つを前にしている。「ねえ、待って。みんながそうってわけじゃないわ」

「だけど、たいていはそうよ。だから、放っておけばいいの。やるだけ無駄よ、ダーリン」

〝ダーリン〟という言葉は皮肉で言ったんじゃないと思うけど、なんだか落ち着かない気分になってくる。

一連の会話は、わたしの人生には関係なさすぎることだから、十分間ずっとメールを打っているふりをしていた。

レディオからは、ツイッターの返信もメールもまだない。あれからもう四日たつ。

「いや、カップルがお互いの腕の中で眠るなんてありえないからね」レインが言う。さっきとは別の話題に移っている。「そんなのメディアの嘘だと思う」

「あら、ダニエル！」

マヤの声に、わたしは携帯から目を上げた。ダニエル・ジュンとアレッド・ラストがわたしたちのテーブルの横を歩いていく。ダニエルはグレーの無地のTシャツとジーンズ。初めて会ったときから、彼が柄のある物を着ているのを見たことがない。アレッドも、ダニエルが選んだのかと思うほど、同じような無地の上下だ。

ダニエルがちらっとこっちを見て、一瞬わたしと目が合ったけど、すぐにマヤに挨拶を返す。「よお、楽しんでる？」

ふたりは会話をはじめた。アレッドはダニエルのうしろにひっそり立っている。背中を丸めて、隠れようとしているみたい。わたしと目が合うと、アレッドはさっと目をそらした。

ダニエルたちがほかの子たちと話しているあいだ、レインが身を寄せて小声で訊いてくる。「あの子は誰？」

「アレッド・ラスト。男子校に通ってる」

「ああ、カリス・ラストの双子の弟」

「そう」

「あなた、前はカリスと友達じゃなかった？」

「えっと……」

どう答えればいいんだろう。

「まあね。列車の中で話すことはあった。たまにだけど」レインは、たぶんわたしがグループの中でいちばん話をする相手だ。ほかのみんなのように、わたしを勉強の虫だとからかうことはない。

と、元生徒会長が「気が進まないなら、無理にジョニー・リチャーズに行く必要はないよ。僕たちを話しているのか耳をそばだてる。「うん、今日はダニエルに説得されたんだ！」とアレッドが言う
　アレッドはふたりに笑いかけている。彼にダニエル以外の友達がいるのはいいことだ。三人が何
る前、男子校の一般公開日に参加したときに、ふたりがスピーチするのを見たことがある。
型はツーブロック）が、以前ラグビー部のキャプテンをしていたからだ。シックス・フォームにな
のシャツを着ている）が去年、男子校の生徒会長だったからで、左側の子（がっしりした体格で髪
人目を引くところがある。そのとき気づく。そう感じるのは右側の子（オリーブ色の肌でチェック
　そのとき、ふたりの男子がやってきてアレッドに話しかける。どちらも背が高くて、どことなく
「うん、たぶん」わたしは答える。
　ほんとうのことだから、文句は言えない。
とを、勉強だけしかしてこなかった、人生経験がないに等しい変わり者みたいに扱う。
　さっきも言ったように、ここにいる子たちはみんな意地悪なわけじゃない。だけど、わたしのこ
身を乗りだし、サメみたいにニカッと笑う。
「さあ、フランシス、ジョニー・リチャーズに繰りだす準備はいい？」友人のひとりがテーブルに
居心地が悪そうだ。
　アレッドは手に持ったドリンクをひと口飲みながら、店の中をちらちら見まわしている。すごく
　レインはうなずく。「そう」
ないし、右側の髪を刈り上げてるし。彼女が変わったことをしても、誰もあまり驚かない。
いる気がする。だけど、彼女はユニークでクールな存在であることに成功している。生徒会長じゃ
わたしがもっと素をさらけ出せば、きっと気の合う友達になれると思う。ユーモアのセンスが似て

もクラブに移る前に引き上げようと思ってるんだ」と言って、ラグビー部のキャプテンを見る。キャプテンはうなずいて、「帰りの足が必要なら声をかけてくれ！　車で来てるからさ」と言う。

正直に言うと、わたしも同じように好きなときに家に帰れたらと思う。だけど、そんなことできない。わたしは自分のやりたいことをするのが怖くてたまらない。

「大丈夫かな」ひとりの友達の声が、わたしを現実へと引き戻した。

「良心がうずくわ」別の子が言う。「フランシスは世間知らずなのよ！　無理やりクラブに連れていって、お酒を飲ませるなんて、堕落させようとしてるみたい」

「だけど、ひと晩くらい勉強を休む権利はあると思う！」

「酔ったフランシスを見てみたいな」

「泣き上戸になるかな」

「いや、羽目をはずすと思う。わたしたちの知らない一面があるんじゃない？」

何と言っていいかわからない。

レインがわたしをひじで突っつく。「大丈夫よ。変な男にからまれそうになったら、ドリンクをこぼしたふりをして引っかけてやるから」

誰かが笑う。「レインならほんとにやるわよ。前にもやったことがあるんだから」

わたしも笑う。何か気の利いたことが言えたらいいと思うけど、黙っている。みんなと一緒にいるときのわたしは、楽しい人間じゃないから。ただの退屈な子だから。

グラスに残ったドリンクを飲み干し、あたりを見まわす。ダニエルとアレッドはどこに行ったんだろう。

レインがカリスのことを持ちだしたとき、ちょっと胸がざわついた。誰かがカリスを話題にすると、いつもそうなる。カリスのことは、あまり考えたくない。

カリス・ラストは十一年生のときに家出した。わたしは十年生だった。理由は誰も知らないし、気にする人は誰もいない。彼女にはあまり友達がいなかったから。ほんとうのところ、友達はひとりもいなかった。わたし以外には。

☆ 別々の車両

わたしがカリスに出会ったのは、十五歳のとき、学校に行く列車の中だった。

朝の七時十四分、わたしは座席にすわっていた。

彼女は、高いカウンターから誰かを注意する図書館司書みたいに、わたしを見下ろした。髪はプラチナブロンドで、目が隠れるほど厚く前髪を伸ばし、太陽の光が彼女のシルエットを天国の亡霊のように浮かび上がらせていた。

「あら、あなた、どうしてそこにすわってるの？　そこはわたしの席よ」

意地悪だと思えるかもしれないけれど、まったくそんな感じはなかった。

なんだか変な感じだった。お互いに顔だけは何度も合わせたことがあったから。

わたしとカリスとアレッドは、毎朝地元の駅のベンチにすわり、夕方はいつも最後に列車を降りた。中学に入ったときからずっとそうしていた。だけど、一度も話したことはない。そういうことってよくあると思う。

彼女の声は、想像していたのとは違っていた。リアリティ番組の『メイド・イン・チェルシー』に出てくるセレブみたいな気取ったアクセントだけど、いやみな感じはなく、チャーミングで、酔っているみたいなゆっくりと穏やかな口調だった。そのときのわたしが、彼女よりもかなり小さかったことは言っておくべきだろう。彼女が威厳のある妖精《エルフ》だとすれば、わたしは小鬼のグレムリンだった。

言われてすぐに、彼女の言うことが正しいと気づいた。ここは彼女の席だ。なぜかはわからないけど、わたしはいつもと違う車両にすわっていた。

「あっ、ごめんなさい、移動します」

「え？　ああ、違うの。移動だなんて、そんなつもりで言ったんじゃないの。ごめん。いやな感じだったわよね」彼女はわたしの向かいの席に腰を下ろした。

カリス・ラストはにこりともせず、わたしのように愛想笑いをする必要も感じていないようだった。わたしはひどく感銘を受けた。

アレッドはカリスと一緒じゃなかったけど、そのときは、変だと思わなかった。このことがあってから、姉弟がいつも別々の車両に乗っていることに気づいたけど、とくに変だとは思わなかった。アレッドのことはよく知らなかったし、気にもならなかった。

「いつもはもっとうしろの車両だよね？」まるで、中年のビジネスマンみたいな口調だった。

「ええ、まあ」

彼女はわたしに向かって眉を上げた。「同じ村だよね？」

「ええ」

「ひょっとして、うちの向かい？」

「たぶん」

カリスはうなずいた。話しているあいだずっと無表情なのが、妙な感じだった。わたしの知っている人たちは、いつも笑顔でいなくちゃいけないと思っているみたいだから。その落ち着きのせいで、彼女は実際よりもかなり年上に見え、なんだか高貴な感じがした。

彼女がテーブルの上に手を置いたとき、いたるところに小さな火傷の痕があることに気がついた。

「そのセーター、いいわね」彼女は言った。

何を着ているんだっけと、わたしは下を見た。一月初旬で凍えるような寒さだったから、わたしはスクールセーターの上にもう一枚、重ね着をしていた。制服のブレザーからのぞいているのは、悲しい顔をしたコンピューターが描かれたセーターだった。買ったものの友達に笑われそうで、人前で一度も着ていない多くの服の一枚だ。好みの服は、ふだんは家でしか着ない。

「そ、そう？」聞き間違いじゃないかと思い、一瞬口ごもった。

カリスは笑った。「そうよ」

「ありがとう」わたしは、小さく首を振りながら言った。自分の手を見下ろし、それから窓の外を眺めた。列車がガタンと揺れ、わたしたちは村の駅を出発した。

「どうして今日はこの車両にすわったの？」彼女が尋ねた。

そのとき初めて、彼女をまともに見た。いつもは地元の駅のホームの端にすわっている、ブロンドに髪を染めた女子生徒でしかなかった彼女が、向かいの席にいて、わたしと話をしている。まだ中学生なのに校則違反の化粧をして、大柄で大人っぽく、どことなく強い感じがした。どうしてこんなに堂々としていられるんだろう。どうして笑わないんだろう。彼女は、必要とあらば人を殺せそうに見えた。自分が何をしているのかをいつもわかっているように見えた。彼女と話すのがこの日だけではないことが、なぜかはっきりわかった。だけど、この先どんなことが起こるのかは、わかるはずもなかった。

「どうしてかな」わたしは答えた。

☆聴いてくれているといいけど

ジョニー・R《リチャーズ》に移動するのにふさわしい時間になるまで、さらに一時間あった。わたしは落ち着けと自分に言い聞かせ、迎えにきてとママにメッセージを送るのを必死にこらえた。そんなのダサすぎる。自分がヘタレなのは百も承知だけど、他人にはまだばれていないはずだ。

そろそろいい時間になり、クラブに向かおうと全員が立ち上がった。頭がふわふわして、足元が少しふらつくけれど、レインがわたしのトップスを指して、「これ、いいわね」と言うのはわかった。ごくシンプルなシフォンのカットソーで、選んだのは、マヤが着そうだと思ったからだ。

アレッドたちのことはほぼ完全に忘れていたけれど、通りを歩いている最中に携帯が鳴った。ポケットから取りだして画面を見る。ダニエル・ジュンからだ。

ダニエルがわたしの番号を知っているのは、男子と女子の生徒会長として、一緒にさまざまな学校行事を運営してきたからというだけで、これまで電話がかかってきたことは一度もない。学校行事に関する事務的なメッセージが四、五回送られてきただけだ。〝ケーキスタンドを準備するのは君だっけ、それとも俺だっけ？〟とか、〝校門で来場者を案内するから、君は玄関でチケットを回収してくれ〟とか。ダニエルがわたしを嫌っているという事実もあって、どうして彼が電話をかけてきたのかさっぱりわからない。

だけどわたしは酔っている。だから電話に出た。

フランシス（F）：もしもし？
ダニエル（D）：（くぐもった声と、大音量のダンスミュージック）
F：もしもし、ダニエル？
D：もしもし？（笑い声）黙れ、黙れったら――もしもし？
F：ダニエル？　どうしたの、電話なんてしてきて
D：（笑い声）（さらに大音量のダンスミュージック）
F：ダニエル？
D：（電話が切れる）

わたしは携帯を見た。

「何なの」声に出して言ったけど、誰も聞いていないみたい。

体育会系の男子グループとすれ違いざまに肩がぶつかり、歩道を踏みはずして、気がつくと車道を歩いていた。なんでこんなところにいるんだろう。ほんとうなら勉強をしたり、レポートを仕上げたり、数学の復習をしたり、レディオから届いたメッセージを読み返したり、動画のためのアイデアをスケッチしたり、やるべきことは山ほどあるのに。こんなところにいるのは、はっきり言って、完全に時間の無駄だ。

また電話が鳴った。

F：ダニエル、いいかげんに――
アレッド（A）：フランシス？　フランシスなの？

F：アレッド？

A：フランシーーーーーーーース（ダンスミュージック）

アレッドのことはほとんど知らない。今週になるまでほとんど話したこともなかった。

どういうこと？

これは何？

F：えっと、どうして電話してきたの？

A：その……ダンが――ダニエルが、いきなり電話して君を驚かせようとしたんだ……うまくいかなかったようだけど

F：……ふーん

A：……

F：今どこ？　ダニエルも一緒なの？

A：うん、一緒にジョニー・リチャーズにいる……変だよね、ジョニーが誰なのかも知らないのに……ダンが……（笑い声、くぐもった声）

F：……大丈夫？

A：大丈夫だよ……ごめん……ダニエルがリダイヤルして、携帯を渡してきたんだ。僕も何がなんだかわからなくて。どうして君と話してるんだろう！　ハハハ

友人たちを見失わないように、少し早足になる。

F：アレッド、ダニエルが一緒なら、もう切るわよ

A：うん……えーっと……ごめん

なんだかアレッドが気の毒になってきた。彼はどうしてダニエルなんかと友達なんだろう。ダニエルに振りまわされているんじゃないだろうか。ダニエルは誰にでも偉そうにする。

F：気にしないで

A：ここは好きじゃない

わたしは眉をひそめる。

A：フランシス

F：何？

A：ここは好きじゃない

F：……ここって？

A：君はここが好き？

F：だから、どこのこと？

一瞬、沈黙があった——ダンスミュージックと話し声と笑い声だけがかすかに聞こえる。

F：アレッド、ダニエルがそこにいるかどうかだけ教えて。あなたの心配をせずに夜遊びできるように

A：ダニエルがどこにいるのかわからないんだ……

F：わたしに家に連れて帰ってほしいってこと？

A：ねえ……なんだか……無線でしゃべってるみたいだね……

わたしの思いは、即座にユニバースシティと、レディオ・サイレンスに飛んだ。

F：ちょっと、酔っぱらいすぎよ

A：（笑い声）ハロー。誰か聴いてくれているといいけど……

電話が切れた。最後の言葉を聞いて、心臓が飛びだしそうになった。

「ハロー。誰か聴いてくれているといいけど」小声でつぶやく。

この二年、何度も繰り返し聴いてきた言葉。スケッチブックの吹き出しや、寝室の壁に何度も繰り返し書いてきた言葉。第二次世界大戦中のラジオみたいな古風なアクセントの、数週間ごとに入れ替わる男性と女性の声で、何度も繰り返し聴いてきた言葉。

ユニバースシティの各エピソードの冒頭の言葉だ。

「ハロー。誰か聴いてくれているといいけど」

☆クリエイター

ドアマンは、わたしが見せた運転免許証に疑問を持たなかった。レインのお姉さんのリタのものだ。リタはインド系で、髪はベリーショートのストレート。いくらなんでも、インド系の女の子と、イギリスとエチオピアのミックスのわたしを見間違えることなんてあるだろうかと思ったけど、すんなり通してもらえた。

ジョニー・リチャーズは、夜十一時までは入場無料だった。やりたくないことにお金をかけたくないわたしにとって、これは朗報だ。

友人たちについて中に入る。

そこは、思い描いていたとおりの場所だった。

酔った人たち。点滅するライト。大音量の音楽。うわついた会話。

「ねえ、もう少し飲む？」レインが十五センチの近さから叫んでくる。

わたしは首を振る。「ちょっと気持ち悪くて」

それを聞いて、マヤが笑う。「ちょっと、フランシス！　どうしちゃったの？　さあ、もう一杯だけ！」

「ごめん、トイレに行ってくる」

マヤは、もうほかの誰かと話しはじめている。

「ついて行ってあげようか？」レインが訊く。

わたしは首を振る。「ううん、大丈夫」

「わかった」レインはわたしの腕を取って、向こうの隅の暗がりを指さした。「トイレはあそこ！　バーカウンターで待ってるね」

わたしはうなずく。

だけど、トイレに行くつもりはない。

レインは手を振り、歩き去る。

わたしはアレッド・ラストをさがすつもりだった。


友人たちがバーカウンターで楽しげにおしゃべりしているのを見届けるとすぐに、二階へ向かう。そこではインディーズ・ロックが流れているけど、一階よりもずっと静かでほっとする。大音量のダンスミュージックに、パニックになりかけていたから。電子音に囲まれていると、まるでアクション映画のテーマ曲みたいに、あと十秒で爆発が起きるみたいな気がしてくる。

そして、そこにアレッド・ラストがいた。わたしのすぐ足元に。

アレッドがユニバースシティの冒頭の言葉を口にするまでは、さがしに来るつもりはなかった。だけどあれは――ぜったい偶然なんかじゃない。彼はあの言葉を正確に口にした。一言一句違わずに。声の出し方までそっくりそのままだった。〝誰か〟の〝だ〟の音の舌足らずな感じ、〝誰か〟と〝聴いて〟のあいだのわずかなギャップ。そして、言葉の最後にほほ笑むような感じ。

アレッドも聴いているんだろうか。

これまで、あのポッドキャストを聴いたことがある人には出会ったことはない。

酔いつぶれたアレッドが、クラブからつまみ出されなかったのは驚くべきことだ。それとも眠っているのか。とにかく彼は壁にもたれ、床にへたり込んでいる。誰かがそこにすわらせて、どこかへ行ってしまったんだろう。きっとダニエルだ。ちょっと意外。ふだんダニエルはアレッドを守る存在だから。少なくとも噂ではそうだ。ひょっとすると逆だったのかもしれない。

アレッドの前にしゃがみ込む。彼がもたれている壁は、結露でぐっしょり濡れている。彼の腕をつかみ、音楽に負けじと叫ぶ。

「アレッド！」

もう一度揺さぶってみる。彼はすやすや眠っている。ライトの点滅で頬が赤やオレンジに照らされて、まるで子どもみたいだ。

「ねえ、死んじゃだめよ。わたしの一日を台無しにしないで」

彼ははっと目を開くと、壁からはね起き、わたしのおでこにまともに頭をぶつけた。

あまりの痛さに、言葉も出ない。ようやく「くそっ」とつぶやいたとき、左の目尻から涙がひと粒こぼれた。

身体を丸めて痛みをこらえていると、アレッドが叫んだ。

「フランシス・ジャンヴィエ！」

姓の発音は完璧だ。

そして、続ける。「僕、君の顔を殴ったの？」

「殴るなんて生やさしいもんじゃないわ」丸めた身体を起こして叫び返す。

アレッドは笑うかと思ったけど、明らかに酔いのまわった目を大きく見開いて、「どうしよう、ほんとにごめん」と言うだけだ。そして、酔っているからか、わたしのおでこに手を当てて、おまじないでもするみたいにやさしくなではじめる。

「ほんとにごめん」彼は、心の底から心配そうな顔をしている。「ねえ、泣いてるの？　あ、今の、『ピーター・パン』のウェンディみたいだ」一瞬視線がぐらつき、またわたしをまっすぐ見つめる。

「ねえ、どうして泣いてるの？」

「泣いてなんかいない……まあ、心の中では泣いてるかもしれないけど」

アレッドが声を上げて笑いだす。こっちまでおかしくなってきて、わたしも声を上げて笑う。彼は頭を壁までのけぞらせ、口を手で覆って笑っている。アレッドはすごく酔っていて、わたしは頭がずきずきしていて、そこはひどい場所だったけど、ほんの数秒、すべてがすごくハッピーに思えた。

笑いが収まると、アレッドはわたしのデニムジャケットをつかみ、肩を支えにして床から立ち上がった。立ったとたんに壁に手をついて、ぐらぐらする身体を支えている。わたしも立ち上がる。これからどうすればいいんだろう。アレッドがこんなに酔っているとは思いもしなかった。そもそも、彼のことはあまりよく知らない。これまでは気にする理由もなかった。

「ダンを見た？」彼はまたわたしの肩で身体を支えて、焦点の合わない目でのぞき込んでくる。

「え？　ああ、ダニエルね」わたしの知り合いで、彼をダンと呼ぶ人はいない。「見てないわ、残念だけど」

「そう……」足元に目を落とした彼は、また子どもみたいに見える。さらさらの長い髪は、十四歳にこそふさわしく、ジーンズとセーターはあまり彼に似合っていない。なんだかとても……うまく説明できない。

そう、ユニバースシティのことを訊きたかったんだ。

「外に出ない？」そう言ったけど、アレッドには聞こえなかったみたい。彼の肩に腕を回し、ベースの響きと熱気の中、人混みをかき分けて階段へと向かった。

「アレッド！」

その声にわたしは足をとめ、アレッドは体重のほとんどをわたしに預けながら、声の方を振り返った。

「あれ」ダニエルが満杯のグラスを手に、踊る人たちをかき分けて近づいてくる。

ダニエルはシンクいっぱいの汚れた皿でも見るようにわたしを見た。「来てたんだ」

「来てちゃ悪い？」「あなたが電話をかけてきたんでしょ、ダニエル」

「アレッドが君と話したいって言ったからだよ」

「アレッドは、あなたがいたずら電話をかけたんだと言ってたけど」

「どうして俺がそんなことしなくちゃならない？　小学生じゃあるまいし」

「じゃあ、どうしてアレッドがわたしと話したがるの？　親しくもないのに」

「どうして俺に訊くのさ」

「あなたが彼の親友で、今夜ずっと一緒にいたから」

ダニエルは黙っている。

「そうか、ずっとじゃなかったわね。わたしがアレッドを床から救出したんだった」

「救出？」

ちょっと笑ってしまう。「あなたが、酔いつぶれた親友をクラブの床に放置したからよ、ダニエル」

「違う！」ダニエルは水の入ったグラスを掲げる。「アレッドのために水を取りに行ってたんだ。俺はそんなひどいやつじゃない」

これは初耳だけど、彼に伝えるのはやめておく。

代わりに、わたしに半分寄りかかっているアレッドに尋ねる。

「どうしてわたしに電話したの？」

アレッドは眉を上げ、人差し指でわたしの鼻を軽くたたいた。「好きだからだよ」

冗談だと思って笑ったが、アレッドは笑わなかった。彼はわたしから腕をほどき、もう片方の腕をダニエルに回した。ダニエルはうしろに少しよろけて、グラスの水がこぼれないよう片手を上げた。

「変だよね」アレッドはほんの数ミリのところまでダニエルに顔を近づける。「十六年くらい、ずっと僕のほうが背が高かったのに、急に背が伸びて僕より大きくなるんだから」

「たしかに変だ」ダニエルが、ここ数か月見てきた中でいちばん笑顔に近い表情を浮かべる。アレッドがダニエルの肩で目を閉じると、ダニエルはアレッドの胸をやさしくとんとんたたく。そしてアレッドに何かささやいて、水を渡す。アレッドは黙って受け取り、水を飲む。

その様子を見守っていると、ダニエルはわたしがいるのを思い出したようだ。

「そろそろ帰る？　帰るなら、アレッドを家まで送ってもらいたいんだけど」

わたしはポケットに両手を突っ込む。もう一秒だってここにはいたくない。「いいわよ」

「さっきはアレッドを床に放置したわけじゃない。水を取りに行ってたんだ」

「もう聞いたわ」

「だけど、信じてなさそうだったから」

わたしは黙って肩をすくめる。

ダニエルがアレッドをわたしの方に移動させると、彼はすぐわたしの肩に手を回し、袖に水をこぼした。

「こんなところに連れてくるんじゃなかった」ダニエルは誰にともなくつぶやいた。アレッドを見つめる目には、後悔のようなものが浮かんでいる。わたしの腕の中で今にも眠りに落ちそうなアレッドの顔に、クラブのライトの点滅が映っている。

「あれ……」通りに出たとたん、アレッドがつぶやいた。「ダンは？」

「あなたを家まで送るよう、彼に頼まれたの」みんなにはどう説明すればいいだろう。駅に着いたら、忘れずにレインにメールしなくちゃ。

「そう」

思わず彼を見る。さっきとは違う、保護者懇親会のときのあのシャイなアレッドの声だ。ささやくような声と、おどおどした目の、あのときのアレッドだ。

「いつも同じ列車だったよね」アレッドとわたしは、誰もいない大通りを歩きはじめる。

「うん」

「君とカリスはいつも一緒――だった」

カリスの名前に、一瞬心臓がびくんとなる。

「ええ」

「姉は君のことが好きだった。いつだって……」

何か別のことを考えているみたい。カリスのことは話したくないから、あえて訊きだそうとはしない。

「アレッド、ユニバースシティって聴いてる？」わたしは尋ねた。

アレッドが突然足をとめ、支えていたわたしの腕が落ちる。

「え？」街灯がアレッドをオレンジ色に照らし、〈ジョニー・R〉のネオンサインが彼のうしろでやさしくまたたいている。

わたしは目をしばたたく。どうして訊いちゃったんだろう。

「ユニバースシティ？」彼は目をとろんとさせて、クラブの中にいるみたいな大声で言う。「どうして？」

わたしは目をそらす。彼はじっとこちらを見ている。まあいい。彼がこの会話を覚えていることはないだろう。「いいの、気にしないで」

「気にするよ」彼は歩道の縁石を踏みはずし、またわたしに倒れかかりそうになる。目は大きく見開かれている。「どうしてそんなこと訊くの」

わたしも見つめ返す。「それは……」

彼は待っている。

「さっきの言葉……引用なのかなと思って。なんとなく……」

「聴いてるの？　ユニバースシティ」

「ええ、まあ」

「……信じられないな。うちのチャンネル登録者はまだ五万人もいないのに」

え？

「どういうこと？」

アレッドが身を乗りだしてくる。「どうしてわかったの？　ダンはぜったい誰にも見つからないと言ってたのに」

「え、どういうことなの？」今度はもっと強く言う。「見つかるって何が？」

アレッドは何も言わず、にこにこしている。

「ユニバースシティを聴いてるの？」もう一度訊いた。だけどこの時点では、質問の意図がわからなくなってきていた。自分以外の誰かが同じくらい夢中になっていると知って、自分がそれほど変人じゃないと安心するためなのか、それともアレッドが隠していることを聞きだすためなのか。

「ユニバースシティは僕だよ」アレッドが言う。わたしは立ちつくす。

「え？」

「僕がレディオなんだ。レディオ・サイレンス。ユニバースシティのクリエイターだ」

わたしはただ立ちつくす。

ふたりとも無言だった。

一陣の風が吹き抜ける。女の子たちの笑い声が近くのパブから聞こえる。車の盗難アラームが鳴り響いている。

アレッドが横を向く。まるで、わたしには見えない誰かがとなりにいるみたいに。

そして、またまっすぐ前を向き、わたしの肩に手を置いて、顔を真剣にのぞき込む。「大丈夫？」

「だって……どう言えばいいのか……」どう言えばいいのかわからない。この二年間、ユーチューブのポッドキャスト番組に夢中になっていて、それはひとりのエイジェンダー（男女どちらでもない、もしくは性別の概念を必要としない性自認）の大学生が活躍するSFアドベンチャーで、その主人公は常に手袋をはめていて、特別なパワーと探偵の能力で街で起こるさまざまな謎を解決するんだけど、その街の名前はこれまで聞いた中でいちばんくだらない語呂合わせで、わたしの部屋にはこのドラマをテーマにしたスケッチブックが三十七冊あって、実生活ではその番組を聴いたことのある人に一度も会ったことがなくて、これまで誰にもその番組の話をしたことがなくて——それがたった今、試験休みに入る前日、ジョニー・Rのすぐ外で、その人のお姉さんとわたしが少しのあいだ親友で、生まれてからずっとうちの向かいに住んでいて、素面のときはずっと黙っているような子が、そのクリエイターだとわかったのだから。

無口で小柄な金髪のその十七歳は、大通りに立っている。

「聞かせてよ」アレッドはかすかな笑みを浮かべる。まだすごく酔っているみたい——自分が何を言っているのか、わかっているんだろうか。

「何時間もかかるわよ」わたしは言った。

「聞くよ、何時間でも」彼は言った。

1章
夏学期(b)

☆アレッド・ラストがベッドに

自分の部屋には人を入れたくない。秘密を暴かれるかもと思うと恐怖だから。たとえば、ファンアートの趣味とか、インターネットの履歴とか、今でもテディベアと一緒に寝ていることとか。

とくに、誰かがわたしのベッドで寝るなんてぜったいにいやだ。十二歳のとき、泊まりにきた友達と一緒に寝ているときに、たまごっちが野太い声でしゃべりだす悪夢を見て以来ずっと。そのときは友達の顔を殴ってしまい、その子は鼻血を出して大泣きした。この出来事は、わたしの過去のほとんどの友人関係を正確に映しだしている。

それなのに、今夜、アレッド・ラストがわたしのベッドにいる。

笑うしかない。

いや、笑いごとじゃない。

アレッドとわたしが列車から降りて（アレッドに関しては、転がり落ちて）、駅から村につながる石段を下りるとき、アレッドは、ダニエル・ジュンが家の鍵を持っていると言いだした。ポケットに鍵が入ったジャケットを、ダニエルが着ていってしまったのだそうだ。母親を起こしたりしたら、冗談じゃなく首を切り落とされるとアレッドは言った。彼のお母さんはアカデミーの保護者会の理事をしていて、アレッドの様子があまりに真に迫っていたから、一瞬、ほんとうにそうなるかもと思った。アレッドのお母さんのことは、以前から威圧感のある人だと思っていた。たったひと言で、わたしの自尊心を粉々に打ち砕き、それを飼い犬に投げてやりかねない、みたいな。まあ、わたしの自尊心なんてたかが知れているけど。

とにかく、わたしは「うちに泊めてくれってこと？」と言った。完全にジョークのつもりだったけど、彼はわたしの肩にもたれかかって「まあ……」みたいなことを言い、道の真ん中にしゃがみ込んだ。その瞬間、わたしはこうなることはとっくにわかっていたみたいに声を上げて笑った。

「わかった、いいわよ」どうせ彼はすぐに寝てしまうし、わたしは、男女が同じベッドにいて何も起こらないはずがないと考える、偏見まみれの中年おやじじゃない。

家に入ると、アレッドは何も言わずにわたしのベッドに倒れ込み、わたしがパジャマに着替えてバスルームから戻ってくると、背を向けてすやすや眠っていた。わたしは明かりを消した。

わたしももう少し酔っていればよかった。いつものように眠りにつくまでにたっぷり二時間かかった。そのあいだは、携帯でゲームをするか、タンブラーをチェックするか、そうでなければ、寝室の穏やかなブルーの光に照らされた彼の後頭部を見ているしかなかった。この大きなダブルベッドで最後に一緒に寝たのはカリスで、そのときわたしは十五歳、彼女は家出する数日前だった。目を細めると、ベッドで寝ているのが、同じブロンドで、妖精みたいに尖った耳をしたカリスに見えなくもない。だけど目を開けると、そこにいるのは明らかにアレッドで、カリスじゃない。そのことになぜかほっとする。なぜかはわからないけど。

アレッドは髪を切ったほうがいい。そう思い、ふと気づく。彼が着ているのは、ダニエルのセーターだ。

☆ 言わなくてもわかる

十一時ごろ、わたしが先に目覚める。アレッドがゆうべからまったく動いていないように見えるので、死んでいないかを素早く確かめてから（死んでなかった）、ベッドを出る。ゆうべの行動をひとつひとつ振り返ってみる。そのすべてがわたしの自己評価と見事に合致している。押しに弱い。赤の他人の身を守るために自分を面倒な立場に追い込みがち。訊かなくてもいいことを訊いて深く後悔しがち……。アレッド・ラストがベッドにいるこの状況は、典型的なフランシスのやらかし事案だ。彼が目を覚ましたとき、いったいどう説明すればいいんだろう。

おはよう、アレッド。あなたがいるのはわたしのベッドよ。たぶん覚えていないわよね。言っておくけど、無理やり連れてきたんじゃないわよ。ところで、あなたが創ったあのユーチューブのポッドキャストのことだけど。わたし、ずっと前からハマってるの。

ああ。

わたしは階下に直行する。ママに見つかる前に知らせておいたほうがいい。知らないうちに、わたしに金髪で小柄で気の弱そうな彼氏ができたと思われたら面倒だ。

ママはリビングで、ユニコーンの着ぐるみ姿で『ゲーム・オブ・スローンズ』を観ていた。わたしがリビングに入り、ソファのとなりに腰を下ろすと、顔を上げた。

「おはよう」ママはドライ・シュレディーズの箱から、シリアル・スナックをひとつ口に放り込む。

「眠そうね」

「うん」言ったものの、ここからどう話せばいいかわからない。

「ディスコは楽しかった?」ママはにやにやしながら言う。ママはいつも、二十一世紀のティーンのすることとなんて何ひとつわからないというふりをする。彼女にとって、これは教師に皮肉を言うことと並ぶ娯楽だ。「盛り上がった?　フィーバーした?」

「もちろん盛り上がったわ。ジャイブなんかを踊って」わたしは腰を振ってみせる。

「いいわね、すごくいい。そうやって男をムラムラさせるのね」

思わず噴きだす。笑ったのはおもに、わたしがこれまでどんな状況であれ、男をムラムラさせたことがあるという考えに対してだ。そのあと、ママはゆっくりとした動作でリモコンの一時停止ボタンを押した。シュレディーズの箱を脇に置いて、わたしの目を見すえ、校長先生が机の上でするみたいに、膝の上で両手の指を組む。

「ところで、あなたのベッドで眠っているあのキュートな男の子は誰なの?」

あ、なるほど。

「ああ」わたしは笑って言う。「あのキュートな男の子ね」

「部屋に洗濯ものを取りに行ったときに見たんだけど」ママはそのときのことを再現するように手を広げる。「最初は大きなテディベアかと思ったわ。それか、このあいだネットで見せてくれた日本のアニメの抱き枕」

「えっと……そうじゃなくて、本物。あれは本物の人間よ」

「服を着ていたから、いかがわしいことはしていないと思うけど」

「ママ、その〝いかがわしい〟ってフレーズ、やめてくれない?　皮肉のつもりだとわかってても、瞬間接着剤で耳をふさぎたくなるわ」

ママはしばらく何も言わず、わたしも何も言わなかった。そのとき、二階で大きな物音がした。

「アレッド・ラストよ」わたしは言った。「カリスの弟の」

「友達の弟？」ママが声を上げて笑う。「おっと、一気にラブコメっぽくなってきたわね」

おかしいけど、笑うところじゃない。ママは真顔になる。

「どういうことなの、フランシス？ ゆうべはもっと遅くまで友達と遊んでくるんじゃなかったの？ これからは試験勉強にかかりきりになるんだから、学年末の打ち上げくらい思いっきり楽しむべきよ」

ママは憐れむようにわたしを見る。常日頃、わたしが学校の勉強にとらわれすぎだと考えているのだ。ママは、いろんな意味でふつうの親とはまるっきり違うけど、どういうわけか、いい親であることには成功している。

「アレッドが酔っぱらって、連れて帰らなきゃならなかったの。だけど鍵がなくて、彼のお母さんってちょっとおっかない人みたいだから」

「ああ、キャロル・ラスト」ママは唇をすぼめ、何かを思い出すように、斜め上を見る。「郵便局で会うと、いつも話しかけてくるわ」

またドスンという音が二階から聞こえた。ママが上を見て眉をひそめる。「けがをしたんじゃないでしょうね」

「様子を見に行ったほうがよさそう」

「そうね、行って彼氏の様子を見てきなさい。窓から逃げだそうとしてるのかもしれないわよ」

「ちょっと、ママ、彼氏なら窓から逃げようなんて思うわけないでしょ」

ママは、いつもの穏やかな笑みを浮かべる。それを見るたびに、ママはわたしが知らないことを知っているんだという気にさせられる。わたしはソファから立ち上がった。

「逃がしちゃだめよ！　人生のパートナーを捕まえる、唯一のチャンスかもしれないんだから！」

そのとき、たぶんママに言っておいたほうがいいことがもうひとつあるのを思い出す。

「ところで」戸口で振り返りながら言う。「ユニバースシティって覚えてる？」

笑顔が困惑の表情へと変わる。「覚えてるけど？」

「あれね、アレッドが創ったやつだった」

そのとき気づいた。アレッドは、自分がユニバースシティのクリエイターだと話したことをたぶん覚えていない。最悪。やっかいなことがまた増えてしまった。

「どういう意味？」

「ツイッターのメッセージを送ってきたのは彼だったの。アレッドがユニバースシティのクリエイターなの。きのう知った」

ママは、ただわたしを見つめている。

「いいよ」わたしは言った。「言わなくてもわかる」

☆ 変人

部屋に戻ると、アレッドはベッドの脇にうずくまり、コートハンガーを鉈《なた》のように握りしめていた。入っていくと、さっと振り向いてこっちを見る。その目は殺気だっていて、長い髪が寝ぐせであちこちとび跳ねている。そして、なんだか……石みたいに固まっている。まあ、気持ちはわかる。

どう言葉をかければいいのか、一瞬迷った。

「ひょっとして……ハンガーでわたしの首をはねようとしてる？」

彼はまばたきをひとつして、武器を下ろして立ち上がった。恐怖が多少は薄らいだみたい。服装はもちろん昨夜と同じで、ダニエルのワインレッドのセーターとジーンズだけど、そのとき初めて、彼がすごく素敵なスニーカーを履いていることに気づいた。ライムグリーンで、靴ひもは蛍光パープル。どこで買ったんだろう。すごく気になる。

「フランシス・ジャンヴィエ？」アレッドは言った。姓の発音は相変わらず完璧だ。

彼はふうっと息を吐き、ベッドにすわり込む。

まるで違う人を見ているみたいだ。彼がクリエイターで、レディオ・サイレンスの声の主だと知ったあとでは、いつものアレッド・ラストには見えない。ダニエル・ジュンの静かな影で、存在感がなく、何を言われてもただほほ笑んでうなずくだけの、言ってしまえば、宇宙でいちばん退屈で個性のない人物には見えない。

彼がレディオ・サイレンスなんだ。二年以上ものあいだ、ユーチューブの番組を創ってきたんだ。

あの美しい、宇宙的な広がりのある物語を。

おっと、これじゃまるで推しに出会ってとろけそうになっているファンの女の子だ。これはかなり気まずい。

「ああ、よかった」酔いのさめた彼の声はとても小さく、ふつうの会話に慣れていなくて、無理して声を出しているみたいに思える。「誘拐されたのかと思った」そう言って膝にひじをついて、両手に顔をうずめる。

彼はしばらくうずくまったままで、わたしは戸口にぎこちなく立っていた。

「あの……ごめん」わたしはいったい何にあやまっているんだろう。「あなたが泊めてほしいって言ったの。わたしが誘い込んだわけじゃないのよ。やましい気持ちは一切なかったわ」アレッドが顔を上げ、目を大きく見開く。わたしは思わずうめく。「やだ、これってやましい気持ちのある人が言うことだよね」

「かなり気まずいね」アレッドは唇をゆがめて、笑みらしきものを浮かべる。「あやまらなきゃならないのは、僕のほうだ」

「ほんと、超気まずいわね」

「もう帰ったほうがいいかな」

「えっと……」わたしは口ごもった。「そうね、帰りたいのなら、とめるつもりはないわ。わたし、誘拐犯じゃないから」

アレッドはわたしをじっと見つめる。

「あの、僕たち……その……何もしてないよね」

あまりに突飛な考えに、思わず噴きだしてしまった。よく考えると、ちょっと失礼だったかも。

「まさか。あなたは紳士だったわ」

「よかった」彼はうつむいた。何を考えているのかはわからない。「もしそうなら、気まずいどころじゃないよね」

またしても沈黙が落ちる。アレッドが帰る前に、ユニバースシティのことを話さなきゃ。彼は明らかに何も覚えていないようだし、わたしは嘘が下手で、秘密を胸にしまっておくのがすごく苦手だから。

アレッドがようやく、握りしめていたコートハンガーを下ろす。

「ところで君の部屋、すごく素敵だね」彼は恥ずかしそうに言い、『ナイト・ヴェールへようこそ』のポスターに顔を向ける。「これ、僕も好きなんだ」

すごくよくわかる。『ナイト・ヴェールへようこそ』は、わたしがハマっているもうひとつのポッドキャスト番組だ。だけど、ユニバースシティのほうがもっと好き。とにかく、キャラクターが最高にいい。

「こういうのに興味があるとは知らなかったな」

「うん」どういうつもりで言ったんだろう。「だよね」

「君は……その……勉強が好きだし……生徒会長だから……」

「ああ、そうね」わたしはぎこちなく笑った。学校はわたしの生活の中心で、わたしのすべてだ。だから、彼の言うことはたぶん正しい。「もちろん……わたしにとって成績はすごく重要。生徒会長だってことも……志望校がケンブリッジだってことも。がんばって――勉強しないと。だから……そうね」

それを聞いていたアレッドが、ゆっくりとうなずく。「うん、わかるよ」その言葉には、『ナイト・

ヴェールへようこそ』のポスターに対する反応の半分も、気持ちがこもっていないように思える。わたしを見つめていることに気づいて、彼は下を向いた。「ごめん、よけいに気まずい感じになっちゃったね」彼は立ち上がり、片手で寝ぐせを直した。「帰るよ。もうあまり会うこともなくなるね」

「え？」

「もう授業はないから」

「そう」

「うん」

わたしたちは見つめ合った。気まずいったらない。わたしのパジャマのズボンの柄は、ティーンエイジ・ミュータント・ニンジャ・タートルズだ。

「ユニバースシティを創ってるって、話してくれたよね」早口すぎて、聞きとれなかったかも。この話題を持ちだすのはどうやっても簡単じゃないから、勢いにまかせて言ってしまうほうがいいというのがわたしの理論だ。これまでも、たいていのことはそうやって乗り切ってきた。

アレッドは何も言わず、呆然とした顔で、あとずさりをする。

「僕が……」何かを言いかけた声が途絶え、沈黙だけが残る。

「あなたがどれくらい覚えているかはわからないけど、わたし大げさじゃなく……」完全に頭がおかしいと思われかねないことを口走りそうになり、ぐっとこらえる。「あなたの番組がすごく、すごく大好きなの。はじまったときからずっと聴いてるわ」

「えっ？」彼は心底驚いているようだった。「だって、二年以上も……」

「ええ」わたしは笑う。「嘘みたいでしょ」

「すごく……」彼の声が少しだけ大きくなる。「すごくクールだ」

「わたし、本気で好きなの。たとえば、登場人物に血が通っていてすごく感情移入できるところとか。とくにレディオのエイジェンダーの描写のすべてが、ほんと天才的で。女の子の声が初めて登場したときの回なんて、二十回くらい聴いたんだから。だけど、男性、女性どちらかわからないときの声もすごくよくて、超感動した。あれって……どの声にも男女の区別がないって意味よね？　レディオは性別を超越しているってことなのよね。それに、サブキャラもみんなすごくよくて、だけど『ドクター・フー』みたいに、誰が誰を好きとかそういうのがなくて、それぞれが個としてしっかり確立しているのがいいし、誰もが常にレディオと親友ってわけじゃなくて、ときには敵になるのもすごく共感できる。あと、ひとつひとつのエピソードがおもしろいのはもちろんだけど、先の展開がどうなるかがまったく読めないところが神だと思う。さらに、進行中のプロットも謎だらけで、たとえば、どうしてレディオが手袋を外せないのかとか、紺青《ダークブルー》ビルに何が隠されているのかとか、レディオがこの先、アカギツネと会うことになるのかとかはまったくわからないし、二月の金曜日《フェブラリー・フライデー》が何者なのかについては、尋ねたいとも思わない。そんなことしたらすべてが台無しだもの。とにかく、もうすべてが最高すぎて……どれだけ好きか言葉にできないほどよ。冗談抜きで」

わたしが語るあいだ、アレッドの目はどんどん大きくなっていき、途中でまたベッドにすわり込んだ。終わりに近づいたころ、彼はセーターの袖で手を隠した。一気に話し終えたとたん、わたしは話したことすべてを後悔した。

「番組のファンに会ったのは初めてだ」アレッドは、また聞き取れないほどの小さな声に戻っている。そして急に笑いだした。ゆうべみたいに片手で口を覆って。あのときも思ったけど、どうしてそんなことをするんだろう。

わたしは横目で床をちらっと見る。

「それとね……」わたしは口を開きかけた。彼がツイッターで連絡してきたファンアート・クリエイターのトゥールーズはわたしだと伝えなくては。そのとき、この先の展開が脳裏をよぎった。わたしが彼に話し、彼がパニックになり、わたしは三十七冊のスケッチブックを彼に見せ、彼がさらにパニックになり、クレイジーだとわたしに叫び、逃げだし、二度と会うこともなくなる――。

わたしは首を振った。「えっと、何を言おうとしていたか忘れちゃった」

アレッドは片手を下ろした。「そう」

「きのう、そのことを聞いたときのわたしの顔、見せたかったわ」わたしは作り笑いをする。

アレッドもにっこりしたが、緊張しているように見える。

わたしは下を向く。「だから、そうね……えーっと、わたしが言いたいのは……帰りたければ、帰ってもいいってこと。ごめん」

「あやまらなくていいよ」アレッドがささやくように言う。

ごめんなんて言ってごめんと喉まで出かかったのを、ぐっとこらえる。

アレッドは立ち上がった。だけど出ていこうとしない。言いたいことがあるけど、どんな言葉を選んでいいか迷っているように見える。

「それとも……朝食を食べていく？　もしよければ。無理にとは言わないけど」

「そんな……悪いよ」口元のかすかな笑みを見て、初めて彼の考えていることがわかった気がした。

「いいの。うちに人が来ることはめったにないから……うれしいわ！」言った瞬間、それがどれだけ悲しく聞こえるかに気づく。

「それじゃあ、お願いしようかな」

「オーケー」

彼は最後にもう一度、わたしの部屋を見まわした。机や、床や、いたるところに散らばった授業のプリントや試験勉強のノートに目をとめたあと、視線が本棚に向けられる。そこには、ケンブリッジの面接に備えて読むつもりの古典文学と、ママが十六歳の誕生日にプレゼントしてくれたスタジオジブリの作品全巻を含むＤＶＤがごちゃまぜに入っている。それから、彼は窓の外の自分の家に目をやった。どの窓が彼の部屋なのかはわからない。

「ユニバースシティのことは、誰にも話したことがなかった」アレッドはわたしを振り返った。「変人だと思われるだろうと思って」

それにふさわしい返答は百とおりもあったけど、わたしは言った。

「わたしも」

それから、また沈黙が落ちた。たぶん、わたしたちは自分たちの身に起きていることを理解しようとしていたんだと思う。わたしに知られたことを彼が喜んでいたのかは、今もわからない。あのとき、わたしが知っていると話さなければ、すべてがもっといい方向に進んだかもしれないと思うことがある。一方で、わたしが生きてきて話したことの中で最高のことだったと思うこともある。

「じゃあ……食べようか」わたしは言った。この会話が、この出会いが、この突拍子もない偶然が、ここで終わるはずがないと思えたから。

「うん、そうだね」彼の声は相変わらず静かで恥ずかしそうだったけど、まだここにいて、もう少しわたしと話したいという意思はたしかに感じられた。

☆きっと何百万ポンドも稼げる

実際には、彼はそれほど長居はしなかった。たぶん、わたしがこの状況に対して精神的に機能停止に陥っていることに気づいていたんだと思う。とにかく、わたしは彼にトーストを焼き、質問攻めにしたいという欲求を極力こらえた。ユニバースシティのことを知っているのは誰か（ダニエルだけ）、創ろうと思ったきっかけは（退屈だったから）、どうやっていろんな声を出せるのか（編集ソフトで）を尋ねたあと、ちょっと落ち着こうと思い、自分のためにシリアルを取ってきて、キッチンカウンターの彼の向かいにすわった。五月で、夏まではまだ間があったけど、キッチンの窓からの日差しがまぶしかった。

わたしたちは学校のこと、試験休みのこと、試験勉強の進み具合といった、差しさわりのない会話を交わした。ふたりとも美術の試験は終えていたけれど、彼はまだ英文学、歴史、数学が残っていて、わたしは英文学、歴史、政治学が残っていた。彼は全教科でA＊を取れると予想していた。全国でトップクラスの大学に合格した人にとっては、驚くべきことじゃない。そして、試験についてはなぜかそれほどストレスを感じないんだと言った。わたしはストレスがひどすぎて、シャワー中にありえないほど髪が抜けることを黙っておいた。

しばらくして、彼が頭痛薬はあるかと訊いてきた。トーストをあまり食べておらず、目が充血して涙目になっていることに気づいたのはそのときだった。あの日、うちのキッチンのカウンターでの彼の様子は、これまで何度も思い出した。日差しの中で、彼の髪と肌の色はまるで同じに見えた。

「夜遊びはよくするの?」頭痛薬と水を入れたグラスを渡しながら尋ねる。

「ううん」彼は言って、少し笑った。「ほんとは、外出はあまり好きじゃない。人づき合いが苦手なんだ」

「わたしもそう。ジョニー・Rに行ったのは、ゆうべが初めてなの。思ってた以上に汗臭かったわ」

彼はまた手で口を押さえて笑う。「ほんと、不快だよね」

「壁なんか、びっしょり濡れてたし」

「そう!」

「ウォータースライダーを取りつけてもいいくらいだった。まじめな話、スライダーがあればもっと楽しめたのに」わたしはスライダーみたいに手をくねらせた。「酔って乗れるウォータースライダーがあれば、お金を払ってもいいわ」

ばかみたい。なんでこんなことを言っちゃったんだろう。わたしは、アレッドが〝何をくだらないことを〟みたいな顔をするのを待った。

だけど、彼の反応は違った。

「僕なら、酔って遊べるお城のバルーン遊具にお金を払うよ。フロア全体がバルーンになった部屋があればいいのに」

「子どものプレイランドみたいな部屋はどう?」

「モンキー・ビズに行ったことある?」

「もちろん!」

「あそこに、タイヤのブランコで遊べるボールプールの部屋があるのを知ってる? あんなのがほしいなあ」

「わたしもほしい。ねえ、作ろうよ。きっと何百万ポンドも稼げるよ」

「うん、ぜったい稼げる」

ふたりとも食べているあいだ、沈黙があったけど、気まずい沈黙じゃなかった。


アレッドが帰るとき、玄関の戸口でわたしは言った。

「そのスニーカー、どこで買ったの？　すごく素敵」

彼は、宝くじが当たったと言われたみたいな顔でわたしを見た。「エイソスで買ったんだ」

「そう、いいわね」

「これ……」彼は一瞬ためらった。「ちょっと変だよね。女性用のコーナーにあったんだ」

「女物には見えないけど」わたしは彼の足元を見た。「かと言って、男っぽくもない。ま、ただのスニーカーね」彼に目を戻してにっこりしたけれど、どういう意味で笑ったのか自分でもわからない。

彼はわたしをじっと見つめた。今度はまったく表情が読めなかった。

「わたしだって男物のコートを持ってるわ。それにね、プライマークのメンズコーナーって、クリスマス柄のセーターをさがすのにぴったりなのよ」

アレッド・ラストは手に袖口をかぶせた。

「ユニバースシティを好きだと言ってくれて、ありがとう」彼はわたしの目を見ずに言う。「あんなふうに言ってもらえて……すごく……うれしかった」

伝えるのは今しかない。

ツイッターで彼が連絡をしたアーティストがわたしだと。

だけど、彼のことはよく知らない。どんな反応をするか想像もつかない。たしかに、これまで会った人たちの中で、誰より打ち解けて話せる人だとは思うけど、まだ安心はできない。

「よかった！」わたしは言った。

彼が手を振ってうちの前庭から去っていったあと、ふと思う。少なくともこの数週間で、同世代の子たちの中ではいちばん長くしゃべったかもしれない。友達になれそうな気がするけど、そういうのはやっぱりちょっと変かもしれない。

部屋に戻り、ベッドの下からスケッチブックがのぞいているのを見て思う。彼が知っていればいいのに。カリスのことを考える。彼女のことを話すべきだろうか――アレッドはわたしたちが友達だったことを知っている。というより、アレッドはわたしとカリスが一緒にいたあいだ、ずっと同じ列車に乗っていたんだった。

あのファンアートのクリエイターがわたしだと、彼に伝える必要がある。先延ばしにしていると、彼がわたしを嫌いになるかもしれない。そんなことになってほしくない。嘘をついてもいいことなんてひとつもない。それはもうわかっているはずだ。

☆ パワー

カリスは一度も嘘をつかなかった。だけど、真実を百パーセント話すこともなく、なぜかそちらのほうがわたしを傷つけた。そのことに気づいたのは、彼女がいなくなったあとのことだ。

わたしたちの列車の中での会話は、もっぱら彼女の日常に関することだった。お母さんや学校の友達や先生と口論したこと。失敗した小論文や、だめだった試験のこと。家を抜けだして行ったパーティーで酔っぱらったこと。そして、学年の噂話。カリスにはわたしにないものすべてがあった——ドラマ、感情、たくらみ、パワー。わたしには何もない。わたしには何も起こらない。

でも、彼女は真実をすべては語らず、わたしはそれに気づかなかった。光り輝く彼女の存在と、途方もないエピソード、そしてプラチナブロンドの髪に目をくらまされて、彼女とアレッドが毎朝別々に駅に着き、帰りはいつもアレッドがわたしたちの二十メートルうしろを歩くことを不思議に思わなかった。ふたりが一緒に話したり、となりにすわったりすることが一度もないのをおかしいとも思わなかった。何も疑問に思わず、注意を払うこともなかった。

何も見えておらず、気がつかなかった。同じ失敗は二度と繰り返さない。

ユニバースシティ：エピソード2――スケーター・ボーイ

UniverseCity　84,873回再生

これからは仲間を増やしていくつもりだ。君からの連絡があるまでは、生き残ることが最優先だ。

下にスクロールして文字起こしを表示 >>>

[…]

彼は素晴らしいバイクを持っている。それは間違いない。三つの車輪を持ち、暗闇で光る。そしてもちろん、素手を使える誰かが近くにいてくれるととても役に立つ。手袋を常に着けていなければいけないのがどれほど苦痛か、言葉では言いつくせない。

なぜ彼に助けを求めたのか、今でもわからない。これまでずっと、ひとりで生き延びてきた。けれど、君に呼びかけて以来、たぶん……少し考えが変わったのかもしれない。

ここから脱出するには、街の仲間たちとの連携が欠かせない。ユニバースシティには、君たちの世界では想像することもできないものが、金属の塵の中にうごめいている。モンスターや悪魔、人工的に作り上げられた忌まわしいものどもが。

毎日死者が報じられる。孤独なはぐれ者が講義からの帰り道で。疲れた変人が図書室の片隅で。哀れな若い女性がベッドの中で。

つまり、何が言いたいのかと言うと、友よ。

ユニバースシティをひとりで生き抜くのは不可能だという結論に、わたしがたどり着いたということだ。

[…]

☆オンライン

ママとピザを食べながら『フィフス・エレメント』を観ていると、携帯がブルッと震え、フェイスブックにメッセージが届いたことを知らせた。友達の誰かだろうと思って手に取り、表示された名前を見て、ピザを喉に詰まらせそうになった。

(19:31) **アレッド・ラスト**
やあ、フランシス、もう一度お礼を言いたくて。ゆうべは連れて帰ってくれてありがとう。せっかくの夜を台無しにしてしまったんじゃないかな……ほんとにごめんxx

(19:34) **フランシス・ジャンヴィエ**
ぜんぜんいいわよ!!　気にしないで!!　<3
ほんとのところ、あんなところにはもう一秒だっていたくなかったの……それで、家に帰る口実にあなたを利用したってわけ。嘘じゃないわ

(19:36) **アレッド・ラスト**
それならよかった!
ジョニー・Rに行くのは緊張するから、飲んでから行ったほうがいいと思ったんだ。だけど、飲

む量を間違えたみたいw
あんなに酔っぱらったのは生まれて初めてだ

(19:37) **フランシス・ジャンヴィエ**
気にすることないわ!! ダニエルもいてくれたから、ぜんぜん問題ない! あのとき、彼、あなたに水を持ってきてくれたのよ ☺

(19:38) **アレッド・ラスト**
うん、そうだね ☺

(19:38) **フランシス・ジャンヴィエ**
:D

そのあと、ふたりともしばらくオンラインにしたままだった。もっと何か話したかったし、アレッドもそんな感じだった。だけど、それが何なのかふたりともわからず、それで、アプリを閉じて映画に集中することにした。だけど、考えられるのは彼のことだけだった。

☆ストップモーション

翌日の日曜日は、わたしが試験勉強をスタートさせようと決めていた日であり、数学の微分の問題を解いている最中にレディオ・サイレンス——アレッド——からのメールを受け取った日でもあった。

Radio Silence <universecitypodcast@gmail.com>

こんにちは、トゥールーズ。

ツイッターのメッセージに返信してくれてどうもありがとう！　番組に参加したいと思ってくれてうれしいよ。少し前から、ビジュアル面で何かやりたいと考えていたんだ

メールはこのあと何行か続き、アレッドはさまざまなアイデアを語った——わたしのブログにあるような、リピートするピクセルアートのＧＩＦ画像とか、ホワイトボードを使ったストップモーション・アニメとか、荷が重すぎなければ、ユニバースシティの新しいロゴの作成とか。彼はわたしに、最後までつき合う覚悟があるかと尋ねた。当然だ。チャンネル登録者を失望させるわけにはいかない。もしやるなら、わたしが正式に引き受けるなら、よほどの理由がなければ途中でやめることはできない。

そう考えると吐きそうになる。

数学の問題を解いていたノートに携帯を置く。メールの文字とノートの数字が、一瞬混ざって見える。

アレッドに、わたしだと伝えなければ。

また友情をだめにしてしまう前に。

☆ #自意識過剰

月曜日の夜になって、ようやくアイデアを思いつく。

あのスニーカーのことを尋ねよう。そこから会話をはじめればいい。

そこからどうにかして、彼がメールを送った、ポッドキャストのファンアートの作者のトゥールーズがわたしだと打ち明ける流れにもっていけばいい。

問題は、どうすればそんな流れにできるかということ。

大丈夫、どうにかなる。

アドリブの練習は、これまでたっぷり積んできた。

(16:33) **フランシス・ジャンヴィエ**
アレッド!!　たいしたことじゃないんだけど、あのスニーカー、どこで買ったんだっけ??　ほしくてたまらなくなっちゃって、ぶっちゃけもう一時間もウェブサイトをあちこちさがし回ってるの

(17:45) **アレッド・ラスト**
やあ!　あれはエイソスで買ったんだけど、ヴァンズのすごく古いモデルだから、たぶんもう売ってないと思うよ

（17:49）**フランシス・ジャンヴィエ**
なーんだ。残念

（17:50）**アレッド・ラスト**
役に立てなくてごめん!! ☹
慰めるわけじゃないけど、ダンは僕があれを履くたびに、十二歳のガキみたいだと言ってわざと顔をしかめるんだ

（17:52）**フランシス・ジャンヴィエ**
どうりで気になるわけだ。わたしのクローゼットの中身って、十二歳っぽいものばかりなの。精神年齢が十二歳だから

（17:53）**アレッド・ラスト**
えーまさか!　学校ではあんなに隙なくビシっとキメてるのに?

（17:53）**フランシス・ジャンヴィエ**
まあね……ガリ勉の生徒会長としての評判をキープしなきゃならないから
家では、シンプソンズのTシャツとか、バーガー柄のセーターとか、そんなのばかりよ

（17:55）**アレッド・ラスト**
バーガー柄のセーター??　見てみたいな
（17:57）**フランシス・ジャンヴィエ**
［今着ているセーターの自撮り写真――ハンバーガーがあちこちに散らばっている］
（17:58）**アレッド・ラスト**
すごい、めちゃくちゃイケてるね
僕のセーターも同じサイトのかな??　ちょうど今、着てるんだけど
（17:58）**フランシス・ジャンヴィエ**
え、嘘!!
見せて見せて
（18:00）**アレッド・ラスト**
［今着ているセーターの自撮り写真――両袖にＵＦＯが描かれている］
（18:00）**フランシス・ジャンヴィエ**
ヤバっ
すごい好みなんだけど

そういうのを着るなんて知らなかった。ウケる。あなたの私服って、いつも超地味だと思ってたから

（18:01）**アレッド・ラスト**
うん、人に笑われるんじゃないかって、いつもびくびくしてる……バカみたいだよねｗ

（18:02）**フランシス・ジャンヴィエ**
そんなことない。わたしもまったく同じ
まわりのみんなは、いつもファッショナブルでクールだから……もしわたしがバーガー柄のセーターで現れたら、そのまま家に送り返されると思う

（18:03）**アレッド・ラスト**
君の友達って、そんなに意地悪なの??

（18:03）**フランシス・ジャンヴィエ**
ううん、いい子たちよ。ただ……なんていうか、ときどきわたしはみんなと少し違うって感じるの。わたしって、#自意識過剰だよね!!!!

（18:04）**アレッド・ラスト**
そんなことない。その気持ち、わかるよｗ

結局、夜の十時すぎまでフェイスブックでチャットしたけど、夜中の三時になって、自分がファンアートの作者だと告白するのを完全に忘れていたことを思い出してパニックになり、そのあとさらに二時間眠れなかった。

☆頭でっかち

「ほんと、バカよね」水曜日、わたしが状況の一部始終を伝えると、ママは言った。「頭の悪いバカじゃなくて、自分をわざわざ困難な状況に追い込んで、考えすぎてそこから抜けだせなくなるタイプの、頭でっかちなバカ」

「それって、わたしの人生そのものだ」わたしはリビングのカーペットに腹ばいになって、数学の過去問に取り組み、ママはソファの上にあぐらをかいて、紅茶を手に『ママと恋に落ちるまで』の再放送を観ていた。

ママがため息をつく。「ただささらっと伝えればいいのよ。わかってるんでしょ？」

「フェイスブックで伝えるには、重大すぎる気がして……」

「じゃあ、家に行ってくれば？　道をはさんだすぐ向かいに住んでいるんだから」

「まさか。今どき誰も人の家のドアをいきなりノックなんてしないよ」

「じゃあ――大事な話があるから今から行くって、メッセージを送れば？」

「それだと、愛の告白だと思われる」

ママはまた、ため息をつく。「じゃあ、どうするつもり？　このままじゃ、試験勉強に集中できないと言ってたでしょ？　あなたにとって、大事なことじゃないの？」

「大事だよ！」

「アレッドのことは、よく知らないんでしょ？　どうしてそんなに悩む必要があるの」

「月曜日にさんざんチャットで話したのに、今になって伝えるのが気まずいのよ」

「よくあることよ」

わたしはカーペットに寝ころがり、ママの顔をまともに見た。

「友達になれそうな気がするの。今度は失敗したくない」

「ああ、フランシス」ママは同情するようにわたしを見た。「友達ならほかにもたくさんいるじゃない」

「みんなが好きなのは、学校でのフランシス《スクール・フランシス》なの。ありのままのフランシスじゃなくて」

☆ 対数

これまでずっと試験ではいい成績を取ってきたけど、試験の前はいつもパニックになる。よくあることかもしれないけど、指数関数や対数のせいで泣くとなると、どう考えてもふつうじゃない。とにかく、対数は数学の試験の中でもまったく実用性のない項目で、わたしのノートにはそれに関する記述がまったく見当たらず、教科書の説明は何の役にも立たない。数学のASレベル試験のときにやったことは、今となっては何ひとつ覚えていない。

試験前日の午後十時二十四分、わたしはママと一緒にリビングの床にすわっていた。ありったけの数学のノートと教科書が、床じゅうに散らばっている。ママはノートパソコンを膝に置き、いろんなサイトをクリックしては、対数についてまともな説明がないかをさがしている。わたしは、その夜、三度目に泣きそうになるのを必死でこらえていた。

ひとつの項目の説明を物理的に見つけられないせいで、成績が下がるかもしれないと考えると、自分で自分を刺したくなる。

「電話で訊ける人はいる?」ママはまだグーグルの画面をスクロールしながら尋ねた。「クラスに相談できる友達は?」

数学のクラスにはマヤがいるけど、数学は大の苦手で、力になってくれるとは思えない。たとえそうだとしても、メッセージを送れるかどうかは微妙だ。グループチャット以外で、彼女にメッセージを送ったことはない。

「いないわ」わたしは言った。

ママは心配そうな顔をして、ノートパソコンを閉じた。「もう寝たほうがいいんじゃない、フランシス」とやさしい声で言う。「疲れていると、試験でろくなことにならないわ」

寝たくはないから、何と言っていいかわからない。

ママが言う。「もうできることはないと思う。これはあなたのせいじゃない」

「わかってる」わたしは言った。

それで、ベッドに入った。

そして、泣いた。

はっきり言って、かなり情けない。それがわたしだ。

だから、そのあととった行動も、それほど驚くことじゃない。

わたしはアレッドにメッセージを送った。

(00:13) フランシス・ジャンヴィエ

起きてる?

(00:17) アレッド・ラスト

うん、起きてるよ。どうしたの?

(00:18) フランシス・ジャンヴィエ

ごめんね、またいきなりメッセージしちゃって……

今夜はちょっと大変だったからw

(00:19) **アレッド・ラスト**
ぜんぜんいいよ!!!!　何かあったの??
抱えていることがあるなら、話したほうがいいよ

(00:21) **フランシス・ジャンヴィエ**
わかった、じゃあ話すわ。明日は数学C２の試験なの
それで、試験勉強していたら、項目まるごとすっ飛ばしてたことに気づいたの
よりにもよって、すごく難解な項目で――対数?
それで、ふと思ったんだけど（あなたが今、忙しくなければだけど!）対数についてわかりやすく説明しているウェブサイトを知ってれば、教えてもらえないかなと思って。とにかくまったく理解できなくて、吐きそうなの

(00:21) **アレッド・ラスト**
そっか、それは最悪だね

(00:23) **フランシス・ジャンヴィエ**
だって……もし数学の成績がBだったら……ケンブリッジ大学の面接を受けられるのかなんて考えたら……

バカみたいだよね、こんなにパニックになるなんてw

(00:23) **アレッド・ラスト**

そんなことない。すごくよくわかるよ……準備が不十分だとわかっていながら、試験に臨むことほど、ストレスを感じるものはないよ

ちょっと待ってて、ノートをさがしてくるから

(00:24) **フランシス・ジャンヴィエ**

忙しかったら無理しないで!!　こんなこと頼むのはほんとに心苦しいんだけど……頼めるのはあなただけなんだ

(00:25) **アレッド・ラスト**

ねえ、突拍子もない考えかもしれないけど、もしよければそっちに行こうか?　今からってことだけど

対数を教えに

(00:25) **フランシス・ジャンヴィエ**

ほんとに!???　そうしてもらえると、すごくありがたいけど

(00:26) **アレッド・ラスト**

いいよ！　だって、君の家はすぐ目の前だし、明日は早起きする必要はないし

(00:27) **フランシス・ジャンヴィエ**
でも、ほんとにいいの？　もう真夜中よ

(00:27) **アレッド・ラスト**
役に立ちたいんだ！　僕だって、先週ジョニー・Rから連れて帰ってもらったこと、すごくありがたいと思ってるんだ。だから、おあいこだよｗ

(00:27) **フランシス・ジャンヴィエ**
じゃあ、お願い!!　ああ、ほんと命の恩人だわ

(00:28) **アレッド・ラスト**
すぐ行くから待ってて

数学C2の試験の前日の夜十二時半、玄関のドアを開けるとすぐに、アレッドをハグした。そんなことをするのは初めてだったし、アレッドも予想外だったらしく、小さく声を上げてあとずさったけど、気まずくはなかった。

「こんばんは」腕をほどくと、わたしは言った。

「こんばんは」アレッドはささやくように言って、咳払いをした。レイブンクローのパーカーとグ

レーのパジャマのズボンを身につけ、厚手のソックスと、あのライムグリーンのスニーカーを履いて、紫色のリングバインダーを抱えている。「あー、ごめん、パジャマのままで」

わたしは、ガウン、ストライプのTシャツ、アベンジャーズのレギンスという自分の格好を手で示した。「お互いさま。わたしなんて、だいたいいつもパジャマよ」

わたしは脇に寄って彼を中に入れ、ドアを閉めた。彼が廊下を進みかけて、わたしを振り返る。

「お母さんには何か言われなかった？」わたしは尋ねた。

「窓からこっそり抜けだしてきたんだ」

「ちょっとベタすぎない？」

彼はにっこり笑った。「それで……対数だったよね」そう言ってバインダーを掲げた。「去年のノートをぜんぶ持ってきた」

「燃やしてなかったんだ」

「力作すぎて、燃やせなかった」

わたしたちはリビングに一時間以上すわっていた。ママがホットチョコレートを作ってくれて、アレッドは、指数と対数とは何なのか、どんな問題が出そうで、どういう解き方をすればいいのかを、ささやくような声で説明してくれた。

いつもほとんどしゃべらないのに、驚くほど説明がうまかった。すべてのことを段階的に説明し、段階を進むごとに例題を出してくれた。わたしのように、死ぬまでノンストップでしゃべり続けられる人間にとっても、彼の語りは聞き惚れるほどだった。

説明を聞き終えたとき、これでうまくいきそうだと感じた。

「あなたは文字どおり、わたしの人生を救ってくれたわ」玄関まで送りながら、わたしは言った。

アレッドはさすがに疲れた様子で、少し涙目になり、耳に髪をかけた。

「大げさだよ」彼はくすっと笑った。「でも、役に立てたのならよかった」

役に立つどころじゃないと言いたかったけど、それだけじゃ足りない気がした。

いまさらながら、彼がわたしにしてくれたことには驚かされる。真夜中に起きだして、パジャマのままで寝室の窓から抜けだして、わたしに数学の試験の手ほどきをしてくれた。まともに会話を交わしたことは一度しかないのに。どうして人のために、というか、わたしのために、そこまでしてくれるんだろう。

「あなたに話したいことがあるの」わたしは言った。「これまで、怖くて言えなかった」

アレッドの顔から笑みが消える。「僕に話したいこと？」表情がこわばる。

わたしは息をつく。

「わたし、トゥールーズなの。ツイッターとタンブラーの。あなたがメッセージを送ったファンアーティストの」

長い沈黙があった。

ようやく彼が口を開く。

「嘘でしょ？　……冗談のつもり？　ダンに――ダニエルに言われたとか？」

「違う。でもたしかに……冗談みたいに聞こえるよね……だけど、どんなふうに言いだせばいいかわからなくて。あなたがクリエイターだと言ったとき、わたし……あんまりびっくりして、すぐに言わなくちゃと思ったんだけど、あなたがどう反応するかわからなくて、嫌われたくなかったから――」

「僕がクリエイターだから」彼がさえぎって言う。「君の好きなポッドキャストのクリエイターだから？」

「うん」

「……そっか」アレッドはスニーカーに目をやった。

なんだか寂しそうに見える。

「だから……僕にやさしくしてくれたんだね」すごく小さな、穏やかな声。「その……連れて帰ってくれたりとか……じゃあ……服のこと、あれも嘘なの？　あと、数学で困ってるっていうのも？　それって、好きなポッドキャストのクリエイターと仲良くなって……秘密の展開を知りたいとか、そういう……？」

「え、違うよ！　ぜんぶほんとだよ、誓ってもいい」

「じゃあ、どうして話しかけてきたの？」

「こんなぱっとしない僕に」とアレッドが言うのと、「気が合いそうだから」とわたしが言うのは同時だった。

わたしたちは顔を見合わせた。

彼が静かに笑いながら首を振る。「すごく不思議だよね」

「うん……」

「クレイジーだ。こんな偶然、ちょっとありえない。向かいの家に住んでいて、服の好みが同じで」

わたしは黙ってうなずく。

「おまけに、生徒会長の君が、こっそりファンアートを描いていただなんて」

わたしはまたうなずいて、ごめんと言いそうになるのを飲み込む。

「そのことを知っているのは、僕だけ？」

わたしは三度目にうなずき、ふたりとも状況を理解した。

「わかった」彼はそう言うと、かがんでスニーカーを履く。

靴ひもを結ぶのを見ていると、彼は立ち上がった。

「もし、いやなら――わたしじゃなくていいのよ」わたしは言った。「気まずいと思うのなら」

彼が両手を袖に隠す。「どういう意味？」

「つまり、ユニバースシティのアーティストがわたしだとやりにくいと思うなら……もう、あなたには会わないし、あなたはぜんぜん知らない誰かに頼めばいい。わたしはそれでも構わない」

彼は大きく目を見開いた。「もう会いたくないなんて思ってない」そして小さく首を振る。「君にやってほしい」

その言葉をわたしは信じた。信じられた。

彼はわたしにまた会いたいと思っている。アートをやってほしいと思っている。「いいのね？　いやならべつに……」

「君がいいんだ！」

口元がほころぶのを抑えようとしたけど、だめだった。「わかった」

アレッドがうなずき、わたしたちはしばらく顔を見合わせていた。彼はほかにも言いたいことがありそうに見えたけど、背を向けてドアを開けた。そして帰る前にもう一度振り返った。「明日、メッセージするよ」

「わかった！」

「試験がんばって」彼は小さく手を振り、帰っていった。わたしはドアを閉めて振り返った。

ママがすぐうしろに立って、わたしを見ていた。

「上出来ね」ママは小さな笑みを浮かべている。

「何が？」わたしはなんだかぼーっとして、たった今起こったことを、忘れないうちに頭の中で再現しようとしていた。

「ちゃんと話せたじゃない」

「うん」

「嫌われなかったわね」

「うん」

わたしは立ちつくす。

「大丈夫？」ママが言う。

「なんだか……彼が何を考えているのかわからなくて。一緒にいる時間の九十九パーセントくらいがそうなの」

「きっと、そういう人なのよ」

「どういう人？」

「自分からは何も話さない人」ママは腕を組んだ。「訊かれなければ何も言わない人」

「ふーん」

「彼が好き？」

わたしは目をしばたたく。どういう意味？「まあね。訊かなくてもわかるでしょ」

「そういう意味じゃなくて、彼のことを好きなのかって訊いてるの」

わたしはまた目をしばたたいた。「え？　そんなこと考えたこともないわ」

それで、初めて考えてみた。

そして、そういう意味での好きではまったくないことに気がついた。

だとしても、何の問題もない。

「好きとか、そういうんじゃないわ。そういうの関係なくない？」

ママは少し眉をひそめた。「そういうのって？」

「わからないけど、それとこれとは関係ないってこと」ママの横をすり抜け、階段を上がりながら言う。「思いつきで質問しないでよね」

☆言っておきたいこと

それからしばらく、直接会うことはなかったけれど、フェイスブックでのメッセージのやりとりは続けた。ためらいがちな〝元気?〟が、いつの間にかテレビ番組への本気のダメ出しになることもあり、顔を突き合わせてしゃべったのはたった二回なのに、友達みたいに感じられた。いちばんプライベートな秘密以外、お互いのことをほとんど何も知らない友達。

さらに話を先に進める前に、ここでひとつ言っておきたいことがある。

これを読んでいるあなたは、アレッド・ラストとわたしが恋に落ちると思っているかもしれない。だって、彼は男の子で、わたしは女の子だから。

言っておきたいのは——

そうはならない。

以上。

☆どこにでもいる

わたしが人生で恋をしたたったひとりの人は、カリス・ラストだ。まあ、セバスチャン・スタンとか、ナタリー・ドーマーとか、アルフレッド・イーノックとか、クリステン・スチュワートといった、実生活で会ったことのない人を除けばということだけど。ただ、近寄りがたいという点では、カリスはそういう人たちに引けを取らなかった。

彼女に夢中になったいちばんの理由は、美人だったからだと思う。そして、彼女に夢中になった二番目の理由は、彼女がわたしの知るかぎり、ただひとりのクィアの女の子だったからだと思う。

今考えてみると、おかしな理由だ。

「それで、わたしアカデミーの女の子とおしゃべりしてたのね。彼女、超かわいくて——あ、待って」カリスは立ちどまってわたしを見つめた。あれはたしか、列車で一緒に通学するようになって、二か月ほどたったころだったと思う。彼女は大人びていて、わたしは彼女の前でばかなことを言ってしまうんじゃないかと、毎朝、毎夕、ストレスを感じていた。「わたしが同性愛者だってことは知ってるわよね？」

知らなかった。

わたしがよほど驚いた顔をしたらしく、彼女は眉を上げた。「あら、みんな知ってると思ってた！」彼女はわたしたちの間にあるテーブルにひじをつき、頰杖をついてわたしを見つめた。「おかしいわね」

「これまで同性愛の人には会ったことないわ。バイセクシャルの人にも」

もう少しで〝わたし以外には〟と口にしそうになったけど、最後の瞬間に飲み込んだ。

「たぶん会ったことがあるはずよ。気づいていないだけで」

世界中の人に会ったことがあるみたいな口ぶりだった。

カリスは片手で前髪をふわっとかき上げて、不気味な声で言った「わたしたちは、どこにでもいるのよ」

何と言っていいかわからず、わたしはただ笑った。

彼女はそのアカデミーの女の子の話を続け、アカデミーはうちみたいな女子校じゃなくて共学だから、より同性愛嫌悪《ホモフォビア》の傾向が強いんじゃないかしら、みたいなことを話していたけど、わたしはぜんぜん集中できなかった。さっき彼女が言ったことを頭の中でなんとか整理しようとしていた。それに対するわたしのいちばんの感情が、嫉妬だということに気づくのに少し時間がかかった。彼女はティーンエイジャーの生活を謳歌し、わたしは毎晩夜中まで宿題をしている。

すべてを楽々とこなす彼女が憎らしくもあり、完璧であることに感心もしていた。

わたしは彼女に恋をしていたけど、キスをしたいとは思わなかった。

する必要はなかったし、するべきでもなかった。

それなのに、二年前のあの夏の日、わたしはカリス・ラストにキスをした。そして、すべてを台無しにした。

☆ダニエル・ジュン

初日の歴史の試験の日の朝、驚くべきことが起きた。

ダニエル・ジュンがわたしに話をしにきたのだ。

わたしはシックス・フォームのフロアでいちばん大きな部屋にいた。自主学習センター（通称ＩＬＣ）という大げさな名前がついているけど、要は談話室だ。前の週に作ったマインドマップを見ながら、トルーマン宣言とマーシャル・プランが及ぼした影響について暗記しようとしていると（朝の八時二十分には易しいことじゃない）、彼が最後の悪あがきをしている生徒たちのテーブルを縫って悠々と近づいてきた。

わたしもダニエルも同じ生徒会長なのに、ダニエルは自分こそが学校の統治者だとなぜか思い込んでいて、しょっちゅうフェイスブックに資本主義の弊害についての持論を長々と書き散らしている。

アレッド・ラストのように心やさしい穏やかな人が、ダニエル・ジュンみたいに横柄な人と親友だなんて、ちょっと考えられない。

「フランシス」わたしのテーブルまでやってきたダニエルに声をかけられ、わたしはマインドマップから顔を上げた。

「どうしたの、ダニエル」声にあからさまな疑念がにじむ。

彼はマインドマップを払いのけると、テーブルに手をついて身を乗りだしてきた。

「最近アレッドと話した？」そう言って、髪をかき上げる。まったく想定外の質問だった。「わたしが最近アレッドと話をしたか？」

ダニエルは眉を上げる。

「ええ、ときどきフェイスブックで話すわ。それと、先週は試験勉強を少し手伝ってくれた」

間違ってはいない。ただ〝ときどき〟というのは毎日という意味で、〝少し手伝ってくれた〟というのは、一回しかまともに話したことがないのに、パジャマ姿で真夜中に家に来て二時間教えてくれたという意味だけど。

「そう」ダニエルはうなずいて下を向くだけで、動こうとしない。わたしは彼を見つめた。彼の視線がマインドマップに移る。「それは何？」

「マインドマップよ、ダニエル」わたしは努めて明るく言った。歴史の試験前に気が滅入るのは避けたい。ドイツの東西分断について二時間書くと考えるだけで、充分気が重い。

「ふうん」彼はゲロの山でも見るみたいに目をやる。「なるほど」

わたしはため息をつく。「ダニエル、最後の見直しをしたいの。そろそろ行ってくれると助かるんだけど」

彼はまた顔を上げた。「わかった、わかった」だけど、一向に動こうとしない。わたしをじっと見ている。

「だから、何？」

「その……」

彼は口をつぐんだ。わたしは見つめた。彼の顔に新たに浮かんだ表情が不安だと気づくのに少し時間がかかった。

「しばらく彼に会ってないからさ」いつものダニエルとは別人みたいな、穏やかで静かな声だった。

「もういい？」

「俺のこと、何か言ってた？」

ダニエルは、まだ動かずに立っている。

「べつに。けんかでもしたの？」

「いや」ダニエルは言ったけど、ほんとうかどうかはわからない。彼はようやく行きかけた。

だけどすぐに立ちどまり、振り返った。

「どれくらいの成績が必要なの？　ケンブリッジに行くには」

「A＊AA。そっちはどうなの？」

「A＊A＊A」

「理系のほうがむずかしそう？」

「どうだろう」

しばらくわたしをじっと見たあと、彼は肩をすくめて「じゃあ」と言って立ち去った。

もしそのとき、今のわたしが知っていることを知っていたら、アレッドにこのことを話していただろう。ダニエルのことや、ふたりの関係について訊いていただろう。あるいは、訊かなかったかもしれない。わからない。もう終わったことだ。

☆ 退屈

「ねえ、フランシス?」

わたしは顔を上げた。ランチ・テーブルの向かいの席からマヤがわたしを見ている。

試験が終わり、また授業がはじまった。これは、新しいA2クラスがはじまることを意味する。注意力散漫になって、重要な情報を逃すといけないから、夏休みまではアレッドと会うのは控えるつもりだったけど、とにかくこの週末には会うことにしたので、正直に言うと、わたしはかなりわくわくしていた。

「聞いてる?」マヤが続ける。

わたしは数学の教科書の問題を解いていた。ほとんど誰もやらない宿題だけど、わたしはいつもやっている。

「えっと、聞いてない」ちょっと気まずい。

友達はみんな笑っている。

「土曜日に映画を観に行こうって話してたの」別の子が言った。「一緒に行かない?」

まわりを見まわしたけど、レインはいない。

「わたしは……」一瞬口ごもる。「えっと、やらなきゃいけないことがたくさんあるから。せっかくだけど」

みんなはまた笑った。

「フランシスらしいわね」軽い調子でひとりが言ったが、それでも少し傷つく。「いいわよ、気にしないで」

皮肉なことに、ほんとうは週末にやるべきことなんてなかった。試験が終わったばかりで、Ａ２クラスはまだはじまったばかりだから。

だけど、土曜日はアレッドと会う約束をしていた。彼と話すようになってまだ一か月しかたたなくて、しかもそのほとんどがフェイスブックでだったけど、正直言って、みんなと映画に行くより、彼と過ごすほうがいいと思った。

学校の友達と一緒にいるときのわたしは、おもしろみのない人間だ。無口で、勉強のことしか頭にない、退屈なスクール・フランシスだ。

アレッドと一緒にいるときのわたしは、そうじゃない。

☆ババール

真夜中の対数の個人授業のあと、わたしたちが次に会ったのは、授業が再開した週の土曜日、彼の家でだった。緊張はとくに感じない。これは異例のことだ。前にも言ったように、ふだんは学校の友達に会うときにも緊張するわたしが、ちゃんと知り合ってから四週間ほどしかたたない男の子の家に行くなんて、緊張以外の何ものでもないはずなのに。

彼の家の玄関の前に立ち、自分がとんでもない格好をしていないことを確認し、チャイムを鳴らす。

二秒もしないうちに、ドアが開いた。

「やあ」そう言って、アレッドがにっこり笑う。

彼の外見は、前回会ったときとは明らかに変わっていた。髪が伸び、耳と眉を完全に覆っている。パーカーとショートパンツというへんてこな組み合わせではなく、何の変哲もないジーンズとTシャツに戻っている。だけど、あまり似合っていない。

「こんにちは」わたしは言った。ほんとはハグしたかったけど、気まずくなりそうだからやめておいた。

アレッドの双子の姉と一年間友達だったにもかかわらず、家に入るのは初めてだった。アレッドが家の中を案内してくれた。キッチンには、やることリストの黒板と家事分担表があり、窓辺や棚は花瓶に入った造花で埋めつくされ、ブライアンという名前の年寄りのラブラドールが、わたしたちが二階に上がるまであとをついて回った。お母さんはいなかった。

アレッドの部屋に入ると、そこは宝の洞窟だった。ほかの部屋はどこもクリーム色と茶色に統一されていたけど、彼の部屋は壁が見えないほどポスターが貼られていて、天井とベッドには点滅するフェアリーライトが張りめぐらされ、たくさんの観葉植物と、走り書きで埋めつくされたホワイトボード、種類の違うビーンバッグが少なくとも四つあった。ベッドには摩天楼柄の毛布があった。

彼はわたしを部屋に入れることにすごく緊張しているみたいだった。床や机やベッドサイド・テーブルの上には何もない。わたしが来る前に、いろんな物を片づけてどこかに隠したんだろう。一箇所を集中して眺めないように注意して、ベッドより無難だと思いデスクチェアにすわる。ベッドルームは心の窓だ。

アレッドはベッドにすわって脚を組んだ。ベッドはシングルで、大きさはわたしのベッドの半分もなかったけど、アレッドはそれほど背が高くない（だいたいわたしと同じくらい）から、大丈夫なんだろう。

「じゃあ、いよいよ！」わたしは言った。「はじめるわよ！　ユニバースシティ！　アート！　プロジェクト！」

言葉ごとに手をたたきながら言うと、アレッドはにっこり笑って下を向いた。「うん……」

わたしたちはその日、ユニバースシティについての〝ミーティング〟のために集まることにしていた。会うことを提案したとき、あえて〝ミーティング〟という言葉を使った。会いたいから家に行ってもいいかと尋ねるのは、ちょっと変な気がしたから。実際はそうだったけど、それはそれとして。

アレッドはノートパソコンを開いた。「ちょうど今、君のブログを見ていたんだ。動画にしたらいいんじゃないかと思う絵がいくつかあって……たとえば、これなんか……」彼がキーボードをたたいたけど、画面が光って見えない。わたしは見える角度をさがして、デスクチェアを回転させた。するると、彼が目を上げて、ベッドのとなりを手で示した。「ここにおいでよ」

それで、わたしは彼のとなりに移動した。

一緒にわたしのブログを見て、しばらく意見を交換する。どんなやり方なら二十分の動画をスムーズに創れるか。どうすれば、わたしが週に一本、二十分のアニメを創らずにすむのか（それはどう考えても無理）。最初はほとんどわたしがしゃべっていたけど、話しているうちに彼もだんだん積極的になってきて、最後にはふたりとも夢中になってしゃべっていた。

「だけど、実際にキャラクターを描くってことになると、リスナーが抱いてるイメージは当然少しずつ違うし、がっかりする人も出てくるってことだよね」アレッドはエバーノートにメモを打ち込みながら言う。わたしたちはふたりとも、ベッドの上に移動して、壁にもたれていた。「とくに主人公のレディオ。レディオを描こうとすると、あらゆる種類の疑問が出てくるよね。声によって外見が変わるのか、それともずっと中性的なまま変わらないのか、とか。見た目も声もジェンダーの影響を受けない、完全なユニセックスっていったいどういう存在なのか、とか」

「まさに、それ。レディオを描くのに、女性らしいほっそりした身体に男っぽい服を着せるなんてことぜったいにしたくないし……あまりにもユニセックスのステレオタイプすぎて」

彼もうなずく。「スカートを穿いて髭を生やしてるだけで、エイジェンダーだって言われてもね」

「ほんと、そう」

アレッドはメモアプリの箇条書きに、〝レディオ：フィジカルな外見はナシ〟とつけ加えて、よしとうなずき、わたしを見る。「何か飲まない？」

「飲みたい！　何があるの？」

彼があるものを列挙し、わたしはレモネードを選ぶ。彼はノートパソコンをしっかり閉じて、飲み物を取りに行った。自分がいなくなったらすぐに、わたしがネットの履歴を調べるんじゃないかと怯えているみたい。だけど、わたしを信用していないとしても責められない。わたしだって自分を信用していない。

しばらくおとなしくすわっていた。

だけど、すぐに好奇心にあらがえなくなった。

まず、ベッドの枕元にある本棚のところに行く。棚の片側には、古いCDのコレクションがある。ケンドリック・ラマーのラップ・アルバムがぜんぶ揃っていることに驚き、レディオヘッドのアルバムが五枚あることにも驚く。もう片側には、使い込まれたノートの山があったけど、中をのぞくのはあまりにも踏み込みすぎだ。

机の上には何もないけど、近づいて見ると、飛び散った絵の具と、接着剤の乾いた跡がある。引き出しは開けないでおく。

ホワイトボードの走り書きもいくつか読んだ。多くは意味不明だけど、どうやら、やることリストと、今後のユニバースシティのエピソードについてのアイデアが、ごちゃまぜに書かれているようだった。〈ダークブルー〉の文字が丸で囲われている。右の方には〈星——何かを照らしている比喩か？〉とあり、隅の方に〈ジャンヌ・ダルク〉という文字がある。

次に、映画のポスターがベタベタ貼られたクローゼットに向かい、扉に手をかける。

踏み込みすぎだと思ったけど、とにかく開けた。

たぶん、世の中にわたしみたいな人が、ほかにもいるのか知りたかったんだと思う。

Tシャツがあった。それもかなりたくさん。胸ポケットが模様になっているTシャツ、動物が描かれたTシャツ、スケートボーダーやポテトチップスや星が全体にプリントされたTシャツ。セーターもある。首元が広めに開いた特大のウールセーターや、タートルネックや、破れたのや、ひじ当てのついたカーディガンや、ビッグサイズのスウェットや、ボートの柄が編み込まれたのや、背中にコンピューターの絵があるのや、太い文字で〈NO〉と描かれたのがある。テントウムシの刺繡が散りばめられたライトブルーのパンツがあり、NASAのロゴの入ったジェットキャップがある。『ぞうのババール』のイラストが背中にある、大きなサイズのデニムジャケットがある。

「僕の服を……調べてるの？」

わたしがゆっくり振り向くと、アレッドがレモネードのグラスを手に戸口に立っていた。少しびっくりした顔をしているけど、怒ってはいない。

「どうしてこういうのを着ないの？」わたしはほとんど放心状態で言った。このぜんぶがわたしの服でもおかしくないくらい、好みがぴったり同じだから。

彼はくすっと笑って、自分が着ているものを見下ろした。ブルージーンズと、グレーのTシャツ。

「どうしてって……ダンが――ダニエルが悪趣味だって言うから」

わたしはババールのジャケットを出して羽織り、鏡に映してみた。「これって大げさじゃなく、これまで見た中で最高の服よ。まさにわたし好み。すごいわ。全宇宙で最高のアイテムだわ」わたしは彼の方にターンして、ポーズを取って見せる。「いつかこのジャケットを盗むかも。予告しておくね」そして、ハンガーにかかっている服をひとつひとつ見ていく。「ほんとに……わたしのワードローブとそっくり。このあいだ、フェイスブックで言ってたことが冗談じゃないとわかってたら、もっとイケてる格好をしてきたんだけど、本気かどうかわからなかったから。じつは、モンスターズ・

インクのキャラクターだらけのレギンスを持ってて……穿いてこようと思ったんだけど、どうかなと思っちゃって……それにしても、こういうパンツ、いったいどこで見つけてくるの？　こんなの売ってるの、見たことないんだけど……」

わたしはとめどなく話し続けた。ママ以外の人に、こんなとりとめのない話を最後にしたのはいつだっただろう。アレッドがわたしを見ている。窓からの日差しが顔を照らしていて、表情は読めない。

「正直言って」ようやくわたしが話すのをやめると、彼は言った。「君は……いつも寡黙で、テストの点にしか興味のない勉強の虫だと思ってた。それが悪いわけじゃないけど、だけど、なんだろう。僕は……君が退屈な人だと思っていたんだ。だけど、そうじゃなかった」

あまりにストレートな物言いに、わたしは赤面しそうになった。しなかったけど。

彼は首を振って、くすっと笑った。「ごめん、けなしてるつもりはないんだ」

わたしは肩をすくめ、またベッドにすわる。「正直に言うと、わたしもあなたを退屈だと思ってた。だけどそのあなたが、わたしが世界でいちばん好きなものを創ってる人だった」

彼は照れくさそうに笑った。「ユニバースシティが世界でいちばん好きなものなの？」

わたしは一瞬黙った。どうしてそんなことを言ったんだろう。ほんとにそうなんだろうか。言ってしまったことは取り戻せない。

わたしは笑った。「うん、そうよ」

「それは……すごくうれしいよ」

わたしたちは、ユニバースシティの話に戻ったけど、すぐに脱線してしまった。たまたま彼のiTunesを見ていて、ふたりともM.I.A.が好きだということがわかり、そこから一緒にベッドにすわって毛布をかけて、レモネードを飲みながら、ユーチューブで彼女のライブを観はじめた。しまいには、わたしが「ブリング・ザ・ノイズ」のラップをフルで歌うのを、アレッドが控えめな驚きをもって見守る展開になった。彼が途中で首でリズムを取りはじめるまでは、ほんとうのところ恥ずかしくてたまらなかった。曲が終わり、ユニバースシティに戻ろうと思ったけど、アレッドがちょっと疲れたと言うので、わたしは映画を観ようと提案した。わたしが観たことのない『ロスト・イン・トランスレーション』を観はじめたら、アレッドは途中で眠ってしまった。

わたしたちは、次の日にもまた会うことにした。列車に乗って町に出かけ、ミルクシェイク・カフェのクリームズに行き、そこでユニバースシティについて話し合うつもりだったけど、結局まる一時間、子どものころに観ていたテレビ番組について話して過ごした。ふたりともデジモンが大好きだったことがわかり、家に帰って映画を観ることにした。わたしはモンスターズ・インクのレギンスを穿き、彼はババールのジャケットを着ていた。

2章
夏休み（a）

☆君の絵はとても素敵だ

「ひとり言っていうことある?」アレッドが尋ねてきた。

七月の終わり、学校が夏休みに入り、わたしたちはうちの寝室にいた。わたしは床にすわって、初めて手がけるユニバースシティのアートのアイデアをノートパソコンにスケッチしていた。パソコンは、彼の家に行くときにも持っていく。アレッドが人にパソコンを使われるのをすごくいやがるから。学校に行っているあいだに、母親にパソコンを見られているかもと思うと気が気じゃなくて、必要以上に神経質になっているんだ、と冗談めかして言っていた。気持ちはわかる。わたしだって、ネットの閲覧履歴を誰かに見られるなんてごめんだ。たとえアレッドにでも。誰にでも、自分だけのものにしておきたいことはある。

アレッドはわたしのベッドにすわって台本を書いていた。ラジオがかかっていて、太陽の光が筋になってカーペットを照らしている。

「まあ、ときどきは」わたしは言った。「まわりに誰もいないとき、無意識に言ってたりとか」

アレッドが黙っているので、尋ねる。「どうして?」

彼は手をとめて顔を上げ、頬杖をつく。「このあいだ、ふと思ったんだ……そういえば、ひとり言っていったことないなって。よくあることだと思ったけど、やっぱりちょっと変かなと思って」

「ひとり言をいうほうが変だと思ってた」無意識に言っているところをママに見られて、笑われたことが何度かある。

ふたりで顔を見合わせる。

「どっちが変なんだろうね」わたしはにやりと笑う。

「さあ」アレッドは肩をすくめる。「ときどき、誰も話しかけてこなかったら、二度と話さないんじゃないかって思うことがあるよ」

「悲しすぎない？」

アレッドはまばたきをした。「たしかに」

アレッドとは何をしても、楽しいかくつろげるかのどちらかだった。たいていは両方だ。そのうち、何をするかはとくに関係なく、とにかく一緒にいさえすれば、楽しい時間を過ごせることがわかってきた。

そして次第に、どんなに変なことをしても恥ずかしくなくなってきた。たとえば、何の脈絡もなく突然歌いだすとか、どうでもいい雑学に関する底なしの知識を披露するとか。あるときなど、なぜチーズが食べ物なのかを話しはじめたらとまらなくなって、四時間チャットし続けたことがある。

彼の長い髪のことは会うたびにからかっていたけれど、あるとき、長くしたいから伸ばしているんだときっぱり言われてからは、からかうのをやめた。

わたしたちはテレビゲームやボードゲームをしたり、ユーチューブや映画やテレビを観たり、ケーキやビスケットを焼いたり、デリバリーを頼んだりした。アレッドの家に行けるのは、お母さんがいないときだけだったから、たいていはわたしの家で過ごした。彼は、わたしが『ムーラン・ルージュ』の歌唱シーンに合わせて声を張り上げて歌うのを黙って聴き、わたしは、彼が『バック・トゥ・ザ・フューチャー』のセリフを最初から最後まで暗唱するのを黙って聴いた。彼にギターを教えてもらおうとしたけど、わたしにまるでセンスがないことがわかり、あきらめた。彼はわたしが寝室の壁に街の夜景を描くのを手伝ってくれた。わたしたちはドラマの『ジ・オフィス』をシーズン4まで観た。そしてどちらの部屋でも、それぞれ膝に置いたノートパソコンで作業した。彼はどんな時間でもよく居眠りをした。わたしはＷｉｉの〈ジャストダンス〉を一緒にしようと彼を説得し続けた。わたしたちは、ふたりとも〈モノポリー〉が大好きだということがわかった。アレッドと一緒にいるとき、わたしは宿題をしなかった。わたしと一緒にいるとき、アレッドは大学の本を読まなかった。

何をしているときでも、わたしたちの中心にはユニバースシティがあった。

いよいよ動画のスケッチに取りかかることになり、思いついたアイデアをぜんぶ書きだして寝室の壁に貼る。だけど、あまりにアイデアが多すぎて、ひとつのことを決めるだけでもとてつもなく時間がかかった。アレッドは、先のエピソードを考えているときに、わたしにアドバイスを求めてネタばらしをしてくるようになった。さすがにそれはないと思い、やめてと言いそうになった。言わなかったけど。

「こういうんじゃない気がする」わたしが言うと、アレッドが顔を上げた。それまでお互い黙ってスケッチをしたり、台本を書いたりしていた。彼のそばに行って、フォトショップで描いていたものを見せる。ライトが点滅するビルの谷間に暗い路地がいくつもあるユニバースシティの風景だ。

「形のせいかな。何もかもがあまりに角張っていて、奥行きがなく感じるの」

「うーん」アレッドが言う。言いたいことは伝わっているだろうか。これまでも、アレッドの前で突然意味不明なことを口走ることはよくあった。彼はわかったふりをしてくれるけど、じつはわかっていないんじゃないかと思うことがたまにある。「そうかも」

「見当違いかもしれない……」声が尻切れトンボになる。

よし、決めた。

わたしはかがみ込んでベッドの下に手を伸ばし、今使っているスケッチブックを手に取った。ページをパラパラめくり、さがしていたものを見つける。街を描いた別のスケッチだ。そこに描かれた街は、まったく違っていた。空からの視点で、建物は曲線的で柔らかく、風に揺れているように見える。

スケッチブックは、これまで誰にも見せたことがない。

「これ、どう思う？」わたしはアレッドに絵を見せた。

アレッドはわたしの手からスケッチブックをゆっくりと取り上げ、その絵をじっと見つめた。「君の絵はとても素敵だ」

わたしは小さく咳払いをした。「ありがとう」

「こういうの、すごくいいと思う」

「ほんと？」

「うん」

「よかった」

アレッドはまだスケッチブックをじっと見ていた。ページの厚みを親指でたしかめ、わたしに向き直る。「このぜんぶがユニバースシティの絵なの？」

一瞬迷ったけど、うなずいた。

アレッドは、またスケッチブックに目を落とした。「見てもいいかな」

そう言われることはわかっていた。見せるのはすごく怖かったけど、わたしは答えた。「ええ、もちろん！」

☆天使

　数日後、アレッドは風邪で寝込んだが、エピソードの動画は八月十日の公開を目指していたので、わたしは彼の部屋に通い続けた。彼と毎日会うのが日課になってきていて、会わないと少し寂しいというのもある。学校の友達からはしばらく連絡がなかった。

　アレッドのお母さんはいつも留守で、理由を尋ねると、長い時間働いているからということだった。お母さんについてわたしが知っているのは、門限に厳しくて、八時には必ず帰っていないといけないこと、それだけだった。

　ある日の午後、アレッドはベッドで摩天楼の柄の毛布にくるまり、震えながら言った。「どうしてこんなに毎日通ってくるの？」

　風邪をひいてからのことだろうか、それ以前も含めてのことだろうか。

「友達だからよ。それに、わたしって楽天的だけど、心配性でもあるの」

「来ても楽しくないだろ」アレッドは弱々しく笑った。「僕は病気だし」彼の髪は脂ぎって束になっている。わたしは床にすわり、大きなクーラーボックスに入れて家から持ってきたいろんな材料で、彼にサンドイッチを作る作業に没頭していた。

「そうかな。家にいてもどうせひとりだし、それだともっとつまらないと思うわ」

「理解できないな」彼のお腹がぐうっと鳴る。

　わたしは笑った。「友達ってこういうものじゃないの？」そう言ったものの、確信は持てなかった。これまで、わたしにこういうことをしてくれた人はひとりもいない。やっぱり変なんだろうか。境界を越えて、彼のパーソナルスペースを侵害する行為なんだろうか。ここまでするのはやりすぎなんだろうか……。

「そう……なのかな」アレッドはつぶやいた。

「そうね、あなたには親友がいるものね」言ってすぐに後悔したけど、それはまぎれもない事実だった。

「ダニエル？　僕が寝込んでいるあいだは訪ねてこないよ。来ても退屈するだけだからね」

「わたしは退屈じゃないわ」それは真実だった。「来ればおしゃべりできるし、サンドイッチだって作れるし」

アレッドはまた笑って、毛布で顔を隠した。「どうしてそんなに親切にしてくれるの？」

「天使だからよ」

「ほんと、天使だ」彼は腕を伸ばして、わたしの頭をぽんぽんたたく。「君が大好きだ。プラトニックな意味で」

「それって、男女バージョンの〝マブダチ〟みたいなこと？　だけど、気持ちはすごくうれしい」

「サンドイッチ、もう食べてもいい？」

「まだよ。ポテトチップスとチーズの比率が完璧じゃないわ」

サンドイッチを食べ終えるとアレッドは眠り、わたしはホワイトボードに〝早くよくなって〟というメッセージと、救急車を運転するわたしの絵を描いて家に帰った。実際のところ、友達の前でどう振る舞えばいいのかさっぱりわからない。そのことだけは、はっきりわかった。

☆ぜんぜんバカだし

はじめのうちは、なぜカリスがわたしと一緒にいるのか不思議だった。けれどそのうち、彼女と友達になりたがる人がほかにおらず、実質わたしが唯一の選択肢だったことがわかってきた。わかって少し悲しくなった。ほかに選択肢があれば、きっとわたしを選ばなかっただろうから。カリスがわたしを好きでいてくれたのは、彼女の話をよく聞いたからだ。

前の高校が火事になり、わたしたちがアカデミーに編入したあと、カリスは学校の友達のことをあまり話さなくなった。理由は言わなかったけど、たぶん仲のいい友達が誰もおらず、話すことが何もないからだ。

「どうして毎日話しかけてくるの？」春のある日、学校に行く途中、彼女がわたしに尋ねてきた。

毎日話しかけてくるのはあなたのほうだと言えばいいのか、ほかに話す人がいないからと言えばいいのか、あなたが好きだからと言えばいいのか、わからなかった。

「どうしてそんなこと訊くの？」わたしはそう言って、ぎこちない笑みを浮かべた。

彼女は肩をすくめた。「理由はいろいろあるわ」

「たとえば？」

「わたしってちょっとうざいでしょ？　それに、あなたとくらべるとぜんぜんバカだし」

カリスの成績がよくないことは知っていた。だからと言って、彼女がわたしより劣っていると感じたことは一度もない。多くの点で、彼女は学校を超越していて、そんなことは気にしていないし、気にする必要もないのだと感じた。

「あなたはうざくないし、バカでもないわ」わたしは言った。

わたしは、この関係がいつか輝かしいロマンスに変化するんだと本気で信じていた。ある日彼女が目覚めて、ずっとわたしがそばで寄り添っていたことに気づいてくれるんじゃないかと。もし彼女にキスをすれば、わたしが世界中の誰よりも彼女のことを大切に思っていることをわかってくれるんじゃないかと。

妄想だった。わたしは何もわかってなかった。ぜんぜん彼女に寄り添っていなかった。

「あなた、うちの弟と気が合うと思う」彼女は言った。

「どうして?」

「ふたりとも、やさしすぎるから」彼女はうつむき、また顔を上げて窓の外を見た。太陽が彼女の瞳できらりと光った。

ユニバースシティ：エピソード 15 —— c0mput3r m4g1c

UniverseCity　84,375回再生

足元のパイプの中の魔法の重要性

下にスクロールして文字起こしを表示 >>>

[…]

ほんの少しのコンピューターの魔法。それさえあればいいんだ、友よ。これほど大きな街にいて、コンピューターの魔法以外のどんな方法でコミュニケーションが取れるというのか。統治者たちは最近、すべてのパイプを修理した——彼らがやった数少ないよいことのひとつだ。何か裏があると感じるが、詮索しないほうがいいだろう。

わたしは、いろんな場所につながりがある。実際、友よりも役に立つ。あらゆる場所に目と耳があり、すべてを見聞きすることができる。やつらが何を仕掛けるつもりでも、こちらには準備がある。何かを仕掛けてくることはわかっている。夢や予言の鏡がそれを教えてくれる。1マイル先からでも、10マイル先からでも、やってくるのがわかる。

けれど、わたしにはコンピューターの魔法がある。わたしには友が——いや、つながりがある。それは、はるかに価値があるものだ、友よ。これだけは言っておく。魔法はわたしたちの目の中だけでなく、足元にも存在する。
[…]

☆まぎれもない事実

「フランシス、いったいどういうつもり？」

ママが指を組んで、キッチンのカウンターに身を乗りだす。

「へ？」シリアルを頰ばっていたわたしは言った。

「この一週間、夏休みの宿題もケンブリッジの準備も、ぜんぜんやっていないじゃない」ママは深刻そうに眉を上げるけど、ユニコーンの着ぐるみのせいでうまくいっていない。「それに、いつもの友達の五百倍はアレッドと遊んでる」

わたしはシリアルを飲み込んだ。「それは……まぎれもない事実ね」

「最近、髪を下ろしていることが多いわね。下ろすのは好きじゃないと思ってたけど」

「上で結ぶのは面倒だもの」

「だけど、そうするのが好きじゃなかった？」

わたしは肩をすくめた。

ママがわたしを見る。

わたしもママを見る。

「何か問題でも？」

ママが肩をすくめる。「問題はないわ。気になるだけ」

「どうして？」

「いつもと違うから」

「だから何？」

ママはまた肩をすくめる。「さあ」

言われてみれば、もっともだ。いつもなら、夏休みのほとんどを、宿題や復習、職業体験、ときには町のレストランや服屋でのちょっとしたアルバイトに費やしていた。

そういうことは、ぜんぶ頭から抜け落ちていた。

「ストレスがたまってるとか？」

「ううん、そういうんじゃないわ」

「ほんとのほんとに？」

「ほんとのほんとに」

ママはゆっくりうなずく。「わかった。ちょっと確認したかっただけ。しばらくスクール・フランシスを見ていないから」

「スクール・フランシス？　何それ」

ママはにっこりした。「少し前に、あなたが言っていたことよ。気にしないで」

☆笑って走れたら

アレッドがわたしとお母さんを会話させまいとしていることに気づくのに、八月の一週目までかかった。

お母さんのキャロル・ラストについて、わたしが知っていることはごくわずかだ。保護者会の理事で、厳格なシングルマザー。村の郵便局でママに会ったときには、いつも話しかけてくる。彼女が家にいるときは、アレッドとわたしは、わたしの家かどこか別のところに行かなくちゃならない。母さんは来客が好きじゃないんだ、とアレッドは言っていた。

ただの言い訳だと思っていた。実際にお母さんと対面するまでは。

その日は、アレッドの家に行くことにしていた。ふたりとも宵っ張りなので、会うのはいつも午後二時ごろだ。一緒にミルクシェイク・カフェのクリームズに行ったとき以来、ふたりとも思いきり好きな格好をするようになっていた。わたしは、膨大なコレクションから選んだシュールな柄のレギンスと、だぼっとしたセーターと、ジャケット。アレッドは、横縞のショートパンツと、オーバーサイズのカーディガンと、だぶだぶのTシャツと、ライムグリーンのスニーカー。それが定番だった。その日、彼は黒のショートパンツと、白で〈1995〉と大きく書かれただぼっとした黒のスウェットを着ていた。髪は横に流せるくらいに伸びていた。

わたしはいつも彼のほうがクールだと思っていたけど、彼はいつもわたしのほうがクールだと思っていた。

いつもならドアをノックするところだけど、今日は彼が玄関の外にすわってわたしを待っていた。縁石の上にじっとすわっていた年寄りのラブラドールのブライアンが、わたしが家から一歩出たとたん、とことこと近づいてきた。ブライアンはわたしを気に入ってくれていて、そのことはわたしの自尊心によい影響を与えていた。

「ハイ」わたしは道を渡りながら言った。

アレッドがにっこり笑って立ち上がった。「やあ」

ハグはしない。するのは、さよならを言うときだけだ。そのほうが特別な感じがする。

最初に気づいたのは、お母さんの車があることだった。アレッドが何を言おうとしているかは、すぐにわかった。

「ブライアンを散歩に連れていこうと思って」彼は袖を両手にかぶせた。

わたしがその話題を切りだしたのは、道を半分くらい行ったときだった。

「あなたのお母さんと一度も話したことがないなんて、不思議ね」

かなり長い沈黙があった。

「そうかな」彼はうつむいたままで言った。

「うん。って言うか、会ったこともない。あなたはうちのママと何度も話してるのに」わたしたちは、多少踏み込んだことを訊けるくらいには親しくなっていて、このところ、そんな質問は何度かしてきた。「お母さんはわたしのことが好きじゃないの？」

「え、どういう意味？」

「あなたの家に二十回くらい行ったけど、一度も会ったことがないんだもん」わたしはポケットに手を突っ込んだ。アレッドは何も言わなかったけど、足をそわそわ動かしている。「はっきり言うわ。ひょっとして、お母さんって人種差別主義者《レイシスト》？」

「そんな、違うよ、母さんは……」

「何？」わたしは続きを待った。

彼は足をとめ、何か言いたげに口を半分開いた。だけど、どうしても言うことができないようだった。

「じゃあ――個人的にわたしを嫌いなのかな」言ってから、少し笑った。そのほうが冗談っぽく聞こえると思って。

「まさか！　そんなことない、ぜったいに！」目を見開いて即答する彼を見て、嘘じゃないことがわかった。なんてぶしつけなことを言ってしまったんだろう。

「いいの、忘れて」一歩うしろに下がり、真剣に訊いたわけじゃないように頭を振る。「言いたくないなら、言わなくていいわ。ごめん、変なこと訊いちゃって」わたしはうつむいた。ブライアンが見上げてきたので、かがんで毛をくしゃくしゃにする。

「アリー？」

アレッドがさっと振り返り、わたしも顔を上げると、そこに彼女がいた。キャロル・ラストが、車の窓から身を乗りだしている。すぐうしろに車がとまったのに、気づかなかった。

彼女には、白人中産階級の母親に特有の威圧感があった。染めた短い髪、丸みを帯びた身体。〝お茶でもいかが？〟みたいな笑顔と、〝あんたの大事なものをぜんぶ燃やしてやる〟みたいな目つき。

「出かけるの？」彼女がアレッドをのぞき込む。

「うん、ブライアンの散歩に行ってくる」アレッドはお母さんの方を向いていて、表情はわからない。

そのとき、彼女の目がわたしを捉える。

「あら、フランシス」片手を上げてほほ笑みかける。「しばらくぶりね。元気？」

お互いにカリスのことを考えていることはわかった。

「あ、はい、元気です。ありがとうございます」わたしは答えた。

「試験はどうだった？　すべて順調？」

「そうだといいんですけど」わたしは無理に笑った。

「ええ、みんなそうよね」彼女はふっと笑い、「目指す大学に入るには、相当いい成績を取らないといけないのよね」とアレッドに言う。「だけど、誰にも負けないくらい勉強したから、大丈夫だと信じているわ」

アレッドは黙っている。

キャロルは口元に笑みを浮かべてわたしを見た。「ずっとがんばってきたのよ。家族はみんな誇りに思っているわ。彼が利口だってことは、赤ん坊のころからわかっていた」彼女はまたふっと笑い、昔を思い出すように上を見た。「小学校に入学する前から、本が読めたのよ。生まれつき頭がよくてね。学者になってほしいと思って育ててきたの」彼女はため息をつき、アレッドに顔を向けた。「だけど、一生懸命にやらないと、どんなものにもなれない。当然よね？」

「うん」アレッドは言った。

「気晴らしは、ほどほどにしないとね」

「わかってる」

キャロルは黙ってじっと息子を見つめ、少し低い声で言った。「それほど長くはならないわよね、アリー？　おばあちゃんが四時に来るときには家にいると言っていたでしょ」

「四時までには帰るよ」やけに抑揚のない声でアレッドが言う。

「じゃあ、あとで」キャロルは小さく笑った。「ブライアンにナメクジを食べさせちゃだめよ！」

そして、車は走り去った。


アレッドがすぐに歩きはじめ、わたしは小走りで追いついた。

一分ほど黙って歩いた。

道が突きあたりまできたとき、わたしは口を開いた。「それで……お母さん、わたしのことを嫌っているの？　嫌ってないの？」

アレッドが石を蹴った。「嫌ってないよ」

道を左に曲がり、牧草地や森と村を隔てる柵をまたぐ踏み台を乗り越える。いつものルートを知っているブライアンは、すでに柵を越えて、少し先の草のにおいをかいでいる。

「そう、よかった！」わたしは笑って言ったけど、まだ何かひっかかるものがあった。

さらに歩いて、トウモロコシ畑の中の小道に入る。トウモロコシは背よりも高く、まわりがまったく見えなくなる。

しばらくして、アレッドが口を開く。「ただ……どうしても会わせたくなかったんだ」

続きを待ったが、何も言わない。説明したいけど、うまく言えないみたいだった。「どうして？　とくに変わりはなさそうだったけど……」

「うん、まあ、見た目にはね」苦しそうな声。アレッドのこんな声は、これまで聞いたことがない。

「それって……具合がよくないってこと？」

彼は目を合わそうとしない。「いいんだ、気にしないで」

「わかった」

「うん」

「アレッド」わたしは足をとめた。数歩行ったところで、彼も足をとめて振り向いた。ブライアンはずっと先の方で、トウモロコシのにおいをかいでいる。

「何か抱えていることがあるなら、話したほうがいいわよ」以前、対数を一時間かけて教えてくれた日に、アレッドがメールで伝えてくれた言葉をそっくりそのまま言う。

彼は目をぱちくりさせて、ゆっくりと口元をほころばせる。「たしかにそうだ。ごめん」

彼は大きく息をついた。

「僕は、母さんがほんとに好きじゃないんだ。それだけだよ」

彼がなかなか話せなかった理由がわかった。すごく子どもっぽく聞こえるからだ。反抗期の子が〝うちの親ってムカつく〟と言うみたいに。

「母さんはいつも僕に対してすごく高圧的なんだ。さっきは、すごくやさしそうだったけど、いつもは――いつもはぜんぜんあんなんじゃないんだ」アレッドは笑う。「バカみたいだよね」

「バカみたいなんかじゃない」わたしは言った。「それって最悪だよ」

「僕はただ、君と母さんを引き離しておきたかったんだ」太陽が雲に隠れて、彼の顔がまともに見える。そよ風が彼の前髪をふわりと浮かび上がらせる。「そうすれば……君と一緒のときは、母さんのことや家族のことや……勉強のことを考えなくてすむ。楽しいだけでいられる。だけど、母さんと君が顔を合わせたら……ふたつの世界が重なってしまう」アレッドは両手を重ね合わせて笑ったが、今度は悲しい笑いだった。「ほんと、バカみたいだ」

「そんなことない」

「僕はただ……」ようやく彼が目を合わせる。「君と一緒にいるのがほんとうに好きで、何にも邪魔させたくなかったんだ」

何と言っていいかわからない。

だから、黙って彼を抱きしめた。

彼は初めてのときと同じように、小さく声を上げる。

わたしは彼の肩にあごを載せて言う。「今のこの関係をだめにしないためなら、脚を切り落としたっていい。冗談で言ってるんじゃないわよ。一年間ネットをやめてもいいし、『パークス・アンド・レクリエーション』のDVDを焼いてもいい」

アレッドは「わかった、わかった」と鼻で笑いながらも、両腕をわたしの身体に回す。

「ほんとに冗談じゃないんだから」わたしはさらに強く抱きしめる。だめにさせるものか。ひどい親にも、学校にも、距離にも、何にも。この会話すべてが、ひどくくだらないもののようにも思える。それでもわたしは……何なのかはうまく言えない。彼と言葉を交わすようになってまだ二か月しかたたないのに、こんなふうに感じるのはなぜだろう。同じ音楽が好きだから？　服の趣味が似ているから？　黙っていても気まずくないから？　話していてもけんかにならないから？　わたしがピンチのときに彼が助けてくれたから？　親友がそばにいないときにわたしが助けてあげたから？　彼の書いた物語をわたしが大好きだから？　わたしが彼を大好きだから？

わからない。理由なんてどうでもいい。

ただ、アレッドと友達になったことで、これまでわたしにはほんとうの友達がいたことがなかったんだと気づかされたのはたしかだ。

三十分後、わたしたちはユニバースシティの次のエピソードについて話し合っていた。アレッドは、いちばん最近できた仲間のアトラスをレディオが殺すべきか、それともアトラスがレディオのために自分を犠牲にするべきかを決めかねていた。アレッドは、犠牲になるほうがいいと考えていたが、三か月以上仲間だったアトラスがレディオに殺されたほうが悲劇的だし、そのほうがいいとわたしは主張した。アトラスにはある種の思い入れがあるので、いい死に方をしてほしかった。

「ゾンビ的な状況を利用するのはアリかもよ」わたしは言った。「アトラスが肉を喰らう化け物に変わる前に殺さなきゃならない、みたいな。そうすれば、あらゆる感情が引きだせるわ」

「すごくありきたりだけどね」アレッドは髪をかき上げる。「これまでにないオリジナルなものにしなくちゃ、意味がないよ」

「わかった、ゾンビは却下。ドラゴンにする。ゾンビじゃなくてドラゴン」

「アトラスがドラゴンになる前に殺さなきゃならないってこと？」

「正直言って、まだドラゴンが出てきていないなんてちょっとショックだわ」

アレッドは片手を胸に当てる。「はっきり言うね」

「ゾンビより断然ドラゴンよ。ね？」

「だけど、ドラゴンはゾンビほど悲劇的じゃないよ。アトラスならすぐにドラゴンとして幸せに生きられそうだ」

「彼はドラゴンとして幸せに生きるべきかもしれない！」

「じゃあ、殺さないってこと？」

「そう、彼はドラゴンになって、ただ飛び去っていくの。悲しいけれど、希望もあるわ。誰もが好きなのは、悲しいけど希望に満ちた結末よ」

アレッドは眉をひそめた。「希望か……幸せなドラゴンとしての」

「そう。お姫様を守ったりとか、そういうの。中年の騎士を焼き殺したりとか」

「それじゃ、まるで二次創作の世界だ。ユニバースシティの舞台は二五〇〇年代なんだからね」

羊の放牧地に入ったときには、空が曇っていることに気づかなかった。雨を感じ、ほんとうに降りだしたのか手のひらをかざした。季節は夏で、気温は二十二度あり、五分前には晴れていたのに。

「うっそーーー」わたしはアレッドを振り返った。

アレッドは目を細めて空を見上げた。「まいったな」

あたりを見まわす。数百メートル先に小さな森があり――小屋があった。

そこを指さして、アレッドを見る。「ジョギングは好き?」

「え、何?」

けれど、わたしはもう走りだしていた――というより、森に向かって牧草地を猛ダッシュしていた。雨足はすでに目を刺すほど強く、ブライアンもわたしの横を疾走している。しばらくして、アレッドの足音も聞こえ、わたしはうしろを振り返って手を伸ばし、「こっち、早く!」と叫び、彼は言われたとおりにした。彼の手が伸びてわたしの手を取り、わたしたちは手をつないで雨の牧草地を走った。突然笑いだした彼の声は、子どもみたいだった。わたしは思った。世界中の人が、いつもこんなふうに笑って走れたらいいのに。

☆レディオ

わたしが参加した最初のユニバースシティのエピソードは、八月十日の土曜日に公開された。わたしたちは、各エピソードにひとつ、小さなアニメーションを創ることにしていた。あまり長くない映像を、二十分間リピートするのがいいということになり、四秒のGIF画像を何度も繰り返すことにした。このときのエピソードのためにわたしが創ったのは、地面から成長していく街――ユニバースシティ――と、空にまたたく星だ。今、見返してみるとかなり幼稚だけど、当時はふたりともすごく気に入っていて、それこそが大事だったと思う。

前日の夜にアレッドがエピソードを録音するのを聞いた。聞かせてくれたことは、驚きだった。その週にジャストダンスで『ハイスクール・ミュージカル』を一緒に踊ったとはいえ、アレッドがわたしよりずっと内気でシャイなことはわかっていたから、演じる（と言っていいのかわからないけど）場面を見られるのをオーケーしてくれるとは思いもよらなかった。アレッドがユニバースシティのエピソードを演じるのをそばで見るのは、夜中の二時に便秘について話したときを含めて、これまでに見聞きしたどの場面より、彼のプライベートに踏み込む気がした。

だけど、アレッドはいいよと言ってくれた。

彼が寝室の電気を消した。頭上のフェアリーライトが小さな星のようにまたたき、彼の毛先を色とりどりに照らした。彼はデスクチェアに腰を下ろし、すごく高そうな美しいマイクをしばらくいじっていた。わたしはビーンバッグにすわり、彼の家はいつも寒いから、摩天楼柄の毛布にくるまっていた。疲れていたし、部屋は群青色に沈んでいて、眠ってしまいそうだった。

「ハロー。誰か聴いてくれているといいけど……」

台本はノートパソコンに書かれていた。間違ったところは、もう一度繰り返した。録音しているあいだ、パソコンの画面には音の波形が上下していた。まったく別人の声を聴いているみたいだった——いや、そうじゃない。別人ではなく、よりアレッドらしい、百パーセントのアレッドの声だ。アレッドの脳が発する声だ。

わたしはいつものようにぼうっと聴いていた。何もかも忘れて、物語に入り込んでいた。

ユニバースシティのエピソードは、いつも歌で終わる。アレッドが書いた「ナッシング・レフト・フォー・アス」という三十秒のロックで、曲は同じだけど、毎回新しい演奏だ。

アレッドがエレキギターを手に取ってアンプにつなぐまで、その場で歌うとは知らなかった。あらかじめ録音してあったドラムとベースの演奏がスピーカーから流れ、彼がギターを奏でる。大きすぎる音に、わたしはとっさに耳をふさいだ。いつもの曲なのに、そばで聴くとずっとよかった。まるで何千ものギターとチェーンソーと雷鳴が一度に鳴り響き、ベースが頭のうしろの壁を揺らすみたいだった。そして、彼はシャウトするように歌いはじめた。一緒に歌えたし、歌いたかったけど、邪魔をしたくなかった。曲も歌詞も、すっかり覚えていた。

僕たちにはもう何も残されていないのに
どうして君は僕の声を
聴いてくれないの
ここにはもう何もないのに

歌い終えると、彼はデスクチェアを回転させてこちらを向き、いつもの静かな声に戻った。まるでさっきまでのことが夢だったみたいに。「ねえ、どんな声がいい？　高い声？　低い声？　それとも中間の声？」

夜の十時だった。彼の部屋の天井が銀河のように見えた。十四歳のときに描いたんだと彼は教えてくれた。

「あなたが決めて」わたしは言った。

彼は袖口で手を隠した。それが何を意味するのか、わかりはじめていた。

「今日は人生で最高の日よ」

アレッドはにっこりした。「まさか」彼がまたノートパソコンに向かうと、画面の光に彼の輪郭が浮かび上がった。「中間の声にしよう。中性的なレディオがいちばん好きなんだ」

☆二月の金曜日

わたしのタンブラーのフォロワーは、一日で千人以上増えた。わたしのアートが大好きというメッセージや、前から夢中になっていた番組に関われたことを祝福するメッセージがどっと押しよせたが、中にはわたしのアートが嫌いだとか、わたしが嫌いだとか言ってくる人たちもいた。

ユニバースシティのタンブラーのタグは、わたしの話題で持ちきりだった――わたしのアート、わたしのブログ、わたしのツイッター、そしてわたし自身。みんなまだ、わたしについてはっきりしたことは何ひとつ知らず、それがすごくありがたかった。たまには、ネットの匿名性がいいこともある。

わたしがユニバースシティのアーティストのトゥールーズだということを、アレッドが知っているのはいいけど、ほかの誰かに知られると思うと、やっぱり恐怖を感じる。

そしてもちろん、わたしがアートに関わったことが明らかになると、ツイッターやタンブラーには、ユニバースシティのクリエイターの正体を尋ねるメッセージが殺到した。予想はしていたけど、だからといってストレスを感じなかったわけじゃない。エピソードが公開されてから数日は、何か投稿するたびに、わたしが何者で、クリエイターは誰なのかという新たな質問の波が押しよせた。

メッセージを見せると、アレッドはパニックになった。

わたしたちはリビングのソファにすわって『千と千尋の神隠し』を観ていた。タンブラーに届いたメッセージを見せると、彼はスクロールして読み、額に手を当てた。そして、小さな声でつぶやいた。「まずいよ、どうしよう、どうしよう、ああ、神様」

「大丈夫よ、ばらしたりしないから……」

「ぜったいに知られるわけにはいかないんだ」

どうしてそれほど秘密にしたいのか、ほんとうのところはよくわからなかった。たぶん、プライバシーを守りたいとか、ネットに顔をさらしたくないとか、そういうことなんだろうけど、訊くのはちょっとはばかられた。

「そうね」わたしは言った。

「いい考えがある」アレッドが言った。

彼はノートパソコンでツイッターを開き、ツイートを打ち込む。

RADIO @UniverseCity
二月の金曜日——今でも信じているし、今でも耳を澄ましている

「二月の金曜日《フェブラリー・フライデー》」わたしは言った。「たしかに、いいアイデアかも」

二月の金曜日、あるいは「二月への手紙」のコーナーは、ユニバースシティのファンのあいだで、おそらく最大の論争を巻き起こしている。

ファンダム Wiki には、それについての秀逸な説明がある。

「二月の金曜日」と、ファンによる考察

ユニバースシティのファンのあいだでは、このシリーズ全体が、匿名のクリエイターから、彼または彼女の愛する、あるいはかつて愛した人への贈り物であると信じられている。

初期のエピソード（二〇一一年）の大部分と、後期のエピソード（二〇一二年～）の約半分には、物語に直接的にも間接的にも一度も登場しないキャラクター、二月の金曜日に向けられた短い一節が、多くの場合その終盤に含まれている。その中で、レディオ・サイレンスは、抽象的な心的イメージと、さまざまな解釈ができる比喩を織りまぜた表現で、二月の金曜日との交流の断絶を嘆いている。

この一節はほとんど意味をなさないことが多く、そのためファンは、これはクリエイターが「二月の金曜日」と呼ぶ現実世界の人物に向けた個人的なメッセージの一環であると考えるようになっている。この部分は、ユニバースシティのプロットとは一切関係なく、それぞれの一節にもつながりがないため、ファンのあいだでは、ここにはクリエイターにとって重要な意味のあることが含まれているのではないかとの議論がなされている。

これらの一節は「二月への手紙」と呼ばれるようになり、多くの人がその意味を解読しようと試みているが、どれも単なる推測、もしくは客観的な分析の域を出ていない。

そんなわけで、レディオが二月の金曜日について発信したことは、当然ファンのあいだに大きな嵐を巻き起こした。つかの間の騒ぎで、大騒動とまではいかなかったが、嵐には違いなかった。誰もがそちらに完全に気を取られて、わたしやレディオの正体を問い詰めるメッセージはぴたりとやんだ。

アレッドと親しくなって以来、二月の金曜日についてはあれこれ思いを巡らせてきた。知り合いの誰かをモデルにしているんだとしたら、それはいったい誰なのか、とか。すぐに浮かんだのはカリスだったけど、二月への手紙はすごくロマンチックだから、その考えは捨てた。わたしかも、と思ったこともあるけど、考えてみると、アレッドがユニバースシティを創りはじめたとき、わたしとの接点はなかった。

もちろん、今はアレッドとは友達だ。ということは、二月の金曜日について訊く機会ができたということだ。

わたしはその機会を利用した。

「ねえ、それはそうと……」わたしはソファの上でごろんと横になって、彼と目を合わせた。「二月の金曜日の秘密を教えてもらえないかな」

アレッドは唇をかみ、真剣に考えているようだった。

「うーん」彼も寝返りを打ち、わたしと目を合わせた。「あのさ、気を悪くしないでほしいんだけど、これはどうしても秘密にしておかなくちゃいけないんだ」

やっぱりそうだよね、とわたしは思った。

ユニバースシティ：エピソード32——宇宙のノイズ

UniverseCity　　110,897回再生

声は届いているかい？

下にスクロールして文字起こしを表示 >>>

[…]

思うんだが、二月、わたしたちは俗に言う〝連絡が途絶えた《ロスト・タッチ》〟状態なのだと思う。そもそも触れあい《タッチ》があったわけではないけどね。結局のところ、わたしはずっと君が見た場所だけを見ているし、君が歩いた場所だけを歩いている。わたしは君の濃いブルーの影の中にいるのに、君は振り向いてわたしがいることを確かめようともしないようだ。

ときどき思う。君は、たとえば星のように、もう爆発してしまったんじゃないかと。わたしが見ているのは三百万年前の君で、実際にはもうここにはいないんじゃないかと。君がそれほど遠くにいるなら、それほど遠い過去にいるなら、どうすれば今ここで一緒にいられるだろう。大声で叫んでも、君は振り返りもしない。ひょっとすると、爆発してしまったのはわたしのほうかもしれない。

いずれにしても、わたしたちは宇宙に美しいものをもたらそうとしている。

[…]

☆大きなくくりで見れば

八月十五日の木曜日は、成績発表の日だった。アレッドの十八回目の誕生日でもある。わたしたちの友情は、いまやこんなふうに育っていた。

(00:00) **フランシス・ジャンヴィエ**
誕生日おめでとう!!!
パーティー気分が伝わるといいけど
イケメン・アレッドに、たくさんの愛を込めて!
わたしの小さな相棒が、成人だなんてウソみたい
泣いちゃいそうよ

(00:02) **アレッド・ラスト**
ドン引きするようなメッセージで困らせようとしてるだろ

(00:03) **フランシス・ジャンヴィエ**
¯\(ッ)/¯

(00:03) **アレッド・ラスト**
でもとにかく、ありがとう
愛してるよ(✼❤︎<❤︎)

(00:04) **フランシス・ジャンヴィエ**
出た！　ドン引き返し

(00:04) **アレッド・ラスト**
おあいこだね

成績発表の日は、いつもながらストレスが半端じゃない。学校の友達と、ほぼ三週間会ったり話したりしていないのも、ストレスの一因だ。運がよければ、結果だけをさっさと受け取って、「どうだった？」と誰かに訊かれる前に帰れるかもしれない。

「きっと大丈夫よ、フランシス」ママが車のドアを閉めながら言う。学校に着いたばかりで、制服姿は暑くてうだりそうだった。「おっと、ごめん。こんなときにいちばん役に立たない気休めだったわね」

「ほんと、そう」わたしは言った。

駐車場を突っ切ってシックス・フォームのブロックに入り、階段を上ってＩＬＣに向かう。ママはずっとわたしを見ている。何か言いたいんだと思うけど、残りの人生を決める四つのアルファベットを目にする前に、かけるべき言葉は何もない。

どうやら出遅れたようで、部屋はすでに人でいっぱいだった。先生たちが机にいて、茶封筒を渡している。うしろのテーブルには、保護者のためのワイングラスが並んでいる。歴史のクラスで一緒の女の子が、五メートルほど離れたところで泣いているのに気づき、なるべく見ないようにする。

「ワインを取ってきてあげる」ママの言葉に、わたしは振り返った。ママはわたしの目を見て言う。

「ただの学校だからね」

「ただの学校？」わたしは首を振る。「そんなわけないでしょ」

ママがため息をつく。「たいしたことじゃないわ。大きなくくりで見れば」

「はいはい」わたしは天井を仰いだ。

結果は、A評価が四つだった。ASレベル試験で取得できる最高の成績だ。

うれしいはずだった。ぴょんぴょんとび跳ねて、うれし泣きしてもおかしくなかった。

だけど何も感じなかった。がっかりせずにすんだ、それだけだ。


十年生のときの成績発表の日は、カリスが家出した前日だった。カリスにとっては十一年生の成績発表で、GCSE試験の結果のほとんどが発表される大事な日だった。彼女の成績があまりよくないのはいつものことだけど、そのことで動揺しているのを見たのはその日が初めてだった。

わたしは、一年前に受けた科学のGCSE試験の結果を受け取ったばかりで、成績はA*だった。そのときも、ママと一緒にILCを出て、その後何度も目にすることになる、タイムズ・ニュー・ローマン体の小さな活字で印刷された初めての「a*」の文字を見つめていた。階段を下りて校舎から出ようとしたとき、カリスと母親のキャロル・ラストがちょうど開いたドアから出て、駐車場に向かって歩いていくところだった。

「情けないったらありゃしない」という声が聞こえた。たぶんキャロルが言ったんだと思うけど、今でも確信はない。

カリスの頬には涙が伝い、母親は彼女の腕を、痛そうなほどぎゅっとつかんでいた。

わたしは先生たちに見つからないように壁の方を向いて、ママがこっそり持ってきてくれたワインをぐいと飲み干した。それから、わたしに話しかけたそうにしているアフォラヤン校長の前を通り過ぎて部屋を出て、階段を下り、校舎から日差しの中に出た。成績表の封筒は、握っていたせいでしわになり、名前はにじんでいた。

「どうしたの？」ママが言った。「あまりうれしそうじゃないわね」

そのとおりだったけど、理由はわからない。

「フランシス！」

友達じゃありませんようにと祈りながら振り向いたが、もちろんそれは友達で、レイン・セングプタだった。校舎の外の柵にもたれて、わたしの知らない誰かと話していた。近づいてきた彼女は、髪を右側だけ刈り上げていた。

「よかった？」彼女はわたしの封筒をあごで示した。

わたしはにっこり笑った。「うん、Aが四つだった」

「うっそ、すごいじゃん！」

「ありがとう。すごくうれしいわ」

「じゃあ、ケンブリッジは大丈夫だよね」

「たぶん」

「よかったね」

しばらく沈黙があった。

「あなたはどうだった？」わたしは尋ねた。

レインは肩をすくめた。「CがふたつにDとEがそれぞれひとつ。さんざんな成績だけど、再試験を受けたら、落第にはならないと思う」

「それは……」わたしは言葉につまったけど、言いたいことは伝わったようだ。

彼女は笑った。「いいの。どうせ試験勉強もしてないし、美術の制作もひどかったから」

わたしたちは互いにぎこちなくさよならを告げ、わたしはママと駐車場に向かった。

「あの子は誰？」車に乗り込むとママが言った。

「レイン・セングプタ」

「初めて聞く名前ね」

「同じグループの友達。それほど親しくないわ」

携帯が震えた。アレッドからのメッセージだ。

アレッド・ラスト
A＊が四つ！　合格だ！

ママが車の日よけを下ろし、「車、出していい？」と言い、わたしは「うん」と答えた。

☆ 敵意の連鎖

同じ日に、ジョニー・Rで盛大な試験打ち上げパーティーがあった。シックス・フォーム全員が招待されていたけど、わたしは気が進まなかった。第一に、みんな酔っぱらう気満々でいること。それなら、自宅のリビングでひとりユーチューブを観ながらいくらでもできるし、終電に間に合うかとか、性被害に遭わないかとか心配しなくてもいい。第二に、最近はレイン以外の友達とほとんど話していないこと。もしシミュレーション・ゲームの〈ザ・シムズ〉なら、わたしたちの友情グラフの数値はほぼゼロだったと思う。

アレッドはダニエルと誕生日を祝うと言っていた。最近はふたりで一緒にいる時間は多くないと思っていたから、少し意外だった。だけど、ダニエルはアレッドの幼なじみの親友だから異論はない。ママはシャンパンを買ってきて、デリバリーのピザを食べながら雑学クイズの〈トリビアル・パスート〉をやるのはどうかと提案した。アレッドへのプレゼントは、明日渡せばいいだろう。

ところが、思いもよらないことが起こった。夜の九時四十三分に、ダニエル・ジュンがドアをノックしたのだ。

わたしは少し酔っていたけど、素面だったとしても間違いなく笑い転げていただろう。ダニエルは、グラマースクール時代の制服を着ていた。アカデミーに移ってシックス・フォームになる前まで着ていたものだ。制服自体はごくふつう――黒のブレザーとズボン、ネイビーのネクタイ、ゴールドの〈T〉のワッペン――だけど、ダニエルの十二年生のときの成長はすさまじかったから、ズボンはくるぶしの上までしかなく、ブレザーはピチピチで、袖もすごく短くて、とにかくすごく変てこに見えた。

わたしが大笑いしているあいだ、ダニエルはむすっとした顔で突っ立っていた。

「ああおかしい、なんだかブルーノ・マーズみたい！」笑いすぎて、涙まで出てきた。

ダニエルは顔をしかめた。「そんなこと言われるのはすごく心外だ。ブルーノ・マーズのルーツは、プエルトリコとフィリピンで、韓国じゃない」

「そうじゃなくて、ズボンが短いことを言ってるの。『ジャージー・ボーイズ』のオーディションでも受けてきたの？」

「え？　ああ——そうさ。それこそが人生の最終目標だって、キャリア・シートにも書いた」

「それはそうと、さっきのブルーノ・マーズに関するトリビア、驚いたわ」わたしは戸口にもたれた。「ひょっとして、雑学クイズは好き？　今ちょうど〈トリビアル・パスート〉をやってたところなの」

「そんなことのために来たんじゃないよ、フランシス」

わたしたちは顔を見合わせた。

一瞬、沈黙が落ちる。

「じゃあ、どうして来たの？　アレッドと一緒だと思ってたけど」

彼はまた顔をしかめた。「もともとは、ジョニー・Rの打ち上げパーティーに行くつもりだったんだ。けど、アレッドが行きたがらなくて。君と誕生日を祝えたらうれしいって言うもんだから」

「ふたりで過ごすのかと思ってた」

「そのつもりだった」

「わたし抜きで」

「さっきまではそうだった」

「つまり、わたしは究極のお邪魔虫ってわけだ」

ダニエルが声を上げて笑う。「まあ、そうなるね」

目の前でドアを閉めてやろうかと思った。

「で、来るの？　来ないの？」彼は言った。

「もし行ったら、ひと晩中わたしを邪魔者扱いするんでしょ？」

「たぶん」

少なくとも彼は正直だ。

「いいわ、わかった。だけど質問がふたつある。ひとつ目。どうして昔の制服なんか着てるの？」

「打ち上げパーティーのドレスコードだから」彼はポケットに手を突っ込んだ。「フェイスブックの案内を読んでないの？」

「ちゃんとは読んでない」

「だろうね」

「ふたつ目。どうしてアレッドはここにいないの？」

「ちょっとおしっこしてくると言って出てきたから」

「じゃあ、彼はあなたが今、トイレに行ってると思ってるの？」

「そういうこと」

わたしはダニエルをじっと見た。言われたから来たんじゃないんだ。誰かを喜ばせたくて、自分で考えてここまで来たんだ。もちろん、彼が喜ばせたい相手はアレッドしかいない。だけど……これってちょっとすごいことだ。

「わかった、いいわ。だけど、ちょっと妙な気分。あなた、いつもわたしを目の敵《かたき》にしてるから」

「目の敵だなんて。過剰反応しないでくれよ」

わたしは彼の気取ったアクセントを真似した。「あら、失礼。わたしたち、特別親しいわけじゃないってことが言いたかったの」

「それは、君がいつも敵意をむき出しにするからだ」

「ちょっと待って、敵意むき出しなのはそっちなんですけど」

わたしたちはにらみ合った。

「敵意のパラドックス。敵意の連鎖。敵意の応酬」わたしは言った。

「いつも、そういうのを着てるの?」彼が言った。

わたしは自分の格好を見た。着ていたのはバットマンの着ぐるみだった。

「何か問題でも?」

「あるよ」彼は振り返りながら言った。「おおいに」

わたしがリビングに戻って、アレッドのところへ行くとママに言うと、ママは、『ブリティッシュ・ベイクオフ』の続きを観たかったからちょうどよかった、帰ってくるときはあまりうるさくしないでねと言った。わたしはキッチンのテーブルにあったアレッドへのバースデーカードとプレゼントを取り、ドアのそばのトレイから鍵をつかんで、靴を履き、最後に玄関の鏡に自分の姿を映した。メイクははげていて、頭のおだんごはバラバラにほどけかけていたけど、そんなことはどうでもいい。アレッドの家に行って何をするんだろう。リビングでお酒を飲むことくらいしか考えられない。どうなんだろう。まあ、何だっていい。飲むなら、飲んでやろうじゃないの。

☆発電所

「一応言っておくけど」アレッドの家とはぜんぜん違う方向に歩きながら、わたしは言った。「これってアレッドの家に行く道じゃないわよ」

「君って人は、ほんとに驚くほど賢いんだな」ダニエルは言った。「Aは四つ取れた？」

「ええ、あなたは？」

「取れた」

「おめでとう」言ってすぐ首を振る。「って言うか、どこへ行くの？　遠出するような格好じゃないんだけど」

ダニエルは少し先を歩いていたが、振り返ってうしろ向きに歩きはじめた。暗闇の中で、街灯が彼の顔を浮かび上がらせている。

「野原でキャンプしようってことになったんだ」

「そんなことしていいの？」

「たぶんよくない」

「ルールを破ろうってわけ？　やるわね」

彼は何も言わずに背を向ける。おもしろい。

「この夏は、アレッドとあんまり遊んでなかったみたいね」

彼は振り返らない。「それが何か？」

「べつに。旅行にでも行ってたの？」

彼は笑った。「だったらいいけどね」

「しばらくアレッドに会ってないって言ってたわよね」

「俺がいつそんなことを言った？」

「えっと」立ち入ったことを訊いてしまったんだろうか。「このあいだ、歴史の試験の前に、あなたが話しかけてきたとき……」

「ああ、あれね。お互いにちょっと忙しかっただけだよ。俺は週五日、町の〈フランキー&ベニーズ〉で働いてるし、知ってると思うけど、アレッドはメッセージにまめに返信するタイプじゃないから」

わたしのメッセージにはすぐ返信してくれるけど、そのことは言わないでおいた。

「そもそも、いつから君たちはそんなに仲良くなったの？」ダニエルは怪訝な顔をした。

「クラブで彼を救出したときからよ」それについて、ダニエルは何も言わなかった。そっぽを向いて、ポケットに手を突っ込んでいる。

空はまだ完全に真っ暗ではなく、ぼんやりした濃いブルーだった。月と星がいくつか見えて、いい感じだ。踏み台を乗り越えて村はずれの野原に出ると、あまりの静けさに驚かされた。風の音も車の音もまったくない。生まれたときからこの田舎町に住んでいるのに、こんなに静かな場所には生まれて初めて来た気がする。

野原の真ん中の乾いた地面に小さな焚き火が燃えていて、横には大きなテントがあり、そこに炎で全身を金色に輝かせたアレッド・ラストがいた。彼も学校の制服を着ていた。この二か月ずっと着ていたものだから、サイズはぴったりだけど、なんだかしっくりこない。カラフルなショートパンツや、オーバーサイズのニット姿を見慣れているからだろう。

アレッドが十八歳？　わたしの知る誰かが十八歳だなんて、そんなことってあるだろうか。

わたしは足首までの短いズボンのダニエルを追い越し、牧草地を駆け抜け、アレッドの上に倒れ込んだ。

一時間後、ウォッカのボトルは四分の三ほど空になっていた。アルコールを飲むと眠くなってしまうわたしにとって、これはあまりいいことではない。

アレッドがわたしのプレゼントを開けた――摩天楼の形をしたラジオだ。音楽に合わせて、窓に明かりが灯るようになっている。アレッドは、こんな素敵なラジオは見たことがないと言い、それはたぶん嘘だけど、気に入ってくれたことはうれしかった。電池式なので、ＢＧＭにしようとつけると、ラジオ１で電子音楽をテーマにした番組をやっていて、メロウなシンセサイザーと低いベースが織りなす音楽がいくつも流れてきた。町の明かりと発電所の明かりが、遠くで点滅している。

ダニエルはラジオをひと目見るなり言った。「こいつはたまげたな。ユニバースシティのことを知ってるのか？　この野郎、白状しろ！」

酔ったダニエルは、素面のときよりも口が悪くて、偉そうだったけど、なぜかそっちのほうが素直に笑えた。ふだんなら顔を殴ってやりたくなるんだけど。

「えーっと」わたしは言った。

「えーっと」アレッドも言った。

「ごまかさなくていい。君たちの反応を見ればわかるさ」ダニエルは頭をのけぞらせて笑った。「まあ、誰かにバレるのは時間の問題だと思ってた」彼が身を乗りだしてくる。「いつから聴いてた？

テーマ曲で俺がベースを弾くのを聴いてくれてた？」

わたしは笑った。「あなたがベースを？」

「今はもう弾いていないけどね」

わたしがほかに何か言おうとするのを、アレッドがさえぎった。それまで三十分、彼は棒の先に火をつけて、花火で空中に絵を描くみたいに振りまわしていた。「彼女が新しいアーティストだよ」

ダニエルは眉を上げた。「アーティスト？」

「そう、先週のエピソードのＧＩＦ画像を創ったんだ」

「ああ」ダニエルの声が少し静かになった。「先週のはまだ聴いてないんだ」

アレッドはにやりとした。「さては、フェイク・ファンだな」

「黙れ、俺は正真正銘のファンだ」

「フェイク・ファン」

「チャンネル登録第一号だぞ」

「フェイク・ファン」

ダニエルが土を握ってアレッドに投げつけると、アレッドは笑ってそれをよけた。

その夜は、ふざけっぱなしだった。このメンバーで一緒にいるのが不思議だった。アレッドとは同じ学年じゃないし、そもそも同じ学校でもない。ダニエルにいたっては、もともとわたしとは犬猿の仲だ。男子ふたりと女子ひとりのグループというのも、あまり聞いたことがない。

ダニエルとアレッドは、試験結果について話しはじめた。

「正直……ほっとした」ダニエルが言った。「夢だったんだ。いい大学に入って、生物学を学びたいって、ずっと……六年間くらいずっと望んでいた。もし失敗していたら、自分を嫌いになっていたと思う」

「ほんとによかった。僕もうれしいよ」アレッドは横向きに寝そべり、まだ火に棒を突っ込んでいる。

「自分の結果にも満足してるんだろ？」

「ははは、どうかな」アレッドのこの言葉は腑に落ちなかった。なんだか自分の結果を喜んでいないみたい。「いいじゃない。僕はどんなことにもあまりこだわりがないんだ」

「ユニバースシティのことは、あんなにこだわってるのに？」わたしは言った。

アレッドはわたしを横目で見た。「そうだね。たしかに」

疲れて、まぶたが重くなってくる。ふと、カリスのことが頭に浮かんだ——二年前もこうだった。あの成績発表の日の夜、あのときもホームパーティーでふたりともこんなふうに酔ったんだった。ひどい夜だった。

わたしはいつ、アレッドにカリスのことを話すつもりだろう。

「今朝、成績のことで泣いている人がたくさんいたよ。だからもっと喜ぶべきだ」ダニエルはそう言って、ウォッカとコーラのボトルをアレッドに渡した。「ぐいっとやってくれ、バースデー・ボーイ」

もうすぐ酔いが次の段階に達して、あとで後悔するようなことを言ってしまうかもしれない。その前に眠ってしまうかもしれないし、そうじゃないかもしれない。わたしは地面から草を引き抜いては、火の中に投げ入れはじめた。

☆カニエは気に入らなかっただろう

野原にいたわたしたちは、いったんそこを離れ、また戻ってきた――わたしはどこからか毛布を手に入れ、アレッドとわたしはカニエ・ウェストの曲に合わせて歌った。アレッドはラップの部分をぜんぶ歌えたけど、わたしはそうじゃなかったので、アレッドひとりが星たちの前でドラマチックなパフォーマンスを披露した。暖かくて、空は澄みきっていた。カニエはきっと気に入らなかっただろう。

三人でテントに入り、ダニエルはイバラの茂みの中で吐いて、腕をすり傷だらけにしてよろよろ戻ってくると、すぐに眠りについた。アレッドはさっきからつぶやいている。「たしかに勉強は大事だよ。いい成績を取ることとか、大学に合格することとか。だけど僕の脳はこうも言っている。知らないよ、どうだっていい。どうせなるようにしかならない、って。だから、ここのところ、しなくていい勉強はしない、しなきゃいけないことだけをする、みたいな感じになってきている。だけど、ほんとうにどうだっていいんだろうか。わからない。考えれば考えるほど、わからなくなってくる……」わたしはうなずき、なぜかにこにこしながら、「わかる」と言い続けている。

アレッドに尋ねる。「二月の金曜日って誰なの?」

でも彼は「言えない」の一点張りだ。

わたしは言う。「わたしたち、友達でしょ!」

彼は言う。「そのことは関係ない!」

「その人に恋をしてるの？　ファンの子たちが噂しているみたいに」

彼は笑って答えない。

わたしたちは野原の真ん中に立って、どちらが大声で叫べるかを競う。

そして、夜の闇の中で写真を撮ってツイートしあう。一瞬、大丈夫かな、と不安になった。顔は誰にもわからないだろうけど、詮索する人が出てくるかもしれない。

RADIO　@UniverseCity
@touloser　トゥールーズを激写［ぼやけた二重あごの写真］

toulouse　@touloser
@UniverseCity　レディオの正体［ぼやけたスニーカーの写真］

わたしたちは草の上に寝転んでいる。

わたしは言う。「キツネの声が聞こえる気がする」

アレッドは言う。「僕の頭の中には、レディオの声が鳴っている」

わたしは言う。「どうして寒くないの？」

アレッドは言う。「感じることを、とっくにやめたから」

わたしたちはテントの中で横になっている。

わたしは言う。「昔よく、悪夢にうなされたわ。夜驚症《やきょうしょう》っていって、目が覚めてもまだ悪夢の中にいると感じるの」

アレッドは言う。「僕は毎晩胸が痛くなって、もうすぐ死ぬって思うんだ」

わたしは言う。「十二歳になれば、なくなるはずなんだけど」

アレッドは言う。「胸の痛み？　それとも夜驚症？」

この十分間、わたしたちはユニバースシティのエピソードを録画しようとしていたが、実際には、アレッドとわたしが鬼ごっこをして、わたしがまた彼の上に倒れ込んだこと（今回は偶然）だけだった。そのあと、わたしはネット上と同じ〝トゥールーズ〟という名の人物を即興でたっぷり数分間演じ、そして今は三人で〝したことないゲーム〟をやっている。

「僕はこれまで一度も……」アレッドはあごをとんとんたたく。「おならをして、誰かのせいにしたことがありません」

ダニエルがうなり、わたしは笑い、ふたりともやったことがあるしるしに、お酒を飲み干す。

「あなたはしたことないの？」アレッドに訊く。

「ないよ、そこまで恥知らずじゃない。自分の行動には責任を取るよ」

「オーケー。じゃあ次。わたしはこれまで一度も……」わたしはふたりを交互に見る。「門限を破ったことがありません」

「門限を守るなんてダサいよ」笑ってお酒をぐいっと飲むダニエルに、アレッドがちらっと視線を送り、「じゃあ、僕はダサいね」と言うと、ダニエルはたちまちすまなそうな顔になる。

「俺はこれまで一度も……」ダニエルがボトルをたたく。「本気じゃないのに〝愛している〟と言ったことがありません」

「おおお」わたしは長い声を上げる。アレッドはカップを上げ、飲むのかと思ったら、気が変わったように目をこする。ひょっとしたら、最初から目をこするつもりだったのかもしれない。わたしもアレッドもお酒には口をつけない。

「じゃあ、僕はこれまで一度も……」アレッドは言葉を切り、目を曇らせた。「大学に行きたいと思ったことはありません」

ダニエルとわたしはしばらく何も言わずにいたが、やがてダニエルが、悪い冗談だ、みたいに笑い、アレッドも冗談だよみたいに笑った。だけど、わたしはどうすればいいかわからなかった。ぜんぜん冗談には聞こえなかったから。

そのあとすぐテントの中でうとうとして、目を覚ますと、ダニエルがとなりで眠っていた。アレッドの姿はない。テントの外に出ると、彼が草の上をぐるぐる歩きながら、携帯を口に近づけて何かブツブツ言っているのが見えた。そばに行って「何してるの？」と尋ねると、彼はぎくっとして顔を上げ、「驚いたな、ぜんぜん気づかなかった」と言い、そのとたん、ふたりとも何が言いたいのかを忘れてしまった。

ダニエルも起きてきて、三人で動画を撮りながら、ユニバースシティのテーマ曲「ナッシング・レフト・フォー・アス」を歌う。ぼやけた映像には、暗闇の中を走るわたしたちの目と肌が断片的にちらっと映っているだけだ。気が変わらないうちに、そのエピソードをユーチューブに上げる。

ダニエルと並んで横になると、彼は話しはじめた。「ある日、俺が五歳のとき、ある女の子が俺の本名を呼んで、一日中からかったんだ。校庭を走りまわりながら、バカみたいな声を張り上げて、『デソン、デソン、デソン、デソンって変な名前』ってさ。それを聞いて俺、パニックになって、泣きわめく感じになっちゃって、先生がおふくろに電話をした。迎えに来てくれたときも、俺はまだ泣いていた。うちのおふくろは、まじで世界でいちばんやさしい人で、家に帰るとこう言った。『ねえ、英語の名前をつけない？　わたしたち、今はイギリスに住んでいるんだし、あなたはこれからもイギリスで暮らしていくんだから』。そのときは、すごくうれしかった。それで、おふくろは学校に、名簿上の名前をダニエルに変更するよう言ってくれた。俺の話は以上」

わたしはダニエルにうなずいた。「ほんとうは、デソンと呼ばれたい？」

「まあね。よかれと思ってしてくれたことはわかってる。でも〝ダニエル〟って名前は嘘みたいに感じる。大学に行ったら、また変えるかも……」

「ときどき、エチオピアの名前だったらよかったのにと思う」わたしは言った。「それか、東アフリカの名前……自分のルーツをもっと身近に感じる名前だったらって、ほんと思う」

ダニエルがわたしに顔を向ける。「え、君の両親って……」

「母はイギリス人。父はエチオピア人なの。だけど、わたしが四歳のときに離婚して、父は今は新しい家族とスコットランドに住んでいる。今でも電話ではしょっちゅう話すけど、会うのは年に数回だし、父方の祖父母や、叔母さん叔父さん、いとこたちとはほとんど会ったことがない。もっと近い関係だったらよかったのに……ときどき、わたしの知ってる黒人は自分だけだって思うわ。父の姓はメンゲシャっていうの。わたし、フランシス・メンゲシャだったらよかったのに」

「フランシス・メンゲシャ。いいね」

「でしょ」

「イニシャルはＦＭだな。ＦＭラジオのＦＭ」

キツネの声はまだ続いている。誰かが惨殺されているみたいな声だ。

アレッドは焚き火の横で目を閉じて横になっている。ダニエルは寝返ってアレッドの上にまたがると、顔の両側の草に手をついて顔を近づけた。アレッドは目を開けたけど、焦点を合わせることができず、目を細めて笑いながら彼を押しのけた。

わたしはキツネをさがそうと、鳴き声のする、森を抜けるナショナル・トラストの小道の方へと進んだ。暗い夜の森に入るのは怖いと思うかもしれないけど、ちっとも怖くなかった。

もう少しで声のする場所に着くころ、誰かがこちらに向かって歩いてくるのがわかった。怖くなったのは、そのときだ。怖すぎて、尻もちをつくか、走って逃げるかしたくなったけど、とっさに携帯のライトを向けた。すると、それは彼女だった。真夜中の暗闇をさまよっていたのは、まぎれもなく……カリス・ラストだった。

「なんてことなの《ジーザス・クライスト》」

いや――待って。そんなはずない。これはただの夢だ。

でもわたし、眠ってる？

「違うわ」カリスは言う。「わたしよ」

でも、イエス・キリスト《ジーザス・クライスト》だとしても驚かなかっただろう。彼女は、天国から抜けだしてきたように見えた。携帯のライトが、白い肌とプラチナブロンドの髪を照らしているせいかもしれない。

あのときのことは、たしかに夢じゃなかった。二年前の成績発表の日の夜に、実際に起きたことだ。

わたしたちは、誰かの家のパーティーに行っていた。カリスがふらりと森の中に入っていった。

どうして今、そんなことを思い出しているんだろう。

「あなた……キツネ人間なの？」あのとき、わたしは尋ねた。

「いいえ、ただ夜の野生動物が好きなだけ」彼女は言った。

「夜に歩き回るのはよくないわ」

「あなたもね」

「それはそう。反論の余地もないわ」

何かが起こる予兆はなかった。

あのとき、わたしたちはお酒を飲んでいた。わたしのほうがとくに。それまでもパーティーに行ったことは何度もあった。みんなが次々に酔いつぶれたり、植木鉢に吐いたりするのにも慣れてきていた。庭にすわって葉っぱを吸う男子グループにも慣れてきていた。というか、何をしているのかよくわかっていなかった。みんなが軽々しくキスしたりするのにも慣れてきていた。見るだけでいやな気分になったとしても。

わたしたちは一緒にパーティーに戻った。夜中の二時か三時だったと思う。

裏庭の門を抜けると、芝生には酔いつぶれた人が何人も転がっていた。

その日、彼女はとても静かだった。静かで悲しげだった。

わたしたちは、リビングのソファにすわった。部屋は暗くて、お互いの顔はほとんど見えなかった。

「どうしたの?」わたしは言った。

「どうもしない」彼女は言った。

それ以上訊かずにいると、しばらくして彼女が言った。

「あなたがうらやましい」

「え?　どうして?」

「どうしてそんなふうに……人生を楽々と切り抜けていけるの？　友達も、学校も、家族も……」そう言って首を横に振った。「どうすれば、何もしくじらずにうまくやっていけるの？」

何か言おうと口を開いたけど、言葉が出てこなかった。

彼女は言った。「あなたには、自分で思っているよりずっと大きな力がある。だけど、それを無駄にしてる。いつだって、誰かに言われたことをしているだけなのよ」

彼女の言いたいことがよくわからず、わたしは言った。「十五歳にしては、あなたってませすぎね」

「はっ、大人みたいなことを言うのね」

わたしは顔をしかめた。「むかつく。偉そうな口をきいてきたのはそっちじゃない」

「酔うと口が悪くなるわよね」

「頭の中じゃ、いつも悪態をついてるからね」

「誰だって、頭の中は別人格よ」

「あなたって、ほんとに……」


気がつくと、わたしたちは焚き火のそばにいた。アレッドはテントの中でダニエルと一緒に眠っている。時間が飛び続けている。どうやってここまで来たんだろう。カリスは実際にここにいるんだろうか。金色の炎に照らされた彼女は、悪魔のように見える。「あなたは、どうしていつもそんなふうなの？」わたしは尋ねる。

「わたしはただ……」カリスは手に飲み物を持っている。いったいいつの間に？　これは現実じゃない。これは夢だ。「話を聴いてくれる人がほしいだけ」

彼女がいついなくなったのかは覚えていない。ほかに何を言ったかも覚えていない。彼女が二分後に立ち上がり、「誰もわたしの話を聴こうとしない」と言った以外には。

☆ひとつの大きなかたまり

わたしたちは、アレッドの家のリビングのカーペットに寝そべっていた。テントで寝るのは、あまりいいアイデアじゃなかった。寒くて、水もなくなり、外で用を足すのはいやだったので、ふらつく足で家に戻った。まったく覚えていないけど、たぶんそうなんだろう。アレッドが、母さんは二、三日親戚の家に行っていて留守だ、みたいなことを言ったのを覚えている。どういうことなんだろう。息子の誕生日に家にいないなんて。

ダニエルはソファでふたたび眠り、アレッドとわたしは床で横になっていた。それぞれ毛布をかけて、照明はぜんぶ消えていて、わたしの目に映るのはアレッドの淡いブルーの瞳だけで、聞こえてくるのは摩天楼ラジオからの低いシンセの音だけだった。わたしは自分でも信じられないほど真剣に、アレッド・ラストを愛していた。たとえそれが、死ぬまで添い遂げるタイプの、世間一般に受け入れられる形の愛でなくても。

アレッドが寝返ってわたしの方を向いた。

「カリスとはよく一緒に遊んだの？」ほんのささやき程度の声。「列車の中は別として」

カリスのことを話すのは、これが初めてだった。

「じつを言うと、わたしたち、ほんとの友達じゃなかった」わたしは嘘をついた。「十年生のときはよく一緒にいたけど、ちゃんとした友達って感じじゃなかった」

彼の眉がぴくっと動く。アレッドはわたしを見つめ続けた。

わたしは、彼が学校へ行く列車で、一度も姉のとなりにすわらなかったのはなぜなのか訊きたかった。全員が十五歳だったあの夏、カリスが一度でもわたしの話をしたことがあるかを尋ねたかった。わたしが彼女にキスしたあの夜、家に帰った彼女が何を言ったのか、まだ怒っていたのか、わたしに怒鳴ったことを話したのか、わたしが嫌いになったと言ったのか、ほんとうはずっとわたしが嫌いだったのか知りたかった。

カリスから連絡があったのか訊きたかった。だけど、訊けずに黙っていた。彼女がいなくなったのはわたしのせいだと伝えたかった。

わたしがかつて彼の姉に片思いをしていたこと、そしてある日、悲しんでいる彼女にキスをしたこと、そうするのが正しいと思っていたけど、間違いだったことをぜんぶ話したかった。

「母は……」アレッドの言葉は消え、三十秒ほど黙ったままだった。「母は、カリスがどこにいるのか教えてくれないんだ。どうしているのかも」

「そんな。どうして?」

「僕に会わせたくないからだよ。母は姉を嫌ってる。ちょっとやそっとじゃなく、本気で嫌ってるんだ。気に入らないとかそういうレベルじゃない。顔も見たくないと思ってるんだ」

「ずいぶん……複雑ね」

「うん」

ときどき、自分が知らなかったことの重みに打ちのめされることがある。カリスのことにかぎらず、あらゆることに関して。自分の親を嫌いだというのは、親から嫌われているというのは、どんな感じだろう。家出をするってどういう気持ちなんだろう。わからない。たぶん一生わからない。そのことに対する不安は、この先ずっと消えないだろう。

「きっと、わたしのせいなの」わたしは言った。

「何が？」

「カリスが家出したこと」

アレッドは眉根を寄せた。「どういうこと？」

話す必要がある。

「彼女にキスをして、友情を壊してしまった」

アレッドは驚いたように目をしばたたいた。「えっと――君が？」

わたしはうなずき、海面から飛びだしたみたいにふーっと息を吐いた。

「それは――君のせいじゃないよ。君が……」アレッドは咳払いをした。「君が責任を感じることはない」

わたしは自分が嫌いだ。嫌いすぎて、床を突き破って地球の中心にまで落ち込みたくなる。

「カリスとのことがあるから、あなたとは友達になれない」わたしは言った。

「そんなことない」

そのとき、アレッドがわたしを抱きしめた。ふたりとも床に寝ていたから少しぎこちなかったけど、簡単に言えば、別々の毛布にくるまったふたつのかたまりから、ひとつの大きなかたまりになった。

どれくらいそうしていたかはわからない。携帯はずっと見ていない。

やがて彼は言った。「僕たち、いつか有名になるかな」

わたしは答えた。「さあ、どうだろう。有名になりたいとも思わないし」

「有名になるのって、すごいストレスだろうね。四六時中、プライベートを詮索されて。ファンっていうのは……クレイジーだからね。情熱的で尊いけど……クレイジーだ」

わたしはほほ笑んだ。「楽しいかも。すごく大きなミステリーの一部になったみたいで」

彼もほほ笑んだ。「僕たち、もうすでにすごく大きなミステリーの一部だよ」

「有名になりたいの？」

「僕は、ただ……特別になりたいだけ」

「あなたは特別よ」

彼は笑って言った。「うるさい」

☆ダークブルー

次に覚えているのは、暗闇の中、氷のように冷たいカーペットの上で目覚めたことだ――たぶん朝の三時か四時だったと思う。口の中は、化学の授業で嗅いだ何かの味がして、すべてが静まりかえり、空中をほこりが漂っていた。アレッドとダニエルの姿はない。

猛烈な尿意に襲われ、毛布の山から抜けだして、トイレに行きかけたところで足をとめた。キッチンから話し声が聞こえる。

廊下はほぼ真っ暗で、ふたりともわたしに気づいていない。わたしからもふたりの姿はよく見えず、月明かりの中に人影らしきものがぼんやり見えるだけだけど、見る必要もなかった。ふたりはダイニングテーブルの椅子にすわり、アレッドは片腕を枕にして、ダニエルは頬杖をついて、お互いを見つめていた。ダニエルはワインボトルらしきものに口をつけて、ひと口飲んだ。

どちらかが口を開くまで、長い沈黙があった。

「うん、だけど人に知られるかどうかは関係ないよ」アレッドの声だ。「これは僕たちふたりのことだし、他人がどう思うかなんて、完全にどうでもいい」

「だけど、君は俺を避けてる」ダニエルが言った。「夏休みのあいだ、ほとんど会ってなかっただろう」

「それは――君が勉強で忙しかったから……」

「そりゃそうだけど、もし会いたいと思ってくれてたなら、喜んで時間を作ったよ。だけど、そんな感じじゃなかった」

「会いたいと思ってたよ！」

「じゃあ、何が問題なのか、はっきり言ってくれよ」ダニエルのいらついた声。

アレッドの声はさらに小さくなった。「問題なんてない」

「俺が嫌いなら、そう言ってくれ。嘘をつく意味はない」

「君のことは好きだよ」

「好きの意味が違うよ」

アレッドは片手でダニエルの腕をつつき何か言ったが、ほとんどひとり言みたいなつぶやきだった。

「そういう意味で好きじゃないなら、僕たちどうしてこんな話をしてるの？」

ダニエルはじっとしている。「たしかにそうだな」

「つまり、そういうこと」

何が起こるかに気づいたのは、そのときだった。それが起こる、ほんの数秒前だ。今思い返しても、驚いた記憶はない。何かを感じたかも覚えていない。ただ、少し寂しい気持ちになったのは覚えている。

アレッドが身体を起こして、両腕を差しだした。ダニエルがその腕にもたれ、アレッドの胸に頭を預けた。アレッドはダニエルを抱きしめ、背中をやさしく撫でた。ふたりの身体が離れ、アレッドは次に起こることを待っていた。ダニエルはアレッドの髪をかき上げ、「散髪しなくちゃな」と言うと、かがみ込んで彼にキスをした。わたしは背中を向けた。これ以上見る必要はない。

しばらくして、暗闇の中、冷たいカーペットの上で目を覚ますと、となりにアレッドがすわっていた。両手で顔をすっぽり覆って頭《こうべ》を垂れ、酸素の切れた宇宙飛行士みたいな荒い呼吸をしている。ダニエルはいない。アレッドがあまりに苦しそうなので、起き上がって彼の肩に手を置き、「アレッド」と呼びかけたけど、彼は顔も上げずにただ震えている。そのとき気づいた。アレッドは泣いている。顔が見えるようにのぞき込み、もう一度「アレッド」と呼びかけたけど、何も起こらない。次の瞬間、彼の口から恐ろしいうめき声が上がった。彼はただ泣いているんじゃない。そんな言葉では片づけられない。眼球を掻きだし、壁をぶち壊したくなるような泣き方だ。とても耐えられない。ただでさえ他人が泣くのは苦手なのに、こんなのぜったいに無理だ。両腕を回して彼を抱きしめると、彼の身体はぶるぶる震えていた。ほかにどうすることもできず、彼を抱いたまま「どうしたの？」とささやき続ける。何十億回も言ったけど、彼はただ首を振り続けるだけで、何を言いたいのかはわからない。どうにか彼を横にして、もう一度どうしたのかと訊くと、彼はただ「ごめん……ごめんよ……」と繰り返すばかりだったが、しばらくして、「大学に行きたくない」とぽつりと言った。わたしが眠りに落ちたときには、まだ泣いていたと思う。

次に目覚めると、ダニエルがソファにいた。星空の下でキャンプするみたいに、寝袋に入って。

そのとき気づいた。ダニエルが二月の金曜日なんだ。

どうして気づかなかったんだろう。幼なじみの親友との秘密の恋――これ以上ロマンチックな関係があるだろうか。その分野にぜんぜん詳しくないわたしにでも想像がつく。フライデーの正体がわかってうれしいはずなのに、何も感じなかった。天井を見上げる。星があることを期待したけど、そこには何もない。

ふたたび猛烈な尿意に襲われて起き上がり、アレッドにちらりと目をやる。わたしのとなりで、顔をこちらに向け、頬の下で片手を曲げて眠りについている。目の下が紫っぽく見えるのは、光のせいかもしれない。月明かりは、永遠にダークブルーに沈んでいるように思える。

2章
夏休み（b）

☆最悪のエピソード

これまで誰かの家で目覚めたことは何度もあるけど、誰かに抱きしめられて眠っていたことは一度もなかった。翌日の十一時三十四分に目を覚ましたとき、アレッドがしていたことが、まさにそれだった。脳内で花火が打ち上がるような感覚だった。

昨晩のことはあまり覚えていない。ただ、アレッドとダニエルのこと、ダニエルが二月の金曜日だったこと、アレッドがわけもわからず泣きはじめたこと、そして、酔っぱらって撮った動画を、ユニバースシティのエピソードとして投稿したことは覚えている。

何も起きていないのに、何か悪いことが起きている気がした。

シリアルのボウルを持ってリビングに戻ると、アレッドとダニエルが床に並んですわっていた。ゆうべ、ふたりはけんかをしたんだと思っていた。アレッドがパニックに陥った理由はそれで説明がつく。ところが、ふたりは身を寄せ合って、アレッドの携帯で動画を観ていた。何の動画かわかるのに二秒かかった。わたしもとなりに腰を下ろし、黙って観た。

動画が終わると、ダニエルが言った。「ひどいな」

アレッドが言う。「これまで上げた中で最悪のエピソードだ」

わたしは言った。「再生回数を見て」

上げたばかりのエピソードの再生回数は、ふつう五千から六千回だったが、そこに表示されていた数字は 30,327 だった。

☆僕のハマっている、ぶっ飛びコンテンツ・5選

有名なユーチューバーが、自分のチャンネルでユニバースシティを取り上げた。〈僕のハマっている、ぶっ飛びコンテンツ・5選〉というタイトルの動画で、チュチュを着たブタの形をした貯金箱、インターネット・ミーム・Ｄｏｇｅのアプリ、〈Can You Pet?〉というヒヨコ育成ゲーム、ハンバーガーの形をした固定電話と並べて、彼は〈ユニバースシティ〉というまだあまり知られていないユニークなポッドキャストをいかに気に入っているかを語っていた。

このユーチューバーにはチャンネル登録者が三百万人以上いて、投稿から四時間後には動画は三十万回再生され、その説明欄にはユニバースシティのリンクが貼られていた。

投稿された二分後に、わたしのタンブラーに通知が届き、アレッドとダニエルとわたしはカーペットにすわったまま、アレッドの携帯で彼の動画を観た。

「そして最後に、僕が夢中になってるちょっと変わったコンテンツが——」ユーチューバーが片手を上げると、画面にユニバースシティのロゴが現れた。「ユニバースシティだ。これはポッドキャストのドラマで、未来の大学に閉じ込められたひとりの学生が、リスナーにＳＯＳを発信しているという設定だ。この番組がおもしろいのは、クリエイターの正体を誰も知らないこと、そして、登場人物が実在するリアルな人間なのではないかといった、ありとあらゆる熱狂的な考察がなされていること。じつは、今回これを紹介しようと思ったのはついさっきなんだ。というのも、三十分前に新しいエピソードが公開されて——これを見ているみんなにとっては、たぶん数時間前になるだろ

うけど――この新しいエピソードが、異次元レベルでぶっ飛んでいるからなんだ。いったい何が起こっているのかまったく理解できない。真っ暗な画面にガサゴソいう音と叫び声だけが聞こえたかと思えば、数人が〝したことないゲーム〟をしていたり。そのあとには、主人公のレディオ・サイレンスが何かぶつぶつ言っていたり……すごく奇妙で、とにかくほとんどずーっと、何が起こっているのかさっぱりわからないんだ。以前、番組についての都市伝説と考察を調べはじめたら、結局朝の六時まで寝られなかったことがあるよ。僕の話を聴いて気になると思ったら、ぜひチェックしてみて。説明欄にリンクを貼っておくよ！」

「すごくシュールだ」アレッドが言った。

「そうね」わたしは言った。このユーチューバーの動画は、十四歳のときから観ている。

「どうせなら、一話目のリンクを貼ってほしかったよ。とにかく、このエピソードは削除しよう」

わたしは眉を寄せた。「削除する？」

「うん。これはクズだ。あまりにもくだらなすぎる」アレッドは一瞬黙った。「金曜日の公開でもなかった。いつも金曜日と決めているのに」

「でも……少なくとも、番組の知名度は上がったわ。それはいいことよ！」

「うーん」彼は頭を抱えてうめき声を上げた。「どうしてアップロードしちゃったんだろう」

ダニエルもわたしも何も言わなかった。何を言えばいいのかわからなかったんだと思う。喜んでいいはずだけど、ひょっとするとそうじゃないのかもしれない。少なくとも、アレッドは喜んでいない。アレッドは、トーストを焼いてくると言って立ち上がり、ダニエルとわたしは顔を見合わせた。ダニエルも立ち上がってアレッドを追い、わたしはそのままそこにすわって、新しいエピソードをもう一度観た。

ユニバースシティ：エピソード 126——ゴースト・スクール

UniverseCity　598,230回再生

？？？　何？

下にスクロールして文字起こしを表示 >>>

[…]

車で道を走っているとき、ウサギがにらんできたのを覚えているかい？　嫉妬していたのか、それとも怖かったのか。わたしはいつも彼女のうしろの席で、窓が下りるのを待っていた。アカギツネの学名は〝ヴァルペス・ヴァルペス〟——素敵な響きだと君は言っていた。幽霊学校問題《ゴースト・スクール》については、腹を立てている。〝問題〟と言うのは大げさだろうか。星空の下、窓から身を乗りだして、小さなタバコを吸うつもりかい？　君はいつでも火に焼かれる勇気を持っていた。ブコウスキーに夢中になったことを、君は後悔しているだろうか。わたしはしている。自分が夢中になったわけでもないのに。少なくとも、君は何かに夢中になっていることを認めるほど無防備だった。わたしがひどいことを言うのは、罪悪感からだ。この件にはもう一切関わりたくない。人から指図されるのはうんざりだ。みんなに行けと言われるからといって、どうして行かなきゃならない。母親がなんだ。自分のことを誰かに決められるのはまっぴらだ。それなのに、わたしは今ここで、それが起こるのをじっと待っている。選択の余地があっただろうか。学校を気にするそぶりがあっただろうか。身に覚えがない。どうしてこうなったのか、わからない。すべてがひどく混乱している。星たちの下では、物事はきっとましになる。もし死んだあとに別の人生を手に入れられたら、そこで会おう、友よ。

[…]

☆さっさと寝なさい

八月十六日、金曜日

(21:39) **アレッド・ラスト**
フランシス、公開したばかりなのに、もう50,270回再生だ
助けて

(23:40) **フランシス・ジャンヴィエ**
うん……あのユーチューバーの影響力ときたら
すごいわね、まったく

(23:46) **アレッド・ラスト**
バズりそうなエピソードはたくさんあるけど……
これって、やっぱりあの動画のせいだよね
爆笑（涙）

(23:50) **フランシス・ジャンヴィエ**

ほんと、なんと言っていいか……

いつでも削除していいのよ。自分の番組なんだから、決定権はあなたにある

(23:52) **アレッド・ラスト**

だめだ、これを無駄にするわけにはいかない

新規登録者数がすでに三千人を超えてるんだ

(23:53) **フランシス・ジャンヴィエ**

ほんとに！？？？？

(23:54) **アレッド・ラスト**

うん

ユーチューブのコメント欄で、トゥールーズはすごい人気だよ

(23:55) **フランシス・ジャンヴィエ**

嘘でしょ???　あんなにバカみたいだったのに　涙

(23:55) **アレッド・ラスト**

正直言って、レディオの仲間にこんなにポジティブな反応があるのはめずらしいよ

次のエピソードにも出る?

(23:56) **フランシス・ジャンヴィエ**
出る！　でも本気なの？

(23:57) **アレッド・ラスト**
本気じゃなかったら、言わないよ　笑

(23:58) **フランシス・ジャンヴィエ**
<3 <3 <3 <3 <3 <3 <3 <3 <3 <3 <3 <3

八月二十日、火曜日

(11:20) **アレッド・ラスト**
登録者が五万人を超えた！　ピザハットでお祝いしなくちゃ。お金はある？

(11:34) **フランシス・ジャンヴィエ**
やったね、相棒！　五時に迎えに行くわ

八月二十一日、水曜日

（02:17）**アレッド・ラスト**
ねえ、明日録音するとき、「ナッシング・レフト・フォー・アス」を歌ってみない？
君ひとりで

（02:32）**フランシス・ジャンヴィエ**
ひとりで？？？！？？？？？
わたしがぜんぜん歌えないのは知ってるよね……
正真正銘の音痴だよ

（02:34）**アレッド・ラスト**
それがおもしろいんだよ

八月三十日、金曜日

（04:33）**アレッド・ラスト**
登録者が七万五千人になった！
わけがわからない
ただ酔っぱらって、カメラの前でくだらない話をしていただけなのに

（10:45）**フランシス・ジャンヴィエ**

今、あなたの家の前にいるんだけど
ひょっとして、寝てる？
起きないと、チャイムを鳴らし続けるわよ

(11:03) **アレッド・ラスト**
頼むから、チャイムは鳴らさないで

九月一日、日曜日

(00:34) **フランシス・ジャンヴィエ**
明日学校に行きたくない
一緒に大学に行ってもいい？

(00:35) **アレッド・ラスト**
だめ
寝なさい

(00:36) **フランシス・ジャンヴィエ**
あなた、わたしのことを知らなさすぎる

(00:37）**アレッド・ラスト**

朝の四時に寝るのはもう終わりにしないと
夏休みは終わったんだ

(00:37）**フランシス・ジャンヴィエ**

☹

(00:38）**アレッド・ラスト**

子守唄を歌ってほしい？

(00:38）**フランシス・ジャンヴィエ**

うん、お願い

(00:39）**アレッド・ラスト**

ね―――――――むれ―――――――
ね――――――――むれ――――――――
ね―――――――――むれ―――――――――リトル・フランシス
これでいい？

(00:41）**フランシス・ジャンヴィエ**

すごく素敵だった、一生忘れない

(00:42) **アレッド・ラスト**
いいから、さっさと寝なさい

3章
秋学期(a)

☆ 制服を着た戸惑う子どもたち

「二か月もずっと会ってなかったなんて、信じられない！」秋学期の初日、友達のひとりが言った。わたしたちは、いつものランチ・テーブルにいた。全員が十三年生になり、制服を着た戸惑う子どもたちというより、教育システムを生き抜いてきた老兵のような気分だった。「みんなどうしてた？」

それほど久しぶりだなんて、わたしも信じられない。学校に着いて、友達三人の髪の色が変わり、ひとりの肌がわたしと同じくらい浅黒く焼けているのを見て、初めて気づいたくらいだ。

「えっと……たいして何もしていないわ」そんな言葉が思わず口をついた。たいして何もしていない――ミレニアル世代にありがちな控えめな表現。

友達はわたしがほかに何か言うのを待っているみたい。だけど、何を話せばいいんだろう。夏休みの前、学校の友達と何を話していただろう。そもそも、何かを話していたのかも思い出せない。

「ねえ、フランシス」別の友達が言った。「この夏休み、アレッド・ラストとよく一緒にいたわよね」

「アレッド・ラストって誰？」さっきの友達が尋ねる。

「ダニエル・ジュンの友達の――たしか男子校に通ってる子だよね」

「その子とフランシスが、つき合ってるの？」

みんなの視線がわたしに集まる。

「そういうんじゃないわ」わたしはぎこちなく笑った。「ただの友達」

誰もそれを信じていない。周囲に目を走らせるが、レインは見当たらない。

「じゃあ、一緒に何をしてたの?」にやにやしながらひとりが言う。

アレッドは何週間か前、ユニバースシティを創っていることを誰にも知られるわけにはいかないと言っていた。いつもの気弱な態度とは打って変わって、その言葉はかなり強く、目には恐怖めいたものが浮かんでいた。自分がクリエイターだとばれてしまうと、番組の狙いや謎やコンセプトが、ぜんぶ台無しになってしまうのだそうだ。そのあと、彼はくすっと笑って、もうひとつには、母さんに知られたくないからだと冗談っぽく言った。そんなことになったら気まずいし、母さんが聴いていると思うと創作に支障がでるからだと。

わたしは肩をすくめた。「ただ遊んでいただけ! 家が向かいだし……それだけ」

説得力がないことは自分でもわかったし、みんなもそう思っただろうけど、みんな一応は納得してくれた。話題は別のことに移り、わたしはとくに話すことがないから黙っていた。学校の友達といるときはめずらしいことじゃないけど、なんだか妙な感じがした。ふだんの自分がどう振る舞っていたかを、今日の今日まで忘れていたから。

☆トゥールーザー

「……そのころは友情というものについてとても混乱していて、自分にはほんとうの友人などいないと言い聞かせていたんだ、友よ」アレッドは、マイクに向かってレディオの声で言うと、次のセリフを言わないわたしをちらっと見て、手の甲をたたいてきた。「君の番だよ」

新学期がはじまって二週間後の木曜日の夜、わたしたちは九月中旬のエピソードを録音していた。アレッドの部屋は、ノートパソコンの画面の明かりとベッドのまわりを囲むフェアリーライトを除いて、真っ暗だった。携帯に気を取られて、言われるまでぜんぜん気づかなかった。画面には、タンブラーにメッセージが届いたことを知らせるメールが表示され、メッセージにはこう書かれていた。

匿名メッセージ：
あなたの本名って、フランシス・ジャンヴィエ？

わたしは画面を見つめていた。アレッドも画面を見つめた。そのとき、携帯が震え、二通目のメールが届いたことを知らせた。

匿名メッセージ：

もう知ってるかもしれないけど、ユニバースシティのタグにいるタンブラー民の多くが、あなたがフランシスという名前の女の子だと言ってる。それがほんとうか言う必要はないけど、知っておくべきだと思って。

「くそっ」アレッドが言った。悪態をつくのはめずらしい。

「だね」わたしも同じ気持ちだった。

アレッドは何も言わずにインターネットを立ち上げ、すぐにタンブラーにアクセスした。アレッド自身の投稿は一件もない。彼がアカウントを持っているのは、ファンの投稿をチェックするためだけだ。

ユニバースシティのタグの五千を超える投稿のいちばん上には、ブログ〈トゥールーザー〉を運営し、オンラインでトゥールーズと名乗るポッドキャストのアーティストの声がわたしだと指摘する長い投稿があった。

そこには、過去の学校行事で保護者に向けてわたしがスピーチしている動画（学校のウェブサイトにアップされている）と、ここ数回のエピソードでのわたしの声と、〈ゴースト・スクール〉のエピソードでのぼやけたわたしのスクリーンショットが貼られている。投稿したのは学校か町の誰かだと思うけど、はっきりとはわからない。

証拠の動画と写真の下に、投稿者はこう書いている。

やばっ！　トゥールーズって、この〝フランシス・ジャンヴィエ〟って人じゃない!!?　見た目も声もそっくりじゃん!!　爆笑!!　@touloser @touloser @touloser

むかつく。とくにこの〝爆笑〟が。

「僕の正体がばれるのも、時間の問題だな」目を向けると、アレッドはセーターの袖を落ち着きなくいじっている。

「どうすればいい？」真剣に尋ねる。「ねえ、どうしてほしい？　あなたのことを詮索しないよう頼めば、言うことを聞いてくれるかも」

「そんなことで、やめるとは思わないな」アレッドが額をさする。

「じゃあ、否定する？」

「誰も信じないだろう」彼はうめいた。「それもこれも全部、あのくだらないエピソードのせいだ……僕は大バカだ……」

わたしは椅子にすわり直した。「それは……あなたのせいじゃないわ。だけど、たとえ正体がばれたとしても……大惨事というわけじゃないわよね。だって、このまま登録者が増え続ければ、いずれは――」

「だめだ、永遠に謎じゃなきゃだめなんだ！　だからこそ、特別なんだ！」アレッドは首を振り、焦点の合わない目でパソコンの画面を見つめている。「そのことが、番組をかけがえのないものにしているんだ――ここには――すべてが封じ込められていて、とにかく……すごく特別で、みんなの頭上の手の届きそうなところにあるけど、誰にも触れることができない、幸せが詰まった魔法の球みたいなものなんだ。それは僕だけのもので、ファンにも、母さんにも、誰にも邪魔することはできないんだ」

彼の言っていることがわからなくなってきたので、わたしは黙っていた。メールに目を戻すと、新しいメッセージがさらに十件届いていた。

ぐずぐずしてはいられない。とにかく何か説明しなくては。

トゥールーザー

ええ、ご推察のとおり（笑）

この二年間、タンブラー上ではトゥールーズもしくはトゥールーザーと名乗ってきたけれど、それが偽名だってことはみんなわかっていたと思う。本名を名乗らなかったのは、リアルな知り合いの誰ひとりとして、わたしがポッドキャストのアートを描いていることも、わたしがこの最高の番組に恥ずかしいほどハマっていることも知らなかったから。

ここ数週間、わたしについてのたくさんの噂が飛び交っていたようね。どうやら、声で個人が特定される可能性を過小評価していたみたい。

そう、わたしの本名はフランシス・ジャンヴィエ。ユニバースシティのアーティストで、トゥールーズの声を担当している。番組の大ファンでしかなかったわたしが、今では制作に関わるようになったのはすごく不思議だけど、つまりそういうことなの。

レディオが誰なのかを話すつもりはないわ。だから、悪いけど質問はＮＧでお願い。それと、ストーカー行為も控えてくれると助かるわ。

じゃあね。
#ユニバースシティ　#レディオ・サイレンス　#ユニバース市民　#同じ質問はもう勘弁して

笑　#サンキュー　#そろそろ絵を描く作業に戻るね

この時点で、わたしのタンブラーのフォロワーは四千人ほどだった。

週末までに、その数は二万五千人にまで激増した。

週明けの月曜日には、学校で別々の五人が次々とわたしのところへ来て、ユニバースシティのトゥールーズの声の主なのかと訊いてきて、わたしはもちろん、そうだと答えるしかなかった。

一週間もたつと、ガリ勉で退屈な女子生徒会長のわたし、フランシス・ジャンヴィエが、ユーチューブで密かにおかしな活動をしていることは、学校中に知れ渡っていた。もう密かにとは言えないだろうけど。

☆アートが残念だということ？

「フランシス、どうして呼ばれたか、わかっていますね」

九月の第三週、わたしは校長室の椅子にすわっていた。部屋の隅に斜めに置かれた椅子からは、首を横に向けなければアフォラヤン校長を見ることができない。校長がわたしに何の話があるのかまったくわからず、だからよけいに、昼休みに校長室に来るようにというメモを朝に受け取ったとき、不吉なものを感じたんだと思う。

アフォラヤン校長は、まじめな話、とても立派な人物だ。ナイジェリアの小さな村を出て、オックスフォード大学で博士号を取得するまでの道のりを、年に一度スピーチで語るのが恒例になっている。博士号の学位証をきらびやかな額縁に入れてオフィスの壁に飾っているのは、ここに来る生徒全員に、成績不振は容認できないということを思い出させるためだ。

正直言って、かなり苦手な相手だ。

彼女は脚を組み、机の上で指を組んだ。わたしに向けられた小さな笑みは、「あなたには失望しました」と語っている。

「あの……わかりません」それから、あいまいな笑いをつけ加える。そうすることで何かがましになるとでもいうように。

校長は眉を上げる。「そうですか」

彼女が椅子にもたれ、組んだ指を脚の上に移動させるまで、少しの間があった。

「あなたは最近、わたしたちが作り上げてきたこのアカデミーの全体像に非常に悪い印象を与えるインターネットの動画に関わっているようですね」

ああ、そのことか。

「そのことですか」わたしは言った。

「ええ、とてもおもしろい動画ね」校長はまったくの無表情で言った。「そして、たくさんの……いわば〝プロパガンダ〟が含まれています」

どんな顔をしていいのか、とっさにはわからなかった。

「かなり多くの注目を集めているようね。再生回数はもう二十万回ほどだったかしら？　保護者たちからいくつか問い合わせがきています」

「そうですか。誰が――最初に聞いたのは誰からですか？」

「ある学生から」

「そうですか」わたしはもう一度言った。

「疑問に思ったのは、なぜそのような投稿をするのかということです。あなたの見解は――」校長はポスト・イットにちらっと目をやった。「ユニバースシティの見解と同じなのですか？　学校制度を廃止して、みんなで森に住み、火の熾し方を学ぶべきだと思っているのですか？　ニワトリと物々交換で食べ物を手に入れ、自分たちで野菜を育てるべきだと？　資本主義を終わらせるべきだと？」

アフォラヤン校長を嫌いな理由はいくつかある。生徒に対して、必要以上に高圧的なこととか、〝思考ツール〟を熱心に信奉していることとか。だけど、これほど誰かを嫌いになったことは、あとにも先にもないと思う。わたしを激怒させることがひとつあるとすれば、上から目線で物を言われることだ。

「いいえ」とだけ言った。ほかに何か言おうとすれば、声を荒らげるか泣くかのどちらかになってしまいそうだったから。

「では、なぜ投稿したのですか？」

酔っていたから。

「アートとして価値があると思ったからです」わたしは答えた。

「なるほど」校長は笑みらしきものを浮かべた。「わかりました。それなら……非常に残念だと言わざるを得ません。あなたにはもっと期待していました」

アートが残念だということ？　頭が真っ白になって、何も考えられない。泣かないようにするだけで精いっぱいだ。

「そうですか」わたしは言った。

校長がわたしを見た。

「フランシス、あなたには生徒会長を辞めてもらいます」

「そんな……」だけど、そうなることは予期していた。とっくにわかっていた。

「あなたは学校のイメージの体現者としてふさわしくありません。生徒会長にふさわしいのは、学校に心からの信頼を寄せ、その繁栄を願う生徒であり、あなたは明らかに規範からはずれています」

もうたくさんだ。

「あんまりです。たしかに、あの動画を公開したのは間違いでした。謝罪します。だけど、言わせてもらえば、あの動画にわたしが出ているというのは、誰かから聞いただけですよね。発信されたユーチューブはわたしのアカウントでさえないし、わたしが同じ見解だというのは単なる思い込みにすぎません。それに、わたしが学校の外ですることによって、生徒会長でいられなくなるなんて、あってはならないことだと思います」

話しはじめたとたん、アフォラヤン校長の表情が変わった。彼女は今、完全に怒っている。

「学校外での行動が学校に影響を与えたのであれば、生徒会長としてのあなたの立場にも影響が生じるのは当然のことです。あの動画はすでに多くの学生のあいだで広まっています」

「それはつまり、生徒会長であるかぎり、自分のしていることを誰かに見られているかもしれないと始終考えながら、生活したり行動したりしなくちゃならないということですか？」

「とても幼稚な考えね」

もういい。これ以上何を言っても無駄だ。彼女はわたしの意見を聞く気もない。いつだってそうだ。学校は決して生徒の言うことを聞こうとしない。

「わかりました」わたしは言った。

「幸先のいい十三年生のスタートにはならなかったわね」校長はまた眉を上げ、少し憐れむような笑みを浮かべた。「言われる前に、出ていったほうがいいのでは？」

「どうも」感謝することなど何ひとつないのに、どうしてこんなことを言ってしまうんだろう。椅子から立ち上がり、ドアに向かいかける。

「待ちなさい、生徒会長のバッジを返してもらわないと」振り向くと、アフォラヤン校長が手を差しだしていた。

「やだ、フランシス、どうしたの？　大丈夫？」

ＩＬＣに戻ると、いつものテーブルにいるのはマヤひとりだった。自分が泣いていることが恥ずかしかった。声を上げて泣いていたわけじゃないけど、涙がとまらず、マスカラが流れないように拭き続けなくてはならなかった。

わたしは何があったのかを話した。マヤはわたしが泣いているのが気まずそうだ。友達に涙を見せたことなど、これまで一度もない。

「大丈夫よ――たいした影響はないってば」マヤはぎこちなく笑った。「それに、もうスピーチしたり、行事に出たりしなくてよくなるわけだし」

「UCAS(大学出願のためのオンライン申請)のために準備していたことが台無しになってしまった……自己推薦文の最初から最後までぜんぶ、生徒会長だということを前面に打ち出して書いたんだもの。そもそも、それが生徒会長になりたかった唯一の理由で、わたしがアピールできる唯一のことで……ほかには趣味もないし……ケンブリッジは、いろんな意味でリーダー的な役割を果たす生徒を求めているのに……」

マヤは黙って話を聞いてくれ、わたしの背中をやさしくさすって寄り添ってくれようとしたけれど、わたしがどれだけ落胆しているかを理解していないのは明らかだったので、わたしは化粧を直してくると言ってトイレに行き、ただ個室の中ですわって、懸命に気持ちを落ち着けようとした。けれど、湧いてくるのは人前で泣いたこと、そして他人に泣かされたことに対する自己嫌悪だけだった。

☆ レイン

「ねえねえ、フランシス」歴史の授業で同じクラスのジェスが、となりのテーブルから椅子を傾けて身を乗りだしてきた。「あなたがユニバースシティのトゥールーズだとしたら、レディオ・サイレンスはいったい誰なの？　友達のアレッド？」

九月の四週目の水曜日。アレッドは三日後に大学へ出発することになっている。

一時間目、十三年生は全員、ＵＣＡＳの出願に必要な自己推薦文を書き上げるためにＩＬＣに缶詰めになっているけど、実際にまじめに取り組んでいる生徒はほとんどいない。わたしの自己推薦文はかなりよく書けていて、それはつまりこれまでに書いてきた中で最も雄弁な五百ワードの嘘八百ということだけど、課外活動の欄に何を書くかはまだ考え中だった。生徒会長であることをアピールすることはもうできない。

「それで、夏のあいだずっと一緒だったの？」

どうやら、アレッドとわたしが夏休み中一緒にいたことは、いろんな人に知れ渡っているようだ。みんながそれをおもしろがる理由はたったひとつ。わたしを勉強に取りつかれた修行僧のような存在だと思っているから。当たらずとも遠からず。異論はない。

とっさに嘘をつこうとしたが、わたしは追いつめられてパニックになっていた。

「だめよ、それは――言えないわ」

「同じ村に住んでるのよね」ジェスのとなりにすわっている別の子が言った。

「ええ、まあ」

気がつくと、半径五メートル以内にいる全員がわたしを見ていた。

「あなたが番組の制作に関わっているということは、当然クリエイターの近くにいるってことになるわよね」

「えっと……」手のひらに汗がにじむ。「べつにそうとは限らないわ」

「でも、タンブラーではみんなそう言ってるわ」

ほんとうのことだから、何も言えない。タンブラーの誰もが、わたしとクリエイターが仲のいい友達だと思っているらしい。

たしかに、真実からそう遠くはないけど。

「どうして言えないの？」ジェスは、これほど楽しいことはないというようにニヤニヤしている。これまでジェスと特別に親しかったことはない。わたしが知っているのは、彼女が塗っているフェイクタンのクリームが、だいたいいつもムラになっていて、縞模様がベーコンに見えることくらいだ。そういえば十年生のとき、授業中に彼女を〝ベーコンレッグ〟と呼んで本採用を見送られた見習い教師がいたっけ。

「それは――」彼が、と言いかけて、あわてて引っ込めた。「その人が誰にも知られたがらないから」

緊張をやわらげようとして笑う。「それも含めて、すべてがミステリーだって言うの」

「それで、その人あなたの彼氏なの？」

「誰が？　レディオが？」

「アレッドよ」

「違うわ」

ジェスはまだニヤニヤしている。聞き耳を立てていた子たちは、また自分たちのおしゃべりに戻りはじめた。

「ねえ、アレッド・ラストのことを言ってるの？」テーブルの向こうの端から、誰かが口をはさんできた。身を乗りだして見ると、声の主はレイン・セングプタだった。椅子をうしろに傾けて壁に寄りかかり、定規をテーブルにたたきつけている。「じゃあ、違うと思うな。彼って、世界でいちばんシャイな人間だもの」

レインがわたしを見て眉を上げ、かすかに笑みを浮かべたのを見た瞬間、わたしを助けようとしてくれているんだとわかった。

「それに、ダニエル・ジュンがそういうアートっぽいことに興味を示すとは思えない」レインは続けた。「まして、ユーチューバーと友達だなんて、ありえない」

「まあ、それはそうだけど」ジェスが言った。

レインは危なっかしいほど椅子をうしろに傾けて、脚をぶらぶらさせている。「きっとわたしたちの知らない誰かよ」

「それが誰かってことが知りたいの」ジェスの大きすぎる声で、誰も課題をしていないことがばれ、先生は立ち上がってみんなに注意をした。

ジェスが前を向くと、レインが小さくピースサインをしてきた。それは、これまで見た中でいちばんばかげたことにも、いちばんクールなことにも思えた。ふと彼女の前にある用紙を見ると、書かれているはずの自己推薦文は、完全な白紙だった。授業時間が終わり、話しかけに行こうとすると、レインはもう部屋を出たあとだった。

　そのあとレインに会ったのは、学校の帰り道だった。彼女はわたしのほんの三歩先を歩いていた。わたしはそのまま駅に向かって歩いた。なぜだろう。いつもなら、知り合いに出くわすのはなんとしても避けるはずなのに。さっきのおかしなピースサインのせいかもしれない。

「レイン！」

　彼女は振り向いた。もし彼女の髪が手に入るなら、どんなことでもするだろう。片側だけ刈り上げたこのスタイルは、わたしにはぜったい無理だ。縮れた髪が手に負えなくて、毎日頭の上でおだんごに結んでいる。

「ハイ！」彼女は言った。「調子はどう？」

「うん、まあまあ。そっちはどう？」

「正直言って、くたくた」

　たしかに疲れて見える。だけど、同学年の子たちはみんなそんな感じだ。

「昼休みにさがしてたんだけど……」

　レインは笑った。知ってはいけないことを知っている、みたいな笑顔だ。「ああ、ごめん。いつものように、居残りさせられてたから」

「え、どうして」

「わたしの成績がさんざんだったのは知ってるでしょ？」

「ええ、まあ」

「だから、進級の条件に、昼休みと自習時間に補習を受けることになったの」

「昼休みにも？」

「うん、十分でランチを食べて、そのあとは校長室の外の席に四十分ずっとすわって、宿題とか課題をしなきゃならないの」

「そんなの……おかしいわ」

「でしょ⁉ 昼休みは基本的な権利なのに」

角を曲がったところで雨が降りはじめ、空のグレーと舗道のグレーが混じりあった。わたしは傘を差し、ふたりとも濡れないように身体を寄せた。

「ねえ、訊きたいんだけど、アレッド・ラストのこと、ほんとに知ってるの？ ジェスの前で知ってるふりをしたんだよね？ あれ、最高だった」

レインは笑ってうなずいた。「ほんと、あの子のことは我慢できない。あ、待って――」彼女はさっとわたしを見た。「――ジェスと仲がいいわけじゃないよね？」

「ほとんど話したこともないわ。彼女について知っているのは、例のベーコンレッグ事件のことだけ」

「そうそう、ベーコンレッグ。わたしも噂で聞いた。これからは彼女のことをそう呼ぶことにしようっと」彼女は小さく首を振って笑った。「どんなゴシップも知らなきゃ気が済まない、みたいなところが我慢できないの。他人の気持ちなんて一切考えていないところが。ほんと、むかつく」

一瞬、言葉が途切れた。ふと見ると、レインは道の向こう側をじっと見つめている。視線をたどると、彼女が見つめていたのは、飼い主と散歩中のゴールデンレトリバーだった。

目を戻すと、彼女もこっちを見た。「あ、ごめん。わたしすっごく犬が大好きなんだ。ひとつだけ望みがかなうとしたら、断然、犬をお願いするわ」

わたしは声を上げて笑った。彼女はほしいものがあれば、いつでもはっきり口にするんだ。素晴らしい。

「アレッド・ラストのことなんだけど」レインが言った

「ええ」

「彼がユーチューブでポッドキャストをやってるって、ダニエル・ジュンがわたしに教えてくれたの」

わたしは目を見開いた。「ほんとに？」

「ほんとに」レインは笑った。「彼、すごく酔っぱらってた。誰かがべろんべろんに酔ったとき、その人が自分のゲロで窒息しないように介抱するのは、だいたいいつもわたしなの。たまたま行ったパーティーでそういう状況になって、ダニエルが訊いてもいないのに話しはじめたんだ」

「それは……アレッドはそのことを知ってるの？」

レインは肩をすくめる。「さあね。彼とは話したことないし、彼の番組も聴いたことないから……だけど、いずれにせよ、彼が誰にも知られたくないってことはわかってるから、言いふらすようなことはしないわ」

「それって……最近のこと？」

「うん、二、三か月前かな」レインは一瞬言葉を切った。「ダニエルはアレッドに腹を立てているみたいだった。自分よりユーチューブのほうが大事なんだ、みたいな。わかるでしょ？」

成績発表の日の夜に見たことを思い出す。アレッドとダニエルがふたりでいたこと。そのあと、アレッドが溶けてなくなるんじゃないかと思うくらい、泣きじゃくっていたこと。

「もしそれがほんとうなら、悲しいわね」わたしは言った。「ふたりは親友だもの」

レインは意味ありげにわたしを見た。「そう、親友ね」

ふたりとも黙った。

わたしはレインの目をのぞき込んだ。「何か……知ってるの？」

彼女がにやっと笑う。「アレッドとダニエルが、セックスしているのを知ってるかってこと？　知ってるわよ」

あまりにもストレートな物言いに、わたしはぎこちなく笑った。彼らがそういう関係だとは思いもしなかった。一瞬、頭の中が真っ白になる。アレッドとわたしの性的経験値は同レベルだと、勝手に思い込んでいたから。

「ほかに知ってる人がいるなんて知らなかった」

「わたしだけよ、たぶん。ぜんぶ、酔っぱらったダニエルのせい」

「うん……」

わたしたちは大通りに出た。駅は左方向だが、レインはまっすぐ行くみたいだった。どこに行くんだろう。

「とにかく、ありがとう」わたしは言った。「あなたのおかげで救われたわ。パニックになって、言わなくてもいいことまで言っちゃうところだった」

「いいの、気にしないで」彼女はにっこり笑った。「ベーコンレッグがゴシップをまき散らすのをとめるためなら何だってするわ。ところで、あなた最近ほとんど話の輪に入ってこないよね。なんだか上の空みたいに見える」

彼女がそんなことに気づいていたなんて、びっくりだ。レインもマヤも、ほかの友達も、わたしになんて関心ないと思っていたのに。

「うん、まあ……いろいろあって」

「ユニバースシティのこと？」

「うん。なんていうか……いろいろありすぎて。ネット上でも、最近では実生活でも……それがストレスになってる」

「そう」彼女は同情するようにわたしを見た。「心配ないわ。そのうちみんな話さなくなるから」

わたしはくすっと笑った。「ええ、そのうちね」

彼女は「じゃあ、また」と小さく言って、あのクールでおかしなピースサインをして、わたしが何か言う前に歩き去った。

ふたつのことが心に残った。ひとつは、わたしの知るかぎりいちばん底が浅い人間だと思っていたレインが、とても多くのことを知っていることに驚いたこと。もうひとつは、そもそも彼女を底の浅い人間だと思ってきたことが悲しかったことだ。

☆こういうのが

木曜日の夜、いつもより遅くまでアレッドの家にいた。彼のお母さんが、親戚に会いに数日のあいだ出かけているからだ。まだ九時半で、アレッドはもう十八歳だというのはわかっていたけど、正直言って、自分たちをまだ赤ん坊のように思っていた。ふたりとも、洗濯機の使い方さえ知らなかった。

わたしたちはキッチンのテーブルにすわって、モリソンズの冷凍ピザが焼けるのを待っていた。わたしはまったくどうでもいいことをあれこれしゃべり、アレッドはただ静かに耳を傾け、ときおり意見を差しはさんでいた。つまり、すべてがいつもと同じだった。

途中までは。

「順調?」会話が途切れたところで、アレッドが尋ねた。「学校のこととか、いろいろ」

アレッドがそういう漠然とした質問をしてくることはめったになかったから、ちょっとびっくりした。

「うん、まあね」わたしは笑った。「だけど、かなり疲れてる。もう金輪際、徹夜しないって誓うわ」

オーブンのタイマーが鳴り、アレッドが手をたたいてピザを出しに行くと、わたしは「ピザ、ピザ、ピザ」とはやし立てた。

アレッドは、二日後には大学へ出発することになっていた。

ピザを食べながら、わたしは言った。「ちょっと大事な話があるの」

アレッドが一瞬、口を動かすのをやめた。

「何？」

「レイン・セングプタを知ってる？」

「うん、親しくはないけど」

「きのう聞いたんだけど、彼女、ユニバースシティのことを知ってたわ。あなたがクリエイターだってことも」

アレッドは完全に食べるのをやめ、わたしの目を見た。まずい。言ってはいけないことを言ってしまったみたい。またた。どうしていつもこうなんだろう。何度失敗すれば気が済むんだろう。

「そうか」アレッドは手で髪をとかした。「まいったな……」

「誰にも言わないって言ってたわ」

「まあ、そうだろうね」

「それと……」

わたしは口をつぐんだ。あなたとダニエルのことも知っていると言いかけたけど、考えてみると、アレッドはわたしが知っていることも知らないんだ。

アレッドは怯えた目でわたしを見つめている。「それと……何？」

「うーん、わかった、言うわ。彼女知ってるの。その……あなたとダニエルのことを」

長い沈黙があった。アレッドは身じろぎもしない。

「僕たちの何を？」アレッドがゆっくりと尋ねる。

「あなたたちが……」言いかけたけど、最後まで言えなかった。

「嘘だろ」

わたしは椅子の上ですわり直した。

アレッドがため息をついて、皿に目を落とす。「君も知っていたの？」

どうしてもっと早く言わなかったんだろう。誰かを苦しめたり気まずくさせたりすることを言うのがいやなだけだったんだと思う。

「あなたの誕生日の夜、ふたりがキスしているところを見たの」そして、あわててつけ加えた。「それだけよ！　それで、初めて気づいたの。そのあと目を覚ますと、あなたは……泣いてた」

アレッドは髪をかき上げた。「うん。君は酔っていて覚えていないんだと思ってた」

続きを待ったが、彼は何も言わず、わたしが口を開いた。「どうして話してくれなかったの？」

わたしを見る彼の目には、悲しみが宿っていた。しばらくすると、彼はふっと笑った。「はっきり言うと、君を母さんに会わせなかったのと同じ理由だよ。なんていうか……君は僕の人生で起こっている困難とは無縁の、まったくの別世界にいるように思えて……」彼は笑った。「ごめん、すごく感じ悪いよね」

わたしも笑った。感じが悪かったのはたしかだけど、言いたいことはよくわかる。

彼らの関係は〝ダニエルと僕はつき合っている〟と、ひとことで言えるほど単純なものじゃない。

そもそも、単純な関係なんてどこにもない。

「あのとき、どうして泣いていたの？」

アレッドはしばらくわたしを見つめ、皿に目を落として、ピザをつまんだ。

「どうしてだろう。すごく酔ってたからじゃないかな」彼は笑ったが、作り笑いだということはすぐにわかった。「泣き上戸なんだ」

「そう」

　それを信じたわけじゃないけど、話したくないことだけはわかった。「ダニエルはゲイなの？」訊くのをとめられなかった。

「うん」

「そうなんだ」気づきもしなかったことが、ショックだった。「ちなみに……わたしはバイセクシュアルだけど」

　アレッドは目を大きく見開いた。「えっ――そうなの？」

「そうよ。カリスにキスしたって言わなかったっけ？」

「それは聞いたけど……」アレッドは首を振った。「何だろう、あまり深く考えてなかったな」彼は言葉を切った。「どうしてもっと早く言ってくれなかったの？」

「とくに理由は――」言いかけたけど、それは嘘だ。「ほんとは、これまで誰にも話したことがないから」

　アレッドの顔が突然曇った。「誰にも？」

「うん……」

　ふたりとも、ピザをひと口かじった。

「自分がそうだと気づいたのはいつ？」アレッドの小さな声は、わたしがピザを嚙む音でほとんど聞きとれないほどだった。

　そんなことを訊かれるなんて、思ってもいなかった。答えたくない気持ちもあった。

　だけど、彼がどうして訊きたいかわかる気もした。

「いつとははっきり言えないけど」わたしは言った。「たぶん……ネットでそのことを知って、腑に落ちたというか……」このことを誰かに説明するのは初めてだった。たぶん、自分自身に対してでさえ。「たとえば……変に聞こえるかもしれないけど、小さいころからずっと、男の子と一緒にいることも、女の子と一緒にいることも想像できたの。もちろん、微妙には違うけど、基本的には相手に対する感情は同じで……言ってることわかる？　意味不明だよね……」

「ううん、よくわかる」彼は言った。「どうして友達に話さなかったの？」

わたしは彼を見た。「話そうと思える人がいなかったから」

彼は少し目を見開いた。わたしに、彼以外にほんとうの友達がいないと気づいたんだろう。できれば気づいてほしくなかった。自分がみじめに思えてくる。

わたしは続けた。「それが、ユニバースシティに夢中になった理由のひとつでもあるの。だって、レディオはあらゆる種類の人と恋に落ちるでしょ？　男の人とも女の人とも、それ以外の性別の人とも。エイリアンとだって」わたしは笑い、彼も笑った。

「男女のロマンスには、みんなもう飽き飽きしてると思うんだ」彼は言った。「世の中はそういう物語であふれてるからさ」

彼に訊きたくてたまらなかった。

だけど、これればかりは簡単に訊けない。

話してもらえるまで待つしかない。

玄関のドアが開いたとき、ふたりともびくっとして飛び上がり、危うくレモネードのボトルをひっくり返しそうになった。

テスコのトートバッグを片方の肩に掛け、もう片手に車のキーを持ったアレッドの母親がキッチンに入ってきて、わたしを見て目をしばたたいた。

「あら、フランシス」彼女は眉を上げた。「こんなに遅くまでいるとは思わなかったわ」壁の時計に目をやる。もうすぐ夜の十時だ。わたしは椅子から立ち上がった。「ほんと、そうですね。ごめんなさい。もうそろそろ……」

彼女は聞いていないように見えたが、バッグをカウンターに下ろすと、わたしの言葉をさえぎった。「バカ言わないで。食事の途中なのに！」

何と言っていいのかわからず、黙ったままゆっくりと席に戻った。

「おじいちゃんのところに泊まるんだと思ってたよ」アレッドの声はどこか不自然で、なんだか……無理に絞りだしているように聞こえた。

「そのつもりだったのよ、アリー。だけど、週末にはやらなきゃならないことがあると言うから……」そして、訊いてもいないのに、アレッドの祖父母の週末の予定について、長々と話しはじめた。わたしは何度もアレッドと目を合わせようとしたが、彼は母親を見つめるばかりだった。まるで、天敵に見つからないように身をひそめている野生動物みたいに。

彼女は食器を洗いはじめ、帰ってきて初めて、息子に目を向けた。

「髪が伸びてきたわね、アリー。カットの予約をしなくちゃね」

耐えられないほど長い沈黙があった。

「僕……こういうのが好きなんだ」アレッドが言った。

キャロルは眉を上げて蛇口を閉め、すり減るんじゃないかと思うほど鍋を強く磨きはじめた。

「何を言ってるの。だらしなく見えるわよ、ダーリン。職業安定所の前でたむろしている麻薬依存症の連中みたいだわ」

「僕はこういうのが好きなんだ」

キャロルがふきんで手をふきながら言った。「切ってあげましょうか」そして、わたしを見た。

「小さかったころは、いつもわたしが切っていたのよ」

アレッドは黙っていたが、恐ろしいことに、キャロル・ラストはカウンターからキッチンばさみをつかんで、アレッドに向かって歩きはじめた。

「いいよ、母さん、大丈夫だから……」

「裾のほうを短くするだけよ。二秒もかからないわ」

「ほんとに大丈夫だから、母さん」

「もっと利口に見えるわよ、アリー」

まさか本気じゃないだろう。そうなってもおかしくない状況だけど、ほんとうに切るとは思えない。これはテレビドラマじゃなく、現実なんだから。

「だめ、だめ、だめだよ、母さん、やめて――」

彼女はアレッドの髪をつかみ、十センチくらい切り落とした。

彼がびくっとして立ち上がった。ほんとうに切られるとは思わなかったんだろう。気がつくと、わたしも立ち上がっていた――いつ立ち上がったのか、自分でもわからない。

彼女は息子の髪を切った。

ひどい。なんてことを。

「母さん――」アレッドが言おうとしたことを、キャロルがさえぎった。

「すわりなさい、アリー。それじゃ長すぎるでしょ？　そんな髪で大学に行ったら、仲間はずれにされるわよ！」彼女は片手に髪の束を、もう片手に開いたハサミを握りしめて、またわたしを見た。

「そう思わない、フランシス？」

言葉が出てこなかった。

アレッドは、さっきまで長い髪があった場所に手をやった。そして、すごくゆっくり、ゾンビみたいに言った。「フランシスは……もう家に帰らなくちゃ……」

キャロルはほほ笑んだ。その笑みは、まったくの無頓着にも、完全なサイコパスにも見えた。「あら、そうね、そろそろ寝る時間ね！」

「ええ……」わたしは、首を絞められているみたいな声で言った。すくんだ脚をなんとか動かそうとしたそのとき、アレッドがわたしの腕をさっとつかんで、ドアの方に引っ張っていった。目を合わさずにドアを開け、わたしを外へと押しだした。

空は澄み渡り、星がたくさん見えた。

わたしは彼を振り返った。「あれは……いったい何？」

アレッドが髪から手を離すと、さっきの出来事に追い打ちをかけるように、ダークブロンドの髪が赤く染まっていた。とっさに彼の手をつかんで返すと、ハサミを払いのけようとしたときにできた傷が、手のひらを細く横切っていた。

彼は手を引っ込めた。「平気だよ。母さんはいつもあんな感じなんだ」

「ぶたれたりする？」わたしは訊いた。「もしそうなら言って。今すぐ。本気よ」

「それはない。誓ってもいい」彼は傷ついた手を振った。「ただのアクシデントだよ」

「そんなことない。だって――ありえない――よくもあんなことが……」

「大丈夫、いいから帰って。あとでメールする」

「だけど、どうしてあんなに――」

「母さんはそういう人なんだ。悪気はないんだよ。あとでメールするから」

「だめよ、わたしは今話したいの、アレッド――」

「僕が話したくないんだよ！」

アレッド・ラストは、ほんとうに必要なとき以外は、声を荒らげたりしない。

目の前でドアが閉まった。

わたしはどうすることもできなかった。

何ひとつ。

ユニバースシティ：エピソード 132——電話

UniverseCity　　98,763回再生

サイボーグの襲撃（再び）

下にスクロールして文字起こしを表示 >>>

[…]

わたしは、トムズビー・ストリートにある発電所のそばの電話ボックスの中に、きっかり四十七分隠れていた。月測計も一緒だ。ここなら誰もさがそうとは思わない。ここに幽霊が出るという噂はみんな知っている。わたしが何を見たかは言いたくない。

身をひそめているあいだ、わたしは考え、心を決めていた。このまま永遠にサイボーグから逃げ続けるつもりなのか？　あの大理石の目が追ってこないか、二分ごとにうしろを振り返り続けるつもりなのか？　いや、そんなつもりはない。それでは生きていることにならない。たとえここが宇宙の街の、邪悪で残酷なバリケードの中だとしても。

たまに殴られるくらい平気だ、友よ、信じてくれ。思えば物心ついたときからずっと、この街に住んできたような気がする。もはやこれは救難信号とはいえない——もし誰かが聴いているなら、もうとっくに応答があるはずだ。

たまに殴られるくらい平気だ。わたしはタフだ。わたしは星だ。わたしには鋼鉄の胸とダイヤモンドの目がある。サイボーグは生き、やがて壊れるが、わたしは壊れない。たとえ骨が粉々になって街の壁を越えても、わたしは生きて、空を飛び、手を振って笑うだろう。

[…]

☆暗がりの中で

誰かがタンブラーに質問を送ってくるたびに、メールが届く。翌日、学校の休み時間にメールをチェックして、控えめに言って驚いた。【質問が届いています】という件名のメールが、タンブラーから二十七件も届いていたから。

タンブラーのアプリを開けてみる。

匿名の質問：
君って二月の金曜日なの？

眉をひそめ、さらにスクロールする。

匿名の質問：
二月の金曜日だという噂について、あなたの意見は？ Xx

匿名の質問：
ほんとうに二月の金曜日なのか、ファンの頂点にいる君には、答える義務がある

匿名の質問：
あなたが二月の金曜日ってホント??

匿名の質問：
あなたの姓はフランス語で二月を意味し、あなたはクリエイターの友人で、さらにあなたの学校はかつて二月の金曜日に焼け落ちた……これは偶然なのか？　説明を求むx

質問は二十七件を超えていた。午前中のいつかの時点で、タンブラーはメールを送ってこなくなったらしい。届いていたのはすべて、二月の金曜日に関する質問だった。
噂の出どころをさがし当てるのに五分かかった。

univers3c1ties
二月の金曜日は彼女なのか？

やあみんな、あくまで推測だけど、フランシス・ジャンヴィエ（トゥールーザー）が二月の金曜日だとしたらどうだろう。少し調べてみたんだけど（ストーカーじゃないよ　笑）、これについては検討してみる価値がかなりあると思う。
・二〇一一年二月四日の金曜日に、フランシスがかつて通っていた学校で火災が起きた［出典］
・彼女は番組開始時からのファンである。ひょっとすると、彼女が番組の最初のリスナーではないか??　クリエイターが番組のことを彼女に話したのか?
・ファンのあいだではよく知られた存在だった彼女が、突如番組制作に加わることになった。それは何を意味するのか??　彼女とクリエイターに何らかのつながりがあるのは明らかだが、いまだ充分な説明はなされていない。
・彼女の姓は、フランス語で一月を意味する。これは何かの符号だろうか??
・また、以下に列挙するツイートが物語ることは?

toulouse　@touloser
どのエピソードでも、いちばん好きなのは二月への手紙だと思う。クリエイターは天才!!!
２０１１年４月13日

toulouse　@touloser
二月への手紙がもっとあればいいのに。最近あまりないからさみしい ;_;　あのわけのわからない言葉たちをもっと聴きたい
２０１１年12月14日

toulouse　@touloser
ユニバースシティはわたしの命の恩人 <3
２０１１年８月29日

どうだろう。政府はいつになったら真実を教えてくれるのだろう（笑）もちろん、すべてが憶測でしかないのだが……

#ユニバースシティ　#ユニバース市民　#レディオ・サイレンス　#トゥールーズ　#フランシス・ジャンヴィエ　#トゥーレディオ　#二月の金曜日　#二月への手紙

もう驚かない。アレッドとわたしはもはや、ふたりきりで彼の部屋の暗がりの中で、マイクに向かって笑い合う、心地いいプライベートの領域をはるかに超えたところにいる。

とにかく――ここに書かれていることは、どれもまったく説得力がない。ユニバースシティがはじまったのは、わたしがカリスと出会う前で、当時はアレッドとの接点は何もなかった。だから、わたしが二月の金曜日だというのはありえない。

何より、わたしは二月の金曜日がダニエルだということを知っている。

ただ、かなり厄介なことになりはじめているのはたしかだ。

アレッドには見せないほうがいい。知ったところで、彼に何ができるわけでもない。

だけど、ひとつくらいは質問に答えたほうがいい。そうでないと、質問がとまることはないだろう。

匿名の質問：

二月の金曜日だという噂について、あなたの意見は？　Ｘｘ

トゥールーザーの回答：
わたしは二月の金曜日じゃないわ。二月の金曜日については、誰も正体を知らないことに意味があるんだと思う。誰なのかを突きとめることに、どうしてそこまで執着しなくちゃいけないの？　クリエイターの私生活に踏み込んでまで⁇　クリエイターのプライバシーを尊重するのが、ファンのルールだと思ってたけど、違うの？　クリエイターが匿名なのには、理由があるはずよ。そもそも、みんながわたしをクリエイターの友達だと思う理由がわからない。受信箱には、わたしが二月の金曜日なのかを尋ねるメッセージが五十通以上届いている。もう送ってこないで。純粋に番組を楽しんで、これ以上質問してこないで。いくら尋ねられても、わたしには答えがないんだから。

もうぐったりだ。いつも金曜日には疲れ果てているけど、今日はいつもの比じゃない。これほど疲れているのは、学校に来る列車の中でうたた寝して、夢を見たからかもしれない。氷の洞窟に住んでいる親友ふたりの夢だった。

アレッドからメールが来ないのも心配だ。

ストレスの原因が何なのか、正確には言えない。それはひとつじゃない。むしろ、小さなことが十億個くらい寄せ集まって、ひとつの巨大な波を作り上げているような感じ。波に飲まれて溺れてしまいそうだ。

休み時間終了のチャイムが鳴る前に、もう一度携帯をチェックする。メッセージを見たのはそのときだった。

匿名の質問：

〝みんながわたしをクリエイターの友達だと思う理由がわからない〟だなんて、どうして言うのかな。クリエイターが、君の友人のアレッド・ラストだというはっきりした証拠があるのに。

☆ユーチューブの有名人

「ランチは毎日同じものを食べるの？」

その声に、チーズとハムのパニーニから顔を上げた。レイン・セングプタが、カフェテリアのいつものテーブルで、となりにすわってきた。片手に携帯を持ち、反対の腕に明るいオレンジ色のリュックをぶら下げて。ほかの友達は、まだ誰も来ていない。

「ええ、想像力がないし、変化も好きじゃないから」わたしは答えた。

レインは、もっともな説明だというように小さくうなずく。

「って言うか、どうして知ってるの？」わたしは尋ねた。

「なんか、目立ってるわよ。いつもわたしたちが来るまで、十分くらいひとりですわってるんだもん」

「そっか」なるほど。「それって、わたしが目指してるのと真逆だわ」

「あなたの望むランチタイムの哲学に反するってこと？」

「わたしとしては、〝透明人間になって、誰にもじゃまされずにパニーニを食べる〟というのを目指してたつもりなんだけど」

レインは笑った。「わたしたちみんなの究極の夢だよね！」

わたしも少し笑うと、彼女は向かいのスツールにどさっとリュックを下ろした。わたしの体重の少なくとも半分の重さがありそうだ。

アレッドについてのあの質問については考えないようにしていた。あれ以来、タンブラーはチェックしていない。

レインはテーブルに手をついて身を乗りだしてきた。「知らせておいたほうがいいと思って。校門の外で大変なことが起きてるわよ。アレッド・ラストに」

「え？」

「たぶんダニエルとランチをとりに来たと思うんだけど、生徒たちに、なんというか……もみくちゃにされてる」

わたしはパニーニを置いた。

「何ですって？」

「みんな寄ってたかって、彼にユニバースシティのことを訊いてる。すぐに行って、何が起きてるか見てきたほうがいいわよ。彼が押しつぶされないうちに」

わたしは勢いよく立ち上がった。「わかった――ありがとう」

「あなたたちがそんなに仲良しだとは知らなかったわ」彼女はリュックからランチボックスを出しながら言った。「ちょっと意外」

「どうして？」尋ねたけど、彼女はただ肩をすくめるだけだった。

七年生から十一年生までの制服は、黒と黄色で、アレッドは巨大なハチの群れに襲われているように見えた。

校門を出てすぐのところで、十五人ほどのティーンエイジャーが彼に詰め寄り、まるで本物のセレブであるかのように質問を浴びせている。年長の男子が携帯で彼の写真を撮っている。七年生の女子グループは、アレッドが何か言うたびにくすくす笑い、七年生のひとりの男子が、「どうやってユーチューブの有名人になったの?」とか「どうすればインスタのフォロワーが増えるの?」とか「ツイッターで僕をフォローして」とか、矢継ぎ早に言葉を投げかけている。

わたしは、群衆の輪から数歩離れたところで立ちどまった。

みんなどうして知っているんだろう。

どうして、彼がレディオ・サイレンスだとわかったんだろう。

これは、わたしたちが望んでいなかったことだ。

とりわけ、アレッドが望んでいなかったことだ。

アレッドが、ついにわたしを見た。

彼は髪を切っている。ごく普通の髪型に見える。

服装も、セーターとジーンズに戻っている。

顔には絶望が浮かんでいる。

「君がやったの?」声は聞こえないが、唇の動きでそう言ったのがわかる。彼の声が聞こえないことが腹立たしく、群衆の中に分け入って、彼にかまわないでと怒鳴りつけてやりたい。

「君が言ったの!?」

彼は怒っている。

そして、失望している。

わたしのせいだと思うのに、それほど時間はかからなかった。自分がやったわけでもないのに。

彼の最大の秘密を漏らしたのは、わたしではないのに。

「みんな、静粛に!」

わたしは思わず大声を出していた。

生徒たちはわたしを振り返り、少し静かになった。

「あなたたちが何を考えてそんなことをしているのかは知らないけれど、シックス・フォームの生徒以外は、昼休みに学校の外に出ちゃいけないことになっているのよ。見たところ、全員が下級生のようだから、校庭に戻ったほうがいいと忠告しておくわ」

全員がわたしを見つめている。

わたしは険しい表情を作り、群衆のひとりひとりに鋭い視線を送った。「たしかに、わたしはもう生徒会長ではないかもしれない。だけど、アフォラヤン校長にはしっかり報告するつもりよ」

そして、これはうまくいった。思いがけないくらいに。

知っているかどうかわからないけど、一生徒の立場で、ほかの生徒を従わせるのはとてもむずかしいことだ。

生徒たちは散り散りにその場を離れ、あとにはアレッドとわたしだけが残った。アレッドは門の外に立ち、知らない人を見るような目でわたしを見つめている。

シックス・フォームの制服を着て、下級生たちに叫ぶわたしは、いつもとは別人に見えただろう。

彼は首を振っている。そして何より、あっけにとられているように見える。

「いったいどうした」誰かの声が沈黙を破り、振り返るとダニエルが校門からわたしたちに向かって歩いてきていた。

「みんなに……」声が少しかすれた。「アレッドがクリエイターだと知られたの」

「君が言ったの？」アレッドが、またわたしに尋ねた。ダニエルがここにいることにも気づかないように。

「違うわ、アレッド、ぜったいに――」

「じゃあ、どうして」アレッドは言い、今にも泣きだしそうに顔をゆがめた。「ぜったいに――秘密でなきゃいけなかったんだ。ほんとうに言ってないの？　たとえば、うっかり口を滑らせたとか……」

「違う、たしかに訊かれたけど、わたし――わたし何も言わなかった。誓ってもいい」

アレッドは何も言わずにまた首を振ったが、わたしに対してではないようだった。

「おしまいだ」彼は言った。

「何が？」わたしは言った。

「ぜんぶ終わりだ。母さんに知られたら、やめさせられる」

「待って、どういうこと？　どうしてやめさせられるの？」

「万事休すだ」彼はまるでわたしの声が聞こえていないかのように繰り返すと、目を曇らせた。「帰るよ」彼は背中を向けて立ち去り、ダニエルがあとを追った。彼がわたしの言うことを信じてくれたかどうか、見当もつかなかった。

☆インターネットでは簡単に嘘がつける

インターネットでは簡単に嘘がつける。

トゥールーザー

ねえ聞いて……クリエイターはアレッド・ラストじゃないわ。たしかに、アレッド・ラストはわたしの実生活での友達だけど、それとこれとは関係ない。クリエイターは、オンライン上で知っているだけの人よ。そしてもうひとつ――わたしは二月の金曜日じゃない。アレッドを質問攻めにするのも、彼の写真を投稿するのもやめて。それから、彼についてのメッセージで、クリエイターを煩わせるのもやめて。アレッドはわたしの親友で、あなたたちの行動はクリエイターにひどい迷惑をかけている。

言いたいのはそれだけ。

#噂話はこれで終わり　#いいかげんみんな落ち着いて　#もう詮索しないで　#ユニバースシティ　#ユニバース市民　#レディオ・サイレンス　#トゥールーザー

どうしてもっと早く、ジェスやほかの人たちにこんなふうに言えなかったんだろう。

ところが、投稿したとたん、わたしが嘘をついているというメッセージがどっと押し寄せた。

匿名メッセージ：

嘘ばっかり（笑）

匿名メッセージ：

こんな投稿、何の意味があるわけ？

匿名メッセージ：

嘘をつきとおすと決めたんだね

投稿へのリンクを貼ってアレッドにメッセージを送るまで、どうしてわたしが嘘をついていると
みんなが言い切るのかわからなかった。
アレッドからすぐに返信があった。

アレッド・ラスト

否定しても無駄だ、もう僕だってバレてる

フランシス・ジャンヴィエ

どうして？？？　証拠もないのに？

彼はすぐに、タンブラーの別の投稿のリンクを送ってきた。

ユニバースシティ考察ブログ
アレッド・ラスト＝クリエイター？

現在、ユニバースシティ（UC）のタグには、イングランドのケント州に住むアレッド・ラストというティーンエイジャーが、ユニバースシティの声およびクリエイターであるかどうかについての議論がひしめいている。判断材料として、現時点で明らかになっている証拠（そのほとんどが、UCのアーティストであるトゥールーザーからの発信）をまとめてみた。これを見れば、結論はおのずと導きだされるように思う。

•フランシス・ジャンヴィエ（UCのアーティスト／トゥールーズの声）を知る人たちによると、彼女はこの夏休みにアレッド・ラストと親密になった。ふたりで一緒にいるところを地元でよく目撃されており、それぞれのフェイスブックには一緒に写った写真も投稿されている。ここからアレッド・ラスト説が浮上した。

•クリエイターがアレッド・ラストではないかと、実生活で指摘されたとき、フランシスは「言えない」と答えたという（情報源は信頼しうる人物）。アレッド・ラストがクリエイターでないとすれば、否定しない理由はどこにあるのか。

•多くの人がフランシスにメッセージを送っているが、彼女は自身のタンブラーやツイッターでアレッド・ラストに関する質問に一切答えていない。繰り返すが、なぜフランシスはアレッド・ラストがクリエイターではないときっぱり否定しないのだろう。

もちろん、これだけではアレッド・ラストがクリエイターであるという確かな証拠にはならない。説得力のある証拠が出てきたのは先月のことだ。

・悪名高い〈ゴースト・スクール〉のエピソードが公開された夜、フランシスのツイッターアカウント @touloser には、〝レディオの正体〟というキャプションのついた、ライムグリーンのスニーカーのぼやけた写真が投稿された［リンク］。

アレッド・ラストがこのスニーカーを履いているさまざまな写真が、彼のフェイスブックに投稿されている。

［写真］

［写真］

［写真］

・このスニーカーは、数年前に製造中止になったヴァンズの古いモデルである［出典］。フェイスブックをさかのぼると、アレッドはこのスニーカーを三、四年前から履いていることがわかる。同じものを何年も履きつづける人はまれで、たいていの人はすでに捨ててしまっていると考えられる。よって、このスニーカーはとても稀少なものだと言える。

・また、〈ゴースト・スクール〉のエピソードのスクリーンショットのいくつかには、ブロンドの長髪の人物が写っている。これは、いくつかのアレッドの写真に似ている。

［写真］

［スクリーンショット］

［スクリーンショット］
どう結論を出すかはあなたの自由だが、わたしの見解では、アレッド・ラストがユニバースシティのクリエイターであることは、ほぼ間違いないように思える。

投稿には一万件以上のコメントが書き込まれていた。

吐き気がする。リアルな世界でアレッドを知る人たちが、彼のプライベートなフェイスブックの情報を流出させている。わたしとジェスとの会話を盗み聴きした誰かが、わたしの言葉を引用している。これはいったい何？　わたしを何だと思ってるの？　有名人だとでも？

最悪なのは、どれもが真実だということだ。

アレッド・ラストはクリエイターだ。彼らは証拠を集め、それを突きとめた。

完全にわたしのせいだ。

フランシス・ジャンヴィエ
なんてこと……ごめんなさい、アレッド。どうお詫びすればいいのか……

アレッド・ラスト
いいんだ

☆ 時間の渦

レインからフェイスブックのメッセージが届いたのは、夕方の六時だった。

(18:01) **ロレイン・セングプタ**
ねえ、アレッドのことだけど、あれって何だったの？？？　大丈夫なの??

(18:03) **フランシス・ジャンヴィエ**
彼がクリエイターだって、ばれたの。タンブラー民たちが突きとめたの :-/

(18:04) **ロレイン・セングプタ**
それで、アレッドは腹を立ててるわけ??

(18:04) **フランシス・ジャンヴィエ**
ええ、すごく

(18:05) **ロレイン・セングプタ**
どうして??

いきなりフォロワーが増えて、戸惑ってるだけじゃないの？

自分がどれだけ恵まれているのか、わかってないのよ笑

（18:07）**フランシス・ジャンヴィエ**
彼はほんとうに秘密にしておきたかったのよ
番組を聴けば、どれだけプライベートな内容かわかると思うわ

（18:09）**ロレイン・セングプタ**
うん、でもネットで有名になるより最悪なことって、いっぱいあるよ笑

そういう問題じゃないとロレインに伝えたかった。

アレッドは何と言っていたっけ。お母さんがやめさせようとするとか、たしかそんなことだった。

大げさに言っただけなのか。それとも、ほんとうにそうなるのか。

お母さんはどうしてそんなことをするんだろう。

（18:14）**ロレイン・セングプタ**
とにかく、どうして彼にそんなに取りつかれてるの笑

（18:15）**フランシス・ジャンヴィエ**
取りつかれてるわけじゃないわ笑

ただ、すごく好きなだけ

(18:16) **ロレイン・セングプタ**

ヤリたい、みたいな??

(18:16) **フランシス・ジャンヴィエ**

やめて、そんなんじゃないわ

そういうこと抜きで、男の子を好きになっちゃいけないの?

(18:17) **ロレイン・セングプタ**

いいわよ、もちろん笑! 一応確認してみただけ :D

どういうところがそんなに好きなの??

(18:18) **フランシス・ジャンヴィエ**

彼のおかげで、自分が変人だって思う気持ちが少しはましになった

(18:18) **ロレイン・セングプタ**

彼も変人だから?

(18:19) **フランシス・ジャンヴィエ**

まあね（笑）

（18:20）**ロレイン・セングプタ**

そういうのっていいね

でもまあ、とにかく、あなたのことはいい友達だと思ってるから、わたしもうれしいよ

だけど、アレッドが腹を立てるのはおかしいと思う……有名になってパニックになってるだけだよ、きっと

だって、彼は学校でトップクラスの成績なんだよ!!　大学はどこに行くんだっけ？　学校ランキングで、オックス・ブリッジの次くらいの大学じゃなかった？　ふざけるなって言いたいわ

彼にはどんなことにだって文句を言う権利はない。文字どおり完璧な人生を送ってるんだから

一流の大学に合格して、ユーチューブ番組をバズらせて、何をそんなに落ち込む必要があるの??

いろんな人から質問されるくらいで。そんなバカな話、聞いたことがないわ。わたしが彼になれるなら死んでもいい。それくらい、彼の人生は完璧だってこと

またどう言っていいかわからず、正直に言うと、もうこの会話を終わらせたかった。空に飛び出して、飛行機につかまって、遠くに消えてしまいたかった。

（18:24）**ロレイン・セングプタ**

はっきり言って、あなたのお気に入りって、かなりこじらせてると思う笑

（18:24）**フランシス・ジャンヴィエ**

はは、そうかも

（18:27）**ロレイン・セングプタ**

ところで、今夜スプーンズであるパーティーに行く??

（18:29）**フランシス・ジャンヴィエ**

パーティー?

（18:30）**ロレイン・セングプタ**

うん、一学年上の人たち主催の。ほとんどの人が大学に行く最後の夜よ

（18:32）**フランシス・ジャンヴィエ**

行かないわ。知り合いは誰もいないから
隅っこでポテトチップスでも食べてるしかないし

（18:32）**ロレイン・セングプタ**

わたしがいるわ!!　アレッドも来るんじゃない??

（18:33）**フランシス・ジャンヴィエ**

来るかな

(18:33)　ロレイン・セングプタ
まあ……断言はできないけど……だけど、わたしは間違いなく行くわ!!

ぜんぜん行きたくない。家にいてピザを取って、『パークス・アンド・レクリエーション』のエピソードを七本連続で観て、アレッドに七十回メッセージを送りたい。

だけど、ここにきてノーとは言いにくい。それに、わたしは切実にレインに好かれたい。わたしを好いてくれる人は多くないから。わたしは意志薄弱で、孤独で、愚かな変人だ。

「フランシス、どうしたの、そのジャケット」

夜の九時、レインはわたしの家の前にとめた車（自然発火しそうなほど強烈な紫色のフォード・Ka）の運転席から、車に向かうわたしを目で追った。わたしのジャケットは黒のデニムで、〈tomboy《おてんば》〉の文字が白く袖にプリントされている。ふざけているけど、かなり気に入っている。

ふだん友達と出かけるときは、もっとまともな格好を心がけるけど、今日のわたしは最悪の気分で、自分がアレッドにしてしまったこと以外は何も考えられない。服は心の窓だ。

「何、そのおかしな格好って言いたいの？」助手席に乗り込みながら言う。「まっとうなご意見ね」

「そうじゃなくて、あなたがこんな……ポップパンクな感じだとは知らなかった。地味な優等生を堕落させようと思ったんだけど……ほんとは地味じゃなかったんだ？」

彼女は本気で言っているようだった。

「これがリアル、これがほんとうのわたし」わたしは言った。

彼女はまばたきをした。「それって『キャンプ・ロック』の歌詞？　ポップパンクからはちょっと外れるけど」

「わたしはわたしの道を行くの」

「わかった、今のは『ハイスクール・ミュージカル』だね」

わたしたちは車で村を出た。レインは、白い厚底スニーカーにストライプのアンクルソックス、グレーのTシャツワンピース、ハリントンジャケットというスタイルだ。いつも、インディーズ雑誌のオンラインショップでしか買えないような、さりげないおしゃれをしている。

「ほんとは来たくなかったんでしょ」レインはハンドルを回しながらにやりと笑う。彼女は驚くほど運転がうまかった。

「まあね、でもほかに何もすることがないから」ほんとうは、またスプーンズに行くと思うだけで、緊張で汗が噴きだしてくる。きっと同級生や、ほとんど知らない上級生がたくさんいるんだろう。不良っぽい子たちもたくさんいるだろう。すごく落ち着かない。ぜったいに、もっと無難な格好をしてくるべきだった。わたしが行こうとしている唯一の理由、もう一度トライしたいと思う唯一の理由は、ひょっとしたらアレッドにあやまれて、仲直りできるかもしれないから。明日、彼が大学に出発し、新しい友達をたくさん作って、わたしのことを忘れてしまう前に……。

「わたしも」レインは言った。

車は高速道路に入った。レインは片手でラジオをつけ、ポケットからｉＰｏｄを取りだして操作した。カーステレオから音楽が流れてくる。ｉＰｏｄには、ＦＭトランスミッターみたいなものが接続されている。

電子ドラムとベースの音が流れはじめる。

「これは、誰?」わたしは訊いた。

「マデオン」レインが答える。

「いいね」

「車を転がすときのお気に入りなの」

「転がす?」

「ドライブするってこと。ドライブはしないの?」

「免許は持ってないわ。そんなお金もないし」

「バイトを見つければいいじゃない。わたしなんて、このおんぼろ車を手に入れるために、夏休みのあいだずっと、週に四十時間働いてたんだから」彼女はハンドルをたたいた。「うちの親はほんとにカツカツで、車を買ってもらう余裕なんてなくて。だけどわたしは真剣に車が必要だったの。地元を出たいから」

「バイトは何をしてるの?」

「ホリスターのショップ店員。いろんな決まりがあって楽じゃないけど、お給料は悪くないわ」

「なるほど」

レインはボリュームを上げた。「このマデオンっていう人、同い年なんだ。だからかな、彼の音楽ってすごく好きなの。わたしの人生、まだまだこんなもんじゃないと思えるからかもね」

「なんだか宇宙にいるみたい」わたしは言った。「それか、未来都市。すべてがダークブルーで、着ている服はシルバーで、頭上を宇宙船が飛んでいる、みたいな」

レインはわたしを見た。「まったく、筋金入りのユニバースシティのファンなんだね」

わたしは笑った。「もちろん、死ぬまでそうよ」

「このあいだ、エピソードをいくつか聴いた。最近のあなたが出てるやつ」

「ほんと？　どうだった？」

「すごくクールだった」そう言って、何か考えるように一瞬黙った。「何か……特別な感じがするというか……。ストーリー的なことよりも、キャラクターや、世界観や、セリフなんかがクセになるというか。とにかく、すごくよかった」

「じゃあ、あなたもレディオとトゥールーズをくっつけたいと思う？」

今月になって、レディオとトゥールーズをカップルとみなす投稿が急増していて、正直気まずかった。多くの人が、キャラクターには現実が、つまりアレッドとわたしの関係が反映されていると考えているらしかった。学校では少なくとも三人に、わたしとレディオが実生活でつき合っているのかと尋ねられた。だけど、アレッドとわたしは、レディオとトゥールーズの関係に恋愛を持ち込むつもりはなかった。

レインは少しのあいだ考えた。「さあ、どうかな。それは大きな問題じゃないと思う。ふたりがくっつけば、それはそれで素敵だけど、そうならなくても物語の素晴らしさは変わらない。この番組のテーマは恋愛じゃないんだし」

「わたしの思ってることと、まったく同じだ」

音楽が突然大きくなった。レインはギアを上げて走行車線に出た。

「この曲、ほんとに好きだな」わたしはカーラジオのディスプレイを指でたたいた。

「何？」レインが訊き返す。ボリュームが大きすぎる。

わたしは笑って首を振った。レインはわけもわからず、にやっと笑った。レインのことはあまりよく知らないけど、なぜかこうしていると、楽しく時間を過ごすというのはこういうことなんだとおぼろげにわかる気がする。高速道路が目の前に延び、ダークブルーの闇に光が飛び去っていく。まるで時間の渦みたいだ。

レインは、大げさじゃなく、スプーンズに来ている人たち全員を知っていた。四か月前にこの町のさまざまな高校を卒業して、大学に行って離ればなれになる前に最後にもう一度、酔っぱらいにきた人たちだ。

三人と気まずい会話を交わしただけで、アルコールが必要になった。わたしはまだ十七歳だから、レインが買ってきてくれた。彼女は運転があるから水を飲んでいたけど、あるときこう言った。「お酒はもう何年も前にやめたの。そのころはいくつもバカなことをやらかしたわ」いったいどんなことだったんだろう。そりゃ、お酒は飲まないほうがいいとは思うけど、知らない人と会話するのに、お酒でもなければメンタルがもたない。

スプーンズは恐ろしいほど超満員だった。

「先月、彼女とディズニーランドに行くつもりだったんだけどさ」三杯目のドリンクを待っているあいだ、知らない男の人が話しかけてきた。「やっぱり大学のために貯金することにしたんだ。ふたりとも、生活費給付型の奨学金を受け取れないから、バイトを見つけるまでは節約しないと」

「え？　誰でも受け取れるんだと思ってた」わたしは言った。

「生活費ローンはそうだよ。だけど、よっぽどボロいアパートに住むのでないかぎり、それじゃ家賃の全額はカバーできない。給付型を受け取れるのは、貧しかったり、両親が離婚していたり、そういう場合に限られるんだ」

「そうなの」

「そう、男子校の生徒会長だった男の子、ケンブリッジに行くものだとみんな思ってたの」三十分後、ひとりの女の子が話しかけてきた。わたしは丸テーブルで四杯目を飲んでいて、レインは四人と同時に話していた。その女の子は首を振った。「七年生の時から学年トップだったのよ。それなのに、入学できなかった。ほかに七人が入学したのに、彼はだめだった。ぜったいに合格すると、みんなずっと思ってたのに。ショックだったわ」

「ほんと、気の毒ね」わたしは言った。

「正直、自分が何をしているのかわからないんだ」ジョイ・ディヴィジョンのTシャツとデニムジャケットの男の人が言った。なんだかばつが悪そうに、しきりと袖をいじっている。「この一年、何をしていたかまったく覚えていない。それくらい何もしなかった。もうすぐ二年目に入るけど……自分のしていることがさっぱりわからないんだ」疲れた目でわたしを見つめる。「時間を戻せたらって思うよ。時間を戻して、すべてをやり直せたらいいのに……バカなことをした……ほんとにバカなことをした……」

スプーンズにいたはずが、いつの間にかジョニー・Rにいた。いつそんなことが起きたのか、誰もわかっていなかった。身分証明書もなしに、どうやって入れたんだろう。気がつくとわたしはジョニー・Rのバーカウンターの左奥に寄りかかっていた。手元には、水に見えるけど、飲むと明らかに水ではない飲み物があった。

わたしの左には女の子がすわっていて、わたしと同じことをしていた――カウンターにもたれ、前にグラスを置いて、客たちをぼんやり見つめていた。わたしの視線に気づき、彼女もこっちを見た。きれいな人だ。目が大きく、唇が魅力的で、これまで見た中で最高の髪をしている。長さは腰まであり、濃いパープルにグレーがかった薄紫のメッシュが入っている。アレッドを思い出させる。

「大丈夫?」彼女は尋ねた。

「あ、うん」わたしは言った。「大丈夫」

「なんだか、ぼんやりしてるみたいだから」

「ううん、退屈してるだけ」

「ふふ、同じだ」

一瞬、沈黙が落ちる。

「アカデミーに通ってるの?」わたしは尋ねた。

「ううん、今は大学生。前はグラマースクールに通ってたわ」

グラマースクール。これは、わたしが前に通っていた女子校が火事で焼け落ちたあと、男子校に転校した女の子たちが、自分たちの学校のことを呼ぶ言葉だ。

「そうなんだ」

彼女はグラスからひと口飲む。「だけど、嫌いだからやめるかも」

「嫌いって、何が?」

「大学。もうすぐ二年目なんだけど……」言葉が途切れた。眉をひそめずにはいられない。どうしてみんな、口をそろえて大学が嫌いだと言うんだろう。

「そろそろ帰るわ」彼女は言った。

「友達と一緒じゃないの?」

「一緒に来たけど……どうかな。友達と呼べるのか……わからない」

「どういうこと?」

「以前はここに来るのが好きだった。だけど、今は……」彼女が突然声を上げて笑った。

「え、何？」

「昔の友達が、よく言ってたの。そのうち飽きるわって。ふたりとも十八歳だった十三年生のとき、彼女を誘うたびにいつも断られていた。ああいう場所は嫌い、そのうちあなたも嫌いになるわ、なんて言ってた。ちゃんと先が見えてたってこと」彼女はまた笑う。「そう、彼女は正しかった。いつだって」

「その人は、来てるの？」

彼女はわたしを見た。「来てないわ」

「なんか、かっこいいね」

彼女は長い髪を指ですいた。光に照らされたパープルがきれいで、妖精みたいに見える。「そう、かっこいいの」彼女は遠くを見つめている。表情は暗くて見えない。「ずっと最初から正しかったなんて信じられない」そう言った気がするけど、音楽がうるさすぎてよく聞こえなかった。わたしがまた「何？」と尋ねようとすると、彼女は眉を上げて笑顔を作り、「じゃあ、また」と言って去っていった。もう二度と会うことはないのに。

アレッドが大学に行ってしまえば、彼と過ごすことはなくなるんだろうか。いつかわたしも、クラブでグラスを前に置いて、友人たちが爆音の下で踊るのを見つめることになるんだろうか。

わたしはグラスの中身を飲み干した。

☆ごめんなさい

「フランシス、フランシス、フランシス、フランシス、フランシス……」ヴァンパイア・ウィークエンドの「ホワイト・スカイ」のダブステップ・リミックスが流れる三階のフロアで、レインが駆け寄ってきた。

わたしは酔っていて、自分が何をしているのか、どうしてここにいるのかもわからず、ぼうっとしていた。

レインは透明な液体の入ったプラカップを持っている。一瞬それがなみなみと注がれたウォッカだと本気で思った。

わたしがじっと見ていると、レインは「ただの水よ！」と言って笑った。「運転しなきゃいけないから！」

頭上から「ティーンエイジ・ダートバッグ」が流れはじめた。

レインは空いた手を突き上げて、天井を指さした。「やばっ！　フランシス、この曲はぜったい踊らなきゃ」

わたしは笑った。笑い続けた。酔ったときはいつもこうだ。わたしはレインに手を引かれて、踊りの輪に入った。フロアは汗でむっとしていて、四人の男が腰をぶつけてきた。ひとりにお尻を触られ、どうすることもできずに固まっていると、レインが男に水を引っかけた、男はレインに怒鳴った。わたしは笑い、レインも笑った。とにかく、わたしは情けないほど踊りが下手だった。レインは踊りがうまい。それに、きれいだ。酔った頭にふと、彼女に恋しているんだろうかという考えが浮かび、わたしは大笑いした。違う。わたしは誰にも恋をしていない。

アレッドが、まるで瞬間移動でもしているみたいに、わたしの視界に入ったり消えたりし続けていた。彼はいろんな意味でマジカルだけど、わたしは彼にも恋はしていない。たとえいつもシャツがよく似合っていて、みんなが汗だくの中、乱れた髪がすごくキュートだとしても。

しばらくすると、わたしは悪酔いしそうなロンドン・グラマーの曲に合わせてマヤと踊っていた。マヤが「フランシス、いつもとはまるで別人みたいね！」と言ってきたとき、フロアの隅でアレッドが誰かと話しているのに気づいた。相手は――もちろんダニエルだ。アレッドともう一度話す必要がある。だけど彼に嫌われたくない。この状況をどうにかしたいと思うけど、どうすればいいのかさっぱりわからなかった。

アレッドとダニエルの関係を知った今、これまで気にとめてこなかったささいなことが次々に目に飛び込んでくる。ダニエルが話しながらアレッドを見るまなざしとか、ダニエルに腕をつかまれたアレッドが素直についていくところとか、ふたりがキスをしそうなほど顔を近づけて話す様子とか。これまでまったく気づかなかったなんて、ほんとバカみたいだ。

マヤとジェス、そしてルークとジャマルというふたりの男子が酔って踊りながらレインの悪口を言っている。あばずれだとか、彼女がいるとおかしな空気になるとか。話しているあいだ、マヤがわたしにちらちら視線を送ってきたのは、わたしが怪訝な顔をしていたからだろう。

わたしは、あのパープルの髪の女の子が大学をやめたいと言っていたことを考え続けていた。どうしてそんなことを言うのかまったく理解できなかったし、これまで誰かがそんなことを言うのを聞いたことがなかったから。当然、みんながみんな大学を楽しんでいるわけじゃないことはわかる。

だけどわたしは違う。だから彼女が何を言おうが気にしてはいない。わたしは勉強の虫、フランシス・ジャンヴィエで、ケンブリッジに行って、いい仕事に就いて、たくさんのお金を稼いで、幸せになるつもりだから。

間違っている？　いいえ、それでいい。大学、仕事、お金、幸せ。それが手に入れるべきものだ。わたしの進む道だ。みんながそう思っている。自分でもわかっている。

考えているうちに、頭が痛くなってきた。音楽がうるさすぎるのかもしれない。

アレッドとダニエルが階段に向かうのを見て、とっさにあとを追う。レインには声をかけていないけど、大丈夫だ。彼女には話す相手がたくさんいる。アレッドに何を言えばいいかはわからない。だけど、何か言わなきゃならないことはわかっている。このままでいいわけがない。このまま置いていかれるなんてぜったいいやだ。思えばダニエルはずっとわたしの前にいた。わたしはバカだ。そんな深いつき合いの友達がいるのに、アレッドがわたしのことを親友だと思ってくれていると信じていたなんて。だけど、彼が正真正銘、最高の人間で、これまでの人生でいちばん素晴らしい友達で、これから先、彼ほど素晴らしい人に出会うことがないことはたしかだ。

人混みをかき分けてふたりを追う。似たような格好の人ばかりで、見失いそうになる。スキニージーンズ、ミニのワンピース、ツーブロックの髪、厚底スニーカー、ウェイファーラーのサングラス、ベルベットのシュシュ、デニムジャケット……。なんとか外の喫煙エリアに出ると、びっくりするほど寒い――夏じゃなかった？　待って――違う、もうすぐ十月だ。いつの間に？　とにかく、外はとても静かで、寒くて、暗くて……。

「おっと」わたしとぶつかりそうになり、アレッドが言った。もちろんふたりともタバコは吸わない。だけど、中はあまりに暑くて、溶けてしまいそうだ。溶けたとしても文句はない――そうなればたくさんの問題が解決するだろうから。

アレッドはグラスを手に持って、ひとりでいるようだった。シンプルな半袖のシャツと、ごくふつうのスキニージーンズ。髪は……こんなのアレッドじゃない。彼を抱きしめたい。そんなことをしても、元のアレッドに戻らないことはわかっているけど。

外は暗くて、人が多くて、ベンチはすべて埋まっていた。Ｔｈｅ１９７５の「チョコレート」のリミックスが戸口から漏れてきて、わたしをげんなりさせる。

「ほんとにごめんなさい」子どもっぽく聞こえるのはわかっているけど、とっさに口にする。「本気よ、アレッド。どれだけすまないと思っているか、とても言葉に……」

「いいんだ」表情はなく、嘘をついているのがはっきりわかる。「驚いただけ。大丈夫だよ」

驚いただけには、とても見えない。

死にたいと思っているように見える。

「よくないわ。ぜんぜんよくない。誰にも知られたくないと言っていたのに、みんなに知られてしまった。それに、あなたのお母さん……言ってたわよね、お母さんがやめさせようとするって……」

彼は脚を交差させて立っている。いつものライムグリーンのスニーカーではなく、初めて見るごくふつうの白いスニーカーだ。

アレッドはかすかに首を振った。「僕はただ……君がどうして嘘をつかなかったのか理解できないんだ。そうじゃないかと尋ねられたときに、なぜノーと言わなかったのか、それだけがどうしてもわからないんだ」

「わたしは……」どうして嘘をつかなかったのか、わたしにもわからない。わたしはいつも嘘をついている。学校に一歩足を踏み入れるたびに、自分という人間を偽っている。違うだろうか？　だけど……スクール・フランシスはまるっきりの嘘じゃない。ただ……ただ、何だろう。「ごめんなさい」

「いいよ、もうわかったから」アレッドが吐き捨てるように言った。

わたしはアレッドが大丈夫だと確かめたかった。わたしたちが大丈夫だと思いたかった。

「大丈夫？」わたしは尋ねた。

彼はわたしを見た。

「もういいよ」彼は言った。

「そうじゃなくて」

「え？」

「大丈夫なの？」わたしはもう一度尋ねた。

「もういいって言ってるだろ！」彼が声を荒らげ、わたしはあとずさりしそうになった。「起こってしまったことはしかたがないじゃないか。もうどうすることもできないんだから、これ以上、大ごとにしないでくれ！」

「だけど、あなたにとっては大きなことじゃ……」

「どうでもいいよ」その言葉を聞いて、自分が粉々に砕け散り、吹き飛ばされるような気がした。

「こんなことで取り乱すなんてばかげてる。だから、どうでもいい」

「だけど、実際に取り乱してるわ」

「もうやめてくれ！」声がさらに大きくなり、パニックになっているように聞こえる。

「あなたはわたしのいちばん大切な友達なの」わたしはもう一度言う。

「自分の心配をしたほうがいいんじゃないの？」

「いいえ」わたしは笑ったが、今にも泣きだしそうだった。「いいえ、わたしの人生は何の問題もない。退屈で平穏で、何も起こらない。成績がよくて、いい家族に恵まれて、不平を言うことなんて一切ない。そんなわたしが、友達が抱えている問題を気にしちゃいけないの？」

「問題なんて抱えてない」彼は言ったが、その声はかすれていた。

「そう！」わたしは叫んでいた。思ったより酔っているのかもしれない。「大丈夫、大丈夫、大丈夫、大丈夫、大丈夫。何もかも大丈夫。わたしたちみんな、ぜんぜん問題ない」

アレッドは傷ついた顔をして、あとずさった。またまずいことを言ってしまったみたい。わたしはどうしてこんなに愚かなんだろう。

「いったい何がしたいの？」彼の声がまた大きくなった。「どうしてそんなに僕にかまうの？」

胸がずきんと痛む。

「わたしはただ――話を聞きたくて」

「そんな必要ない！　何も話したくない！　放っておいてくれ！」

そういうことだ。

何も話さないということだ。

話したくないということだ。

「ただ――」彼は手を固く握りしめた。「どうしてあんなことをしたの」

「わたしが何をしたっていうの⁉」

「僕がクリエイターだとみんなに言った！」

わたしは首を大きく振った。「それは――言ってない。誓ってもいい」

「嘘だ！」

「嘘じゃない……」

彼が近づいてきて、わたしはあとずさった。彼も酔っているかもしれないけど、わたしもかなり酔っていて、よくわからない。

「君はただ――ネットで人気者になるために、僕を利用したかったんだろ！」

わたしは口もきけなかった。

「心配するふりはやめてくれ！」彼は今、声をかぎりに怒鳴っている。みんながこっちを見ている。「君が心配なのはユニバースシティだろ！　君は僕の正体を明かして、僕が大切にしているたったひとつのものを取り上げようとする、ファンにすぎないんだ！　君がほんとうはどんな人なのかもわからない。ほかの人の前では、いつもとぜんぜん違うから。はじめからぜんぶ計画していたんだろう？　僕と過ごすのがただ楽しいだけで、ネットで有名になることには一切興味がないふりをして……」

「違うわ――そんな――」頭の中が真っ白になる。「そんなんじゃない！」

「じゃあ、何なの!?　どうしてそんなに僕にかまうの？」

「ごめんなさい」わたしは言ったけど、声になっているかどうかは自信がない。

「あやまらなくていい！」アレッドは顔をゆがめ、目を潤ませている。「嘘はもうたくさんだ！君はまたくだらない妄想に取りつかれているだけだ。カリスのときみたいに」

突然、吐き気が襲ってきた。

「僕はただの身代わりなんだ。君はカリスと同じように僕に執着して、僕が大切にしているたったひとつのものを……僕に残された唯一のものを台無しにした。カリスのときと同じように。僕のことも、もてあそびたいの？」

「違う――もてあそぶだなんて――」

「じゃあ、どうして、僕の家のまわりを毎日うろちょろするんだよ」まったく別の誰かが、彼の身体を通してしゃべっているみたいだ。彼が近づいてくる。すごく怒った様子で。「ただの気まぐれなんだろ！」

わたしの声はもはや悲鳴になっている。「気まぐれなんかじゃない！」

信じてくれるだろうか。わたしを信じてくれる人なんているんだろうか。わたしを信じてくれる人は、わたし以外誰もいないのかもしれない。

「じゃあ、どうしてこんなことになるの？　どうして僕をこんな目に遭わせるの？」

涙が頬を伝う。「わたし――そんなつもりはなかったの……」

アレッドが一歩下がる。「言ったよね、カリスがいなくなったのは自分のせいだって！」

あまりの大声に、わたしはまたあとずさる。涙があふれてくる。ああ、わたしは自分が嫌いだ。大嫌いだ。ごめんなさい、ごめんなさい、ごめんなさい、ごめんなさい、ごめんなさい……。

ダニエルがいきなり目の前に現れ、「行けよ、フランシス、アレッドにかまうな」と言ってわたしを突き飛ばすと、今度はレインが目の前に現れ、「ちょっと、やめなさいよ！　彼女に何を言ったの？」とダニエルに突っかかった。ふたりは互いに大声で言い合いはじめたが、わたしの耳には何も聞こえなかった。最後にレインが「アレッドはあんたのものじゃないわ」と言い放った以外は。

やがてふたりともどこかへ行ってしまい、わたしはクラブを出て舗道の縁石にすわり、あふれ出る涙をとめようとしたけれど、涙はとめどなく流れた。

「フランシス、ああ、かわいそうに」

「ごめんなさい、ごめんなさい、ごめんなさい、ごめんなさい……」

「あなたは何もしてないわ、フランシス！」

「いいえ、わたしが悪いの。またすべてを台無しにしてしまった……」

「あなたのせいじゃないわ」

「わたしのせいよ。ぜんぶわたしがいけないの」

「そんなに自分を責めないで。アレッドは乗り越えられる。約束する」

「違う――それだけじゃない。今どこにいるのかわからないのも、アレッドをお母さんとふたりきりにしてしまったのも……ぜんぶわたしのせいなの。カリスも……カリスのこともそうなの。彼女がいなくなったのはわたしのせいなの……」

気がつくと、わたしはレインの肩にもたれてベンチにすわっていた。彼女が握る携帯から音楽が流れ、それはまるで彼女の手から音楽が流れているみたいで、携帯のショボいスピーカーの音は午前二時の高速道路のカーラジオから聞こえるノイズみたいで、〝君の心にいさせて〟と歌う男の人の声は漆黒の空のようにわたしに寄り添い、わたしは酔いが回り、意識が朦朧として、何を言おうとしていたのかわからなくなっていた。

3章
秋学期(b)

☆ 箇条書き

・翌日、アレッドにメールを送った。フェイスブックでメッセージも送った。それから電話もかけた。返信も応答もないので、夕方六時四十五分に彼の家のドアをノックするつもりで家を出たけれど、彼のお母さんの車はなく、彼も不在だった。

・週末、フェイスブックで長い謝罪のメッセージを送った。書きながら、ひどく感傷的だと感じたが、読み返してみるとやはり感傷的だった。書いている途中で、状況を改善するためにできることは何ひとつなく、わたしはこれまでの人生でできた、たったひとりのほんとうの友達を失ったのだと気づいた。

・残りの十月は、自分でもありえないと思うほど情けない日々を過ごした。毎日泣き、よく眠れず、その両方のせいで自分にひどく腹を立てた。体重が増えたけど、そんなことはどうでもいい。もともとそれほど痩せていたわけじゃない。

・十月は、学校の勉強も盛りだくさんだった。夜はほとんど宿題をして過ごした。美術の課題は山のようにあり、英文学では毎週レポートの提出があった。ケンブリッジの面接のために本を何冊か読むつもりだったが、まったく集中できなかった。それでも無理をして、『カンタベリー物語』、『息子と恋人』、『誰《た》がために鐘は鳴る』を読んだ。もしケンブリッジに入学できなかったら、学校生活でずっと努力してきたことは、ぜんぶ無駄になってしまう。

・ある晩、スーツケースを引いて、駅からの道を歩いてくるアレッドを見かけた。たぶん週末の帰省だろう。家から飛び出しそうになったが、仲直りする気があるのなら、彼は返信してくれただろう。彼が大学をどう感じているのか知りたかった。新入生歓迎イベントで、ほかの新入生たちと一緒にタグ付けされたフェイスブックの写真の彼は、笑ったり、お酒を飲んだり、ときには仮装の衣装を着たりしていた。喜んでいいのか、悲しんでいいのかわからなかったが、最悪な気分になったことはたしかだ。

・当然のことながら、わたしはユニバースシティでトゥールーズの声を演じるのをやめ、ファンアートもやめた。アレッドはストーリーを変え、トゥールーズは突然シティから消えた。自分が消されたようで、とても悲しくなった。

・タンブラーには、いったいどうしたのかと尋ねるメッセージが大量に届いた。わたしは、もともとそういう筋書きで、トゥールーズが登場する場面が終わったのだとだけ答えた。

・タンブラーには、なぜわたしのアートがユニバースシティの動画に使われなくなったのか、なぜ最近ファンアートを投稿しないのかと尋ねるメッセージが大量に届いた。わたしは、学校のことでストレスを抱えていて、しばらく休みを取る必要があるからだと答えた。

・メッセージは、毎日大量に届いた。

・苦しまぎれに、タンブラーを完全に削除してしまおうかと思ったが、それはできず、なるべくタンブラーから遠ざかるようにした。

・十一月一日、わたしは十八歳になった。いつもと違う感じがするかと思ったけど、もちろんそんなことはなかった。大人になることと年齢とは、あまり関係ないと思う。

☆スクール・フランシス

「フランシス、どうしたの、不機嫌そうな顔して」マヤが笑いながら言う。「何かあった？」

毎日学校の〝友達〟と一緒にランチを食べていると、日に日に荷物をまとめて町を出て、ウェールズまでヒッチハイクしたい気分になってくる。

学校の友達は悪い子たちじゃない。ただ、彼女たちは、おとなしくてガリ勉のスクール・フランシスの友達なだけで、ネットミームの愛好家で、柄入りのレギンスマニアで、メンタル崩壊寸前のリアル・フランシスの友達じゃない。スクール・フランシスはすごく退屈な子だから、あまり誰も話しかけてこないし、様子を気にかけたりもしない。最近になって、スクール・フランシスには、ほとんど人格すらないことがわかってきた。だから、誰に笑われても責めるつもりはない。

十一月に入り、スクール・フランシスでいるのがますますむずかしくなってきている。

マヤに笑いかける。「いつもどおりよ。ちょっと疲れてるだけ」

〝ちょっと疲れてる〟が〝いつもどおり〟と同じ意味を持ちはじめている。

「あたしと同じだ」マヤは言うと、ほかの子と話しはじめた。

レインがわたしに目を向けた。ランチのときはいつもとなりにいてくれて、すごくありがたい。ちゃんとした会話ができる相手は、彼女だけだから。

「ほんとに大丈夫なの？」マヤよりはずっと親身な感じだ。「具合悪そうに見えるけど」

わたしは笑った。「ありがとう、気づかってくれて」

彼女はにやりと笑った。「やめて！　そういうんじゃなくて——最近ちょっとあなたらしくないなと思って」

「ははは、わたしらしいってどういうことか、自分でもわからないわ」

「まだアレッドのことを気にしてるの？」

あまりにストレートに訊かれて、また笑いそうになる。「まあね……メッセージに返信してくれないんだ……」

レインは一瞬わたしを見つめた。

「ほんといやなヤツね」とレインが言ったので、わたしは思わず自虐的に笑った。

「え、どうして？」

「この数か月、あなたがずっと友達でいたことがどれほどすごいことか理解できないのなら、努力することに何の意味があるの？　あなたが大切に思うほど、彼はあなたとの関係を気にかけていないってこと。だから、あなたも気にする必要はない」彼女は首を振った。「そんな友達、必要ない」

すべてはもっと複雑で、ぜんぶわたしのせいで、同情に値しないのはわかっている。それでも、レインにそう言ってもらえたのはうれしかった。

「そうね」わたしは言った。

レインがいきなりハグしてきた。彼女にハグされるのは初めてだ。わたしはすわったままの姿勢でハグを返した。

「あなたにふさわしい友達はいくらでもいる」レインは言った。「あなたは太陽みたいにあったかい天使なんだから」

何を言えばいいのか、何を考えればいいのかわからなかった。わたしはただ、彼女を抱きしめた。

☆ 冬季オリンピック選手

「フランシス、ケンブリッジの面接はいつ？」

講堂のバックステージ前を通り過ぎようとしたとき、ダニエルが九月以来初めてわたしに声をかけてきた。彼は、七年生から九年生の前でスピーチをするためにやってきた、冬季オリンピックの選手と一緒に、舞台袖のカーテンの横に立っていた。

ダニエルがわたしに腹を立てるのは当然だと思ったし、わたしはもう生徒会長じゃないから、彼とはあれ以来距離を置いていた。学校の廊下で目をそらされたときも、驚きはしなかったし。

急ぐ用事がなかったので、わたしは舞台袖に入った。さっきの口調もとくにいやな感じはなかった。

「十二月十日よ」わたしは答えた。今は十一月の中旬だから、あと数週間だ。自己推薦文で読んだことにしている本は、ぜんぶは読めていなかった。学校の授業をこなしながら、面接の準備を進めるには時間が足りなかった。

「そうか、同じ日だな」ダニエルが言った。

最後に話したときとは、少し違って見えた。髪が少し伸びたような気もするけど、いつもワックスでうしろになでつけているから、よくわからない。

「調子はどう？」わたしは尋ねた。「準備は進んでる？　バクテリアとか、骸骨のこと、ちゃんと頭に詰め込んだ？」

「バクテリアとか骸骨って……」

「いいじゃない、生物学で何を学んでいるのか知らないんだから」

「GCSE試験でやったはずだけどね」

わたしは腕を組んだ。「核は細胞の活動の源で、細胞膜は――細胞膜の役割は何だっけ？ 当然知っているんでしょうね。きっと面接で尋ねられるわよ」

「細胞膜の役割なんて尋ねないだろう」

「じゃあ、何を尋ねられるの？」

ダニエルはわたしをじっと見た。「言っても君にはわからないよ」

「生物学を志望しなくてよかった」

「だね」

そのとき、レインがわたしたちと一緒に舞台袖にいて、オリンピックの選手に質問を浴びせているのに気がついた。彼が少し気の毒になる。その人は、わたしたちより二、三歳年上なだけで、アスリートにしてはちょっとオタクっぽくて、すごく背が高く、大きなメガネをかけ、少し短すぎるジーンズを穿いていた。七年生から九年生に二十分間話さなければならないという事実にパニックになっているようだけど、レインはそんなことはお構いなしだった。どうやら町の反対側にある高校（アレッドと同じ高校）の出身らしく、今日は自分の成功や功績について話しにきたようだ。

ダニエルは、わたしがレインを見ているのに気づいて天井を仰いだ。「会わせてほしいと頼まれたんだ」

「へえ」

「とにかく、いいかい」ダニエルはわたしの目を見すえた。「俺にはケンブリッジまでの足が必要だ」

「足が？」

「うん。親はふたりとも仕事があるし、列車で行くには金がない」

「ご両親に出してもらえないの？」

彼はほんとうは言いたくない、みたいに奥歯を食いしばる。

「両親は一切お金をくれないんだ。バイトは勉強のために辞めちゃったし」

「ケンブリッジを受験するためのお金なのに？」

「それほど大事なことだと思っていないんだよ」彼は弱々しく首を振った。「大学に行く必要さえないと考えている。親父は――ほんとうは店を手伝ってほしいんだ……小さな電気屋をやっていて……」声がだんだん小さくなる。

わたしはダニエルを見つめ、突然申し訳ない気持ちでいっぱいになる。

「列車で行こうと思ってるの。ママは仕事があるから」

ダニエルはうなずいて下を向く。「そうか。了解、気にしないで」

レインが椅子から身を乗りだす。オリンピック選手は、ほっとしているみたいに見える。

「乗せていってあげようか。もしよければ」

「え？」わたしは言った。

「え？」ダニエルも言った。

「送っていってあげる」レインはニカッと笑って、頬杖をつく。「ケンブリッジまで」

「学校があるだろ」ダニエルがかぶせるように言う。

「だから？」

「だから、って……サボるつもりかよ」

レインは肩をすくめる。「欠席届を偽造するの。これまでばれたことないわ」

ダニエルはすごく葛藤しているように見える。彼が酔った勢いで、自分とはまるで共通点のないレインに秘密を打ち明けたことは、いまだに不思議でしかたがない。でも、だからこそ、彼はこう答えたんだと思う。

「わかった」気まずさを隠そうとしているが、うまくいっていない。「そうしてくれると、助かるよ」

「ほんと、助かる」わたしも言った。「ありがとう」

ぎこちない沈黙のあと、先生が反対側の袖からダニエルに、舞台に出て冬季オリンピック選手を紹介するように身ぶりで促し、ダニエルは言われたとおりにした。オリンピック選手が舞台に出ると、ダニエルは袖に戻ってきた。

彼がスピーチしているあいだ、ダニエルとわたしは何もしゃべらなかった。選手はお世辞にもスピーチがうまいとは言えず、ポイントをはずしまくっていた。勉学に励むことの大切さや、スポーツのキャリアをどう積んだのかについて話すために呼ばれたはずだけど、「自分は勉強とはあまり相性がよくなかった」とか、「学校では浮いた存在だった」とか、「みんながみんな、試験の成績で人生が決まると考える必要はないと思う」といったことを熱い口調で語り続けていた。

スピーチを終えた彼を、ダニエルとわたしは笑顔で出迎え、来てくれたことに感謝を伝えた。大丈夫だったかと彼に尋ねられて、すごくよかったと答えた。そのあと、先生が彼を連れていき、ダニエルとわたしは談話室に戻った。

廊下を歩きながら、尋ねる。「アレッドとは、よく会ってる?」

彼はわたしを見て言った。「俺たちの関係、知ってるんだよな？」

「ええ」

「じつは……ぜんぜん連絡がないんだ」

「どうして？」

「わからない。ある日突然、メールをくれなくなった」

「理由もなく？」

彼は黙り、一瞬足をとめた。まるでそのことの重みに押しつぶされそうになっているように。「彼の誕生日に、けんかした」

「どうして？」

そんなことを訊いて何になるだろう。人は思いもよらない速さで前に進む。何日もたたないうちにあなたを忘れ、フェイスブックに載せるために新しい写真を撮り、あなたのメッセージは読まれない。人はどんどん前に進み、あなたは、脇に追いやられる。あなたが償うことのできない過ちを犯したから。自業自得だ。責められるべきはいったい誰なのか。

ダニエルは言った、「君には関係ない」

「わたしにも連絡がないの」

そのあと、ふたりとも何も言わなかった。

☆スペース・アドベンチャー

「もう遅いわよ、フランシス」ママが紅茶を片手にリビングに入ってきた。

わたしはノートパソコンから顔を上げて、まばたきをした。そのとたん頭痛がした。「今、何時？」

「十二時半」ママがソファにすわる。「まだやらなくちゃならないの？　今週は毎晩遅くまでやってたじゃない」

「この段落だけ終わらせなきゃ」

「あと六時間で起きる時間よ」

「うん、もう少しで終わるから」

ママは紅茶をすすった。「ずっとそんな調子じゃ、ストレスで具合が悪くなるのも無理ないわ」

このところ、特定の姿勢ですわるたびに、胸の横に妙な痛みを感じるようになっている。心臓発作の兆候じゃないかと不安になることがたまにあり、あまり考えないようにしている。

「もう寝たほうがいいわ」

「無理よ！」思ったより大きな声が出てしまった。「ほんと、無理なの。わかってないのに言わないで。明日の一時限目が締め切りだから、今やらなきゃだめなの」

ママはしばらく黙っていた。

「週末、映画に行かない？」ママが口を開く。「受験のあれこれから少しだけ離れて。ちょっと前に公開された、あのスペース・アドベンチャー」

「そんな時間ないわ。試験が終わったあとなら行けるかも」

ママはうなずいた。「そう、わかった」そして立ち上がり、部屋を出ていった。

夜中の一時に小論文を書き終え、ベッドに入った。まだ聴けていない最新のユニバースシティのエピソードを聴こうかと思ったけど、疲れ果ててそんな気分にもなれず、ただ横になり、眠りが訪れるのを待った。

タンブラーをチェックするのは数週間ぶりだった。わたしが直面したのは、どうして更新しないのかと尋ねる大量のメッセージと、一か月以上何も描いていないことを知らせるアプリからの通知だけだった。

わたしはファンが怖かった。嘘じゃない。

ファンたちが実生活でのアレッド・ラストを知るようになった今、ユニバースシティのタグは、手に入るかぎりのアレッドの写真が投稿され、リポストされる段階に入っていた。ただ、数はそれほど多くはない。アレッドのフェイスブックから流用されたものが二枚。ジョニー・Rのフェイスブックからのものが一枚。大学の路上で撮られたピンボケ写真が一枚。ありがたいことに、そういった行為は匿名を望んでいる人物に対する下劣なプライバシー侵害だと訴える投稿が数件寄せられたあと、ほとんどの人が投稿をやめた。

写真が出たあとも、彼について詳しいことは誰も何も知らないようだった。年齢も、どこに住んでいるかも、大学で何を学んでいるのかも。アレッドはツイッターで何も発信しなかった。何も起きていないように、すべてを無視していた。やがてみんな彼の話をしなくなり、またユニバースシティの話題に戻っていった。まるで何事もなかったかのように。

総合的に見ると、思っていたほど事態は悪くはないと感じはじめていた。

十一月の末になるまでは。

事態が百倍悪くなったのは、そのときだった。

ファンのあいだで最初に拡散した投稿は、新しいアレッドの写真だった。彼は町の広場のようなところで、石のベンチにすわっていた。行ったことはないが、アレッドの大学のある町だろうというのはひと目でわかった。彼は片手にテスコのレジ袋を持ち、携帯電話に目を落としていた。誰にメールしているのかが気になった。

彼の髪はまた目にかかるほど伸びていて、五月に初めて言葉を交わしたときのアレッドとほとんど同じに見えた。

写真にはキャプションがなく、投稿されたタンブラーのブログの質問ボックスはオフになっていたので、投稿した人を非難するには、その写真をリポストするしかなかった。そして、実際に多くの人がその行動に出た。数日もしないうちに、この投稿には二万件のコメントが寄せられた。

次に拡散した投稿は、ユニバースシティのファンのものでさえなかった。

troylerphandoms23756

最近、フィルに勧められて〈ユニバースシティ〉を聴いてみたんだけど……これをエリート主義的だと感じるのはわたしだけなのかな。あまりにも特権的だと思うんだけど。これって、作者が教育制度をいかにくだらないと考えているかを示す、壮大な比喩ってことだよね？　発展途上の国々には、教育を受けるどころか飢えに苦しんでいる子どもたちがたくさんいるのに。〝ユニバースシティ〟＝〝大学《ユニバーシティ》〟だなんて……悪い冗談としか思えないんだけど（爆笑）

何十ものユニバースシティのブログが、さまざまな辛辣なコメントとともにこの投稿をリポストした。わたしも何か言ってやりたいほどだった。それくらい、まったくばかげた発言だった。そのときふと思った。アレッドは大学に行きたくないと言っていた。あれは冗談だったんだろうか。

そうこうするうちに、三件目の投稿がバズった。アレッドの町での盗撮写真を載せたのと同じ人物からの投稿だ。

それは、前のとは違うアレッドの写真だった。薄暗がりで、彼がドアの鍵を開けようとしている。建物の壁には、〈セント・ジョンズ・カレッジ〉という文字がはっきり読める。

それはつまり、写真を見た人全員が、アレッドの住んでいる場所を知るということだ。

今回は、写真の下にキャプションがあった。

youngadultmachine
アレッド・ラストをコロシテやる。特権を振りかざす悪人だ。教育は特権だ。ヤツにオレたちの子どもの人生の道を疑わせる権利はない。ヤツは子どもを洗脳している

読んでいるうちに、胃が飛び出しそうになる。
まさか、本気ではないはずだ。
書いたのが、写真を撮った人物ともかぎらない。
こんなことをして、何になるんだろう。
これは単なる嫌がらせだ。ネット上の憎悪だ。

ユニバースシティはただの物語だ。週に一度、ほんの二十分間の幸せを与えてくれる、魔法のようなＳＦアドベンチャーだ。それ以上の深い意味はない。もしあるのなら、アレッドは話してくれたはずだ。

違うだろうか？

ユニバースシティ：エピソード 140――好きにすればいい

UniverseCity　96,231回再生

これがぜんぶ冗談だとでも？

下にスクロールして文字起こしを表示 >>>

[…]

そもそも、君はなぜこれを聴いているんだろう！　しがないレディオとその友人たちが、新たなモンスターを打ち負かし、二十六世紀のスクービー・ドゥーのギャングのように謎を解く、くだらない話を聴くためだけに、毎週ラジオをつけているのだろうか。どうせ君は、われわれが街の毒にやられ、寝ているあいだにゆっくり殺されていくのを、薄笑いを浮かべて眺めているんだろう。連絡しようと思えばできるはずなのに、わざわざそんなことをするつもりはないんだろう。これまで、この物語のいったい何を聴いていたのか。

君は古い世界で知っていた人たちと同じだ。どうせ何もできないんだ。

[…]

☆ガイ・デニング

「フランシス……わたしがヘナを使っているとき、机に突っ伏すのはやめたほうがいいわよ」十二月初旬の美術の授業中、レインがわたしに言った。わたしはチョークと木炭を使って、ガイ・デニング風の肖像画を描いていた。わたしの作品のテーマは孤立だ。レインは紙粘土で作った骸骨の手に、ヘナを塗っている。彼女のテーマは、イギリスにおけるヒンズー教徒に対する差別だ。

わたしは身体を起こして顔に手をやった。「ついてる?」

レインはわたしを見て、目をこらすふりをした。「大丈夫、ついてない」

「よかった」

「具合でも悪い?」

「また?　ちょっと頭痛がするだけ」

「ちょっと診てもらったほうがいいよ」

「疲れてるだけ。それと、睡眠不足」

「もっと深刻かも。脳腫瘍だったりして」

わたしは顔をしかめる。「やめてよ、脳腫瘍だなんて。極度の病気不安症なんだから」

「それとも、動脈瘤ができかけてるとか」

「お願い、やめて」

「おふたりさん、進み具合はどう?」美術のガルシア先生が、瞬間移動の術でも使ったみたいに、わたしたちのテーブルに現れた。びっくりして手を滑らせて、あやうく絵を汚すところだった。

「順調です」わたしは言った。

先生はわたしの絵をじっくり見て、となりのスツールにすわった。「なかなか、よく描けてるわ」

「ありがとうございます！」

彼女は指で画用紙をたたいた。「デニングの画風をよく捉えているけど、ちゃんと自分のスタイルにしている。写実的に描くだけでなく、自分なりの解釈を加えてオリジナルなものにしている。とても独創的だわ」

幸せな気分になる。「すごくうれしいです」

先生は四角いメガネ越しにわたしを見つめ、手編みっぽいカーディガンを身体に巻きつけた。「フランシス、大学の専攻は何を志望しているの？」

「英文学です」

「へえ」

わたしは笑った。「意外ですか？」

先生はテーブルに身を乗りだした。「文学に興味があるとは知らなかったわ。もっと実践的なことを目指すのかと思ってた」

「……たとえば？」

「そうね、わたしは美術を専攻するんじゃないかと思っていたの。思い違いかもしれないけど、いつもほんとうに楽しそうだから」

「それはそうですけど……」わたしは口ごもった。美術を専攻するなんて考えたこともなかった。美術は好きだけど、学位を取るとなると……あまり役に立たない気がする。それに、もっとちゃんとした科目でいい成績を取ったことが無駄になってしまう。自分の可能性を捨ててしまうようなものだ。「楽しさだけを基準に、専攻は選べません」

ガルシア先生は眉を上げた。「あらそう」

「いずれにしても、もう願書は提出しましたから。ケンブリッジの面接は来週なんです」

「なるほど」

気まずい沈黙のあと、先生はスツールから立ち上がり、「ふたりとも、その調子でがんばって」と言って立ち去った。

レインに目をやると、彼女はまたヘナに集中していた。レインは学校の方針に反して、大学には出願せず、代わりにいくつかの職業研修プログラムに応募していた。彼女の意見を聞いてみたいけど、描くことがわたしの生活の一部になっているとは知らないから、助けにはならないだろう。

わたしは描きかけの絵を見返した。目を閉じた少女の汚れた顔の絵。ガイ・デニングは、わたしの好きな画家だ。彼は大学に行ったんだろうか。家に帰ったら、調べてみることにしよう。

ウィキペディアによると、彼はたくさんの美術大学に出願したが、どこにも入れなかったということだった。

☆再生ボタン

　ユニバースシティのエピソードを三週間聴いていないことに気づいたのは、ケンブリッジの面接の三日前だった。アレッドのツイッターも見ていない。タンブラーもチェックしていない。絵もまったく描いていなかった。

　たいしたことじゃない。ただ、少しもやもやする。どれも好きで楽しんではいたけれど、結局のところ、わたしは根っからの勉強好きなのかもしれない。これまで表向きのわたしの下にほんとうのわたしがいるんだと信じて、人格の皮をせっせとはがし続けてきたけれど、どこまでいっても同じことの繰り返しだ。ようやくほんとうに楽しめることを見つけたと思うたびに、ほんとうにそうなのかと疑ってしまう。もうわたしは何も楽しめないのかもしれない。

　アレッドとわたしはとてもいい友達だった。そのことは彼も認めるはずだ。その関係を終わらせて、二度とわたしと話さないと決めたのは彼のほうだ。それなのに、どうしてわたしがもやもやする必要があるだろう。間違っているのは彼のほうだ。わたしに腹を立てる権利なんてない。元の寡黙で、退屈で、ストレスを抱え、疲れたスクール・フランシスに戻らなければならないのは、わたしのほうなのだから。彼が大学生活を謳歌しているあいだ、わたしは毎日睡眠五時間で、一日ふたりくらいとしか話さないというのに。

　ユニバースシティのエピソードを聴こうと開いたが、結局は再生ボタンを押さなかった。わたしにはやるべきことがあり、そっちのほうがずっと重要だから。

ユニバースシティ：エピソード141——無の日

UniverseCity　85,927回再生

今日は何もしていない。

下にスクロールして文字起こしを表示 >>>

毎週何かしらが起こり、緊張を強いられる。だが友よ、話すことが何もない日もある。そんなときは、真実をほんの少し誇張して話すことがある。たとえば以前、レフトリー・スクエアまでBOT22を飛ばしたと言ったね。だが——あれは嘘だ。実際はBOT18だった。わたしは嘘をついた。真っ赤な嘘だ。すまない。

ときどき、自分をBOT 18のように感じる。古くて錆びていて、あちこち痛くて眠い。道に迷い、ひとり孤独に同じ場所をさまよっている。心にギアはなく、脳に指令はない。音や光や、風塵や地震といった、外からの力に押されてゆるやかに進む運動エネルギーにすぎない。そして、いつものように迷っている。友よ、わかってくれるかい？

誰かが助けに来てくれたらどんなにいいだろう。ああ、どれほど願っているか。お願いだ、助けに来てほしい。今すぐに。

[…]

☆ほかにどんな選択肢があるだろう

ケンブリッジの面接の日の朝九時、レインが紫色のフォード・Ｋａで迎えにきてくれた。〝おはよう、外にいるよ〟とメールが届いたので、〝すぐに行くわ〟と返信した。ほんとうは玄関から一歩も出たくなかったけど。

車の中で読み返せるように、大学に提出したふたつの小論文をカバンに入れてきた。あとはペットボトルの水と、ポロのミントタブレット、それから、お守りがわりにｉＰｏｄにダウンロードしたユニバースシティのエピソードをいくつかと、プリントアウトしたビヨンセの写真に書かれた、〝落ち着いて＆がんばって〟というママからのメッセージ。ママは仕事に出かける前にわたしをぎゅっとハグして、「フェイスブックで逐一連絡するのよ。面接が終わったらすぐに電話すること」と言ってくれた。それでほんの少し気持ちが楽になった。

服装は迷った末に、〝知的で成熟した節度のある若い女性〟と〝服装で判断されることはないと信じている〟のあいだの絶妙なバランスの服装、つまりブルーのスキニージーンズと、グリーンのチェックのシャツと、プレーンな黒のセーターにした。ふだんこういう格好はしないけど、これならある程度自分らしさを保ったうえで、聡明そうに見えると思ったのだ。

とにかくそわそわして落ち着かない。緊張しているせいだ。

車に向かうわたしを、レインが目で追う。

「ずいぶん無難な格好ね、フランシス」助手席に乗り込むわたしに、彼女が言う。

「いいの。面接官を怖がらせたくないから」

「派手なレギンスを期待してたのに。あの黒のデニムジャケットとか」

「ケンブリッジでは、誰もそんな格好をしないわ」

ふたりとも大笑いして、ダニエルの家へと車を走らせた。ダニエルは町の真ん中、スーパー・テスコの正面の、車寄せのない間口の狭いテラスハウスに住んでいる。レインがうまく駐車するのに、たっぷり三分かかった。

ダニエルにメールを送る（アドレスは交換済みだ）。家から出てきた彼は、いつものシックス・フォームの制服を着ていた。

ダニエルが後部座席に乗れるよう、いったん車を降りる。「制服にしたのね」

彼はわたしの全身に目を走らせる。「みんな制服で行くんだと思ってた」

「そうなの？」

彼は肩をすくめた。「そう思ったけど、そうじゃないのかもしれない」そう言って、車に乗り込む。わたしの不安は、少なくとも三倍になる。

「ダニエル、それ、フォローになってないわよ」レインが大げさに天を仰ぐ。「わたしたち、ただでさえ緊張してるのに」

「なんでだよ」わたしが助手席に戻ると、ダニエルがそう言って笑う。「君が面接を受けるわけじゃないのに。ただコスタコーヒーに六時間すわって、キャンディークラッシュをするだけだろ」

「失礼ね、わたしはあなたたちのことを思って、すごく緊張しているの。それに、キャンディークラッシュなんてやらないわ。むずかしすぎて、二か月前にやめたの」

わたしはまた大笑いし、三人で一緒に行くと決めて初めて、ひとりじゃなくてよかったと思った。

ケンブリッジまでは、車で二時間半かかった。ダニエルは後部座席でヘッドホンをつけて、ひと言も口をきかなかった。正直言って、そのほうがよかった。わたしは二分ごとに吐き気がして、胃の中のものをまき散らしそうだったから。

ありがたいことに、レインもあまり話しかけてこなかった。iPodから、音楽を選ばせてくれたので、わたしはボン・イヴェールのリミックスをいくつか選び、三十分ほど小論文を読み返したあとは、ほとんどずっと窓の外を眺めていた。高速道路のドライブは、どこか気持ちを落ち着けてくれた。

これまでやってきたことは、すべて今日のためだ。九歳のときにオックスフォードとケンブリッジのことを知って、わたしの行くべきところだと心に決めた。

毎年一度も欠かさず、クラスでトップの成績を取り続けて、ほかにどんな選択肢があるだろう。チャンスを無駄にしていいはずがない。

☆役に立たないこと

「すごいね」ケンブリッジの街を走りながらレインが言った。「圧倒されちゃう」

もう正午近かった。最初の面接は、わたしが二時で、ダニエルは二時半だ。わたしは落ち着けと自分に言い聞かせていた。

「どこもかしこも茶色だらけ」レインが続ける。「灰色のビルはほとんど見当たらない。映画のセットみたい」

たしかに、すべてが文句なしに美しい。灰色にくすんだわたしたちの町とくらべると、ほとんど作りものみたいに見える。ケンブリッジの川は、『指輪物語』に出てきそうに思える。ショッピングカートや死体が沈んでいそうな、地元の川とは大違いだ。

やみくもに角を曲がり続けること十分、ようやく車をとめられそうな場所が見つかった。駐車していい場所かはわからないけど、たぶん大丈夫だとレインが言う。かなり心配だけど、運転するのはレインだから、口出しはできない。ダニエルは異次元に入り込んだように心ここにあらずで、わたしたちの会話は耳に入らないようだった。

ケンブリッジのカレッジのいくつかは、まるで宮殿だった。写真ではもちろん見たことがあるけど、実際に見るのは大違いだ。

現実の世界とは、とても思えなかった。

さっそくスターバックスを見つけて入る。

「茶色だらけというさっきの発言は撤回するわ」三人で席に着くと、レインが言った。「ここに着いてから、茶色い人をひとりも見かけない」レインまでもがそわそわしている。気持ちはわかる。刈り上げた髪と、パステルブルーのボンバージャケットと、厚底スニーカーは、かなり浮いて見える。

「気にすることないわ」

わたしはコーヒーをすすったけど、買ったサンドイッチが少しでも喉を通るかどうかは疑問だ。ダニエルは家からランチを持ってきていて、ホグワーツへ向かう汽車の中でラップに包んだサンドイッチを食べていたロン・ウィーズリーを思い出させた。ただ、ダニエルは一切口をつけようとしない。片脚を小刻みに動かす以外は、がちがちに固まっている。

レインは背中を椅子に預け、しばらくわたしたちを見つめてから、口を開いた。

「ひとつだけ言わせて」

「聞きたくない」ダニエルが即座に返した。

「役に立つことよ」

「君の言うことが役に立つとは思えない」

「じゃあ……役に立たないこと」

ダニエルがレインに、頼むから死んでくれ、みたいな視線を向ける。

「もしあなたたちふたりがケンブリッジに合格できないんだとしたら、いったい誰が合格できるの？」

ダニエルもわたしも彼女を見た。

「やっぱり役に立たなかったな」ダニエルが言う。

「本気で言ってるのよ」レインが胸の前で手を重ねる。「あなたたちふたりは、ずっと学年のトップだった。七年生のころからずっと。小学校でもトップだったんでしょ？　もしあなたたちがケンブリッジに入学できないのなら、いったい誰が入学できるのよ」

わたしたちは何も言わなかった。

「だけど、面接をしくじるかもしれない」わたしは静かに言った。

「そうだよ」ダニエルも言う。

レインは一瞬言葉に詰まったが、すぐに言った。「しくじるとは思わない。ふたりとも志望学科のことはばっちり頭に入っているし、すごく賢いんだから」そして、自分を指さしてにやっと笑った。「もし、わたしが面接を受けるとしたら、黙って出ていくしかない。それか、お金を渡して裏口から入れてもらうか」

わたしはくすっと笑い、ダニエルもかすかに笑みを浮かべた。

ランチを食べ終わると、わたしは願書を出したカレッジに向かった。そこを選んだのは、ケンブリッジの中でも有名で、レベルが高いと思われているからだ。出発前に、レインがぎゅっとハグしてくれた。ダニエルは軽くうなずくだけだったが、それなりに慰めにはなった。今から行ってくるとママにメッセージを送ると、〝あなたを信じてるわ〟というメッセージが返ってきた。わたしも自分を信じられたらいいのに。

緊張のせいだ。こんなに落ち着かないのは、緊張しているから、ただそれだけだ。

何か月も前の計画では、カレッジの建物に入る前に、ユニバースシティのエピソードを聴いて気持ちを落ち着かせるつもりだった。今となっては、そんな余裕はまったくない。

カレッジに着くと、男子学生が中に案内してくれた。満面の笑みを浮かべ、話し方は上品で、彼が面接を受けるわけでもないのにブレザーを着ていた。

情報収集していたとおり、面接の三十分前に小さな紙を渡された。片面に詩が、もう片面には小説の短い引用がプリントされていた。図書室のソファにすわってそれを読む。まるで意味がわからず、隠された比喩を必死にさがす。小説の引用は、洞窟について書かれていた。詩は、今となってはまったく思い出せない。

三十分が終わり、手のひらは汗びっしょりで、心臓はばくばくしていた。これまでの人生は、この日のためにあった。わたしの将来は、この面接にかかっている。わたしという人間が、知的で、意欲的で、視野が広く、独創的だと印象づける必要がある。ケンブリッジの学生の理想的な人物像とは——待って、何だったっけ？　ケンブリッジのサイトにあった面接の動画はすべて観てきた。面接官とは握手するんだっけ？　思い出せない。わたしの前に入っていった女子学生はスーツを着ていた。みんなスーツを着ているんだろうか？　わたしは知性に欠けて見えるだろうか？　携帯はマナーモードにしただろうか？　失敗したらどうなるんだろう。それで終わりなんだろうか。この一年ずっと、夜遅くまで勉強して、小説や詩を山ほど読んだあげく、失敗してしまったらどうしよう。その時間がぜんぶ無駄になってしまったら、今までの努力がぜんぶが無駄になってしまったら、いったいどうすればいいんだろう。

☆ 年配の白人男性

面接官はふたりとも年配の白人男性だった。ケンブリッジ大学の面接官全員が、年配の白人男性というわけではないだろうし、現にそのあとの面接官はひとりが女性だったけど、このときは年配の白人男性ふたりで、そのことに驚きはなかった。

握手は求められなかったので、わたしも手を差しださなかった。

面接はこんな具合に進行した。

年配の白人男性《オールド・ホワイト・マン》（ＯＷＭ）＃１：それで、フランシス、君はＡレベル試験で、英文学、歴史、政治学に加えて美術を選択したようだね。ＡＳレベル試験では数学を選択している。なぜこれほど多様な教科を選択したのかね？

フランシス：それは……以前から幅広い分野に興味があったからです。Ａレベルでは……興味の幅をさらに広げて、なんというか、脳の両側を使って、より幅広く……多様な……学習経験を積むのがいいと思ったのです。さまざまなことを学ぶのは好きなので。

ＯＷＭ＃１：（まばたきとうなずき）

ＯＷＭ＃２：自己推薦文によると、英文学に本格的に興味を持つきっかけとなった小説は（紙に目を落とす）、Ｊ・Ｄ・サリンジャーの『ライ麦畑でつかまえて』ということですね。

フランシス：ええ、そうです！

OWM#2：この小説のどういう点に感銘を受けましたか？

フランシス：（こんな質問をされるとは思ってもいなかった）えっと……そうですね、テーマがとても、心に響きました。現実に対する失望や疎外感（ぎこちない笑い）といった、ティーンエイジャーが経験しがちなことが描かれているところが。ただ、なんというか、それだけではなく、学術的な観点からも興味深い点が数多くありました。たとえば……わたしが気に入ったのが、サリンジャーが一九四〇年代、五〇年代のティーンエイジャーの話し言葉で生き生きと描写しているところです。これほど古い本――歴史のある作品で、ほんとうの声が聞こえると感じたのは初めての経験でした。主人公をとても身近に感じて……それで、どうしてそう感じるのかを理解したいと思いました。

OWM#2：（うなずきとほほ笑み。わたしの今言ったことを聞いていたとはぜんぜん思えない）

OWM#1：フランシス、肝心なのが、なぜ君は英文学を勉強したいのかということだ。

フランシス：（身も凍る沈黙）それは……（さらに身も凍る沈黙――どうして何も浮かばないんだろう）その……昔から本を読むのが好きだったからです（三度目の身も凍る沈黙。よく考えて。それ以外にも理由はあるでしょ。大丈夫、落ち着いて）。それに、英文学はずっと好きな科目でした（そんなことなかったよね？）。幼いころからずっと、大学で英文学を学ぶのが夢だったんです（見え透いた嘘。信じてもらいたいなら、そのロボットみたいな口調をやめなさい）。文章を読み込み、描かれた世界について深く知るのが好きなんです（いったいどうしたの？　嘘をついているようにしか聞こえないわよ）。英文学の学位を目指して勉強することは、もっとたくさんの本を読むモチベーションになると思います（待って、今はあまり読んでいないと白状していることにならない？　そもそも、あなたはどうして英文学を学びたいの？）。思うに……（どうして大学で英文学を専攻しようと思っているの？）これまでずっと……（ずっと何？　ずっと自分自身に嘘をついてきたと言いたいの？　ほんとうは好きでもないことを好きだと、自分に思い込ませようとしてきたと言いたいの？）

OWM#2：結構です、わかりました。次の質問に移りましょう。

☆たったひとつの特別なこと

面接のすぐあとに試験があった。ふたつの文章を比較する設問が出された。どんな内容だったかも、自分が何を書いたかも覚えていない。二十人くらいがひとつの大きなテーブルを囲んですわった。わたしは集中することができず、ほかの人たちはわたしよりかなりたくさん書いているようだった。

それから、二度目の面接があった。基本的には最初と同じような内容だった。スターバックスに戻ると、レインが新聞を読んでいた。わたしが腰を下ろすと、彼女は顔を上げて、新聞をたたんだ。

なんていい友達なんだろう。

わざわざ車に乗せてきてくれる理由なんてまったくないのに。たぶん三時間ずっと、ここにすわっていたんだろう。

「どうだった、フランシス？」

「それは……」

ひどかった。十年近く目指してきた大学の面接の途中で、志望学科の勉強をしたくないことに気づいてしまったのだ。わたしは言葉をなくし、得意のアドリブも忘れて、入学のチャンスを棒に振ってしまった。

「どうかな。ベストはつくしたと思う」

レインは、一瞬わたしを見つめた。「それって……うまくいったってこと？　もちろん、そうだと思うけど」

「まあね」嘘だ。ベストをつくしてなどいない。それどころか、最悪の事態を招いてしまった。どうして気づかなかったんだろう。どうして何も気づかずに、ここまできてしまったんだろう。

「頭がいいと便利だろうな」レインはくすっと笑った。下を向き、突然すごく悲しげに見える。「わたしなんて、ホームレスになるんじゃないかといつも怯えてる。成績に左右されない人生があってもいいのに」

〝便利〟というのは言い得て妙だと思う。

ダニエルがふたつ目の面接を受けに行っているあいだ、レインとわたしはケンブリッジの街をぶらぶら歩いた。レインはすでにあちこち見て回っていたので、見る価値があると思うすべての場所を案内してくれた。川にかかる古い橋とか、ミルクシェイクが飲めるカフェとか。

六時半までにはスターバックスに戻った。そろそろダニエルの面接が終わるころ、わたしは、彼が暗い中をひとりで戻ってこなくてすむように迎えに行くとレインに言った。それだと、あなたが暗い中をカレッジまで歩かなきゃなくなると言われ、じゃあ一緒に行こうと誘うと、レインはせっかくすわれた奥のソファから動きたくないとぐずぐず言いだした。

それで、わたしは飲みかけのエッグノッグラテのカップを持って、ひとりでダニエルをさがしに向かった。とにかく、これ以上スターバックスでじっとしていたくなかった。

ダニエルが受験したキングス・カレッジは、暗がりの中でも宮殿のように見える。白く荘厳なゴシック建築で、わたしの受験したコテージみたいにこぢんまりしたカレッジとは大違い。まさにダニエルにふさわしい場所に思える。

　ダニエルは、外の低いレンガ塀にひとりですわっていた。顔が携帯の明かりに照らされ、身体は厚手のダウンジャケットに包まれている。襟元からは、制服のジャケットとネクタイがのぞいていて、カレッジの正式なメンバーのように見える。ここを卒業する彼の姿が目に浮かぶようだ。二十一歳の彼が、堂々たるガウン姿で大聖堂へ向かうところや、ティムというひょろりとした友達と笑いながら、ジャーナリストのスティーヴン・フライがＮＨＳ《国民保険サービス》民営化についてスピーチをする討論会の会場に急ぐ姿を、ありありと思い浮かべることができる。

　近づいていくと彼は顔を上げ、わたしは口を結んだままぎこちなく笑いかけた。昔ながらのフランシスのしそうなことだ。

「ここにいたんだ」わたしは言い、彼のとなりに腰を下ろした。ダニエルもほほ笑んだつもりらしいが、あまりうまくいっていない。「大丈夫？」

　彼が泣いていたかどうかはわからない。けれど、その可能性は高そうだった。

「うん」ダニエルはため息まじりに言う。大丈夫だとは思えない。

　突然前かがみになり、両ひじを膝について頭を抱え込んだ。

　彼が大丈夫じゃないことは、誰の目にも明らかだった。

「ぜったいに……合格しなくちゃならないんだ。でなきゃ、俺は……」

　彼は身体を起こしたけれど、わたしに目を向けない。

「十三歳のとき、学校で表彰されたんだ……能力テストの点数が、それまでに受けたうちの学校の生徒の最高点で……」片脚が小刻みに揺れている。彼は首を振って笑った。「そのとき思った……

俺は頭がいいんだって。自分は世界でいちばん賢い人間なんだと思った」

彼はまた首を振った。

「だけど……この年になると……自分が特別な人間じゃなかったことがよくわかる」

彼の言うとおりだ。わたしもそうじゃなかった。

「これしかなかったのに……俺にとって、たったひとつの特別なことだったのに」

ダニエルは心の底から生物学を学びたいと思っている。わたしとは違う。

彼がわたしを見た。顔は疲れ、髪は乱れ、膝は上下に揺れている。「君はどうしてここにいるの？」

「あなたに精神的なサポートが必要かと思って」偉そうに聞こえた気がして、すぐにつけ加える。

「それに、若い男性がひとりで夜道を歩くのは危険だから」

ダニエルが、ふんと鼻を鳴らす。

ふたりともしばらく黙って、暗い通りと、人けのない向かいの店並みを見つめた。

「エッグノッグラテ、飲む？」彼にカップを差しだす。「土みたいな味だけど」

彼はうさん臭そうに一瞥してから、受け取ってひと口飲んだ。「サンキュー」

「どういたしまして」

「これからどうする？」

「家に帰るわ。冗談抜きで、凍えそうよ」

「たしかに」

また沈黙が落ちた。

「面接、そんなにひどかったの？」わたしは尋ねた。

ダニエルがくすっと笑った。素面でそんなふうに笑うところを初めて見た。「話さなきゃだめかな」

「いいの、ごめん」

彼は息を吸い込んだ。「悪くはなかった。けど、完璧じゃなかった」彼は頭を振った。「完璧でなきゃだめだったのに」

「自分に厳しすぎるんじゃない？」

「現実的なだけさ」彼は髪を手ですいた。

「ケンブリッジが受け入れるのは、完璧な生徒だけだ。だから完璧でなきゃだめだった」

「アレッドは、がんばれと言って送りだしてくれた？」

ダニエルは笑った。「アレッドって……ほんと、君はなんでも遠慮なく口にするんだな」

「あなたにだけよ」そう言って、あわてて首を振った。「ごめん、今のはキモいよね」

「考えすぎ。で、さっきの話だけど、アレッドからは何も言ってこない。最近ぜんぜん話してないって言ったよね」

「うん」

「君たちも話してないの？」

「うん」

「とっくに仲直りしたのかと思ってた」

少し皮肉っぽくも聞こえた。

「わたしは、てっきりあなたたちのほうが先に――」わたしの言葉を、彼が笑ってさえぎる。

「ほんとにそう思った？」彼が首を振りながら言う。「じゃあ、思っていたより、君はバカなんだな」

わたしは一瞬ひるんだ。「どういう意味？」

彼はあきれ顔でわたしを見つめた。「あらゆる点で、君のほうが俺に勝《まさ》ってるってことだよ、フランシス。アレッドが君より俺のことを大事に思っていると、本気で思ってたの？」

「だって――」わたしは口ごもる。「あなた、アレッドの彼氏でしょ。それに、親友だし」

「違うよ。俺はあいつがときどきキスするだけの相手だよ」

☆ 子どもじみたキス

雨がぱらぱら降りはじめ、暗い通りはそれほどきらびやかには見えなくなっていた。ダニエルは、半分空になったスターバックスのカップを、膝に打ちつけている。

憎まれ口はここまでというように、彼がわたしに笑顔を向ける。「俺に〝これまでの人生を赤裸々に告白する〟的なことを期待しているわけ？」

「無理にとは言わないけど……」

「けど、知りたいんだろ？　俺たちのことを」

そりゃ、知りたい。

「まあね」わたしは言った。

ダニエルはラテをすすった。

「それと、アレッドのことをもっと理解したいの」

ダニエルが眉を上げる。「どうして？」

わたしは肩をすくめる。「彼のすることや……考えていることが、よく理解できないから。どうしてかな」わたしは脚を組んだ。「それに、彼のことが気になってしまうから。いくら気にしたくなくても」

ダニエルはうなずいた。「気持ちはわかるよ。君たちは友達だったんだから」

「あなたとアレッドは、いつから友達なの？」

「生まれたときから。母親同士が以前一緒に働いていて、数か月違いで妊娠したんだ」

「そのときからずっと親友だったってこと？」

「うん。同じ小学校に通い、卒業すると同じ男子校に進学した。もちろん、俺がシックス・フォームでアカデミーに編入するまでってことだけど。俺たちは、毎日一緒に過ごした――十一歳になるまで君の村に住んでいたんだ、知ってた？」

わたしは首を振った。

「そうなんだ。で、毎日一緒に遊んだり、原っぱでサッカーをしたり、秘密基地を作ったり、自転車に乗ったり、テレビゲームをしたりしていた。ごくふつうの……親友として。俺たちは親友だった」

彼はそのあと何も言わず、ラテをごくりと飲んだ。

「えっと……それで……」どう切りだせばいいんだろう。「いつから……つき合うようになったの？　もし差し支えなければ……」

ダニエルは、しばらく黙っていた。

「いつから、というのはないんだ。というか――今でもつき合っているのかどうかわからない」

どういう意味か尋ねそうになったけど、彼のペースにまかせることにした。ダニエルは緊張し、言葉をさがしているようだった。彼の視線が舗道に落ちる。

「アレッドは、俺が同性愛者だとずっと知っていた」穏やかな声。「十歳か十一歳くらいのころ、同性愛という言葉の意味を理解してすぐ、俺がそうだってふたりともわかった。俺たちは……」

彼は髪を手でとかした。

「俺たちは、子どものころ、ときどきキスをしていた。ふたりきりになったときに。唇をちょっと合わせるだけの、他愛のない子どもじみたキスで、ただ楽しくてそうしていただけだった。俺たちは小さなころからずっと……互いのことが大好きだった。いつもぴったりくっついて……ほかの子たちみたいに意地悪なんてせず、思いやりをもって相手に接した。あまりにお互いに夢中になりすぎて、年頃になると押しつけられる、異性を好きになるべきだという社会の規範みたいなものにとらわれずに、ここまできたんだと思う」

それはこの世でいちばん甘美な言葉に思えたが、ダニエルの声は、死んだ人のことを話すように震えていた。

「ふたりとも、それがふつうじゃないことにまったく気づいていなかった——十歳か十一歳になるまでは。だけど、気づいてもやめようとは思わなかった。たぶん……たぶんアレッドよりいつも俺のほうが、そういった行為に恋愛的な意味を感じていたと思う。アレッドは恋人同士というより友達同士がすることのように思っていた。アレッドは……彼はいつも人とは違うんだ。他人がどう思おうが気にならないんだ。社会規範の枠にとらわれないというか……彼にとっては、小さな自分の世界だけがすべてなんだ」

ふたりの学生が笑いながらわたしたちの前を通り過ぎ、ダニエルは彼らがいなくなるまでしばらく口をつぐんだ。

「俺たちがティーンエイジャーになると、いろんなことがもう少し進んでいった。もう唇を触れあわせるだけじゃなく……わかるだろ？」ダニエルがぎこちなく笑う。「十四歳のころだったと思う、俺が——俺が初めてはっきりと行動で示したのは。彼の部屋でテレビゲームをしていたときだった。俺はただ……ちゃんとキスしていいかと尋ねたんだ。彼は少し驚いていたけど、うんいいよと言ってくれて、それで俺はそうした」

息をのんでいるわたしを見て、ダニエルが笑う。

「俺はなんで君にこんなことを話してるんだ。ヤバいな。まあ、それで……そこから徐々に進んでいったというか……もっとキスをしたり……ほかのこともするようになった。俺はいつも彼に尋ねた、つまり……彼が——彼が何を望んでいるのかいつもはっきりしなくて……自分からは何も言わないし、いつも俺のいいなりだから……だから、何をするにしても、まず彼に尋ねた。いやならノーと言ってくれていいんだと言って……だけど、答えはいつもイエスだった」

ダニエルはふと口をつぐんだ。まるでそのときのことを思い出しているように、その時間を生き直しているように。わたしには想像もできない人生だ。自分自身のこれほど多くを、これだけ長いあいだほかの誰かと共有するなんて。

「ほんとうに……ふたりのあいだだけで完結していたんだ。つき合っていると宣言するようなことでもないし、カップルとして見られたいとも思わなかった。ただ自分たちだけのものとして、守らなきゃいけないと感じていた。そうしなければ、俺たち以外の全員にだめにされそうな気がして。どうしてそう感じたのかはわからない……そもそも、つき合ってるって感じはまったくなかったし。俺たちは、何よりもまず親友だった。だから、人にどう説明すればいいかわからなかったんだ」

ダニエルは息をついた。

「俺たちは、互いにとってかけがえのない存在だった。どんなことでも隠さず話した。どんなことも彼とするのが最初だった。彼とじゃなきゃだめだった。彼は——アレッドは天使なんだ」

人のことを、誰かがこんなふうに話すのを聞くのは初めてだ。

「アレッドは——カミングアウトしたがらなかった。自分がゲイだとは思っていなくて、なんというか、俺以外の誰にも魅力を感じないと言うんだ」

「ゲイ以外にもたくさんの可能性があるわ」わたしは急いで言った。

「だとしても、彼は自分が何なのかをわかっていない。それに、俺は男子校ではぜったいにカミングアウトしたくなかった。そんなことをしたら、いじめてくれと言ってるようなものだ。というのも、実際にそうなった上級生がいたんだ。アレッドの友達で、カミングアウトしたことはすごく尊敬してる。ただ……何を言われるかと思うと怖すぎて。それで、シックス・フォームになるときにアカデミーに転校して、それから公表しようと思ったんだ。ところが、親しい友達がひとりもできなくて……誰かと話をしても、そういう話をするきっかけがなくて……」

彼は首を振って、ラテをもうひと口ぐいっと飲んだ。

「だけどこの一年ほど、カリスがいなくなってから……アレッドは変わった。俺も変わった。一緒に過ごすことが少なくなって……俺のところに来るときも、会いたいからというよりも、自分の問題から逃げたくて来ているように感じた。アレッドのお母さんのことは知ってるだろ？」

「ええ」

「なんていうか……君たちふたりが仲良くなる前、アレッドは母親から離れたくて、よくうちに遊びに来ていた。君が現れて……もう俺は必要なくなったんだと思う」

「でも――ふたりは生まれたときからの友達なんでしょ？　ずっと長いこと一緒にいたんでしょ？」

「俺が必要だと思うなら、もっと話しかけてきたはずだよ」彼はため息をついた。まるで初めて自分自身に納得させたというように。「アレッドは、そういう意味では俺のことをそんなに好きじゃないんだと思う。俺とキスしたりするのは、ずっと昔からしてきたから、一緒にいるのが心地いいから、それと……俺をかわいそうだと思っているからじゃないのかな。アレッドが夢中になっていると感じたことは一度もないよ」

　彼が黙り込み、わたしは彼の目に涙があふれていることに気づいた。彼はまた首を振り、片方の目をぬぐった。

「誘うのはいつも俺のほうだ」

「じゃあ、どうして……」通りにいるのはわたしたちだけだったけど、わたしは声をひそめた。「どうして……終わらせないの？　ふたりとも、お互いにもうそこまで好きじゃないのなら」

「俺がアレッドを好きじゃないなんて、ひと言もいってない。俺は彼をこんなに好きなのに」涙がひと筋ダニエルの頬を伝い、彼はふっと笑った。「ごめん。ダサいよな」

「ダサくなんかない」わたしは両腕を伸ばして彼を抱きしめた。しばらくそのままでいたあと、腕をほどく。

「彼の誕生日に、そのことについて話そうとしたんだ」ダニエルは続けた。「だけど、俺が感じていたことを、彼はまったく感じていなかった。俺を好きだと言ってなだめるだけだった。それで俺は怒った。嘘をついているのがわかったから。アレッドは〝したことないゲーム〟でも嘘をついた……本気じゃないのに俺に〝愛している〟と言ったことがないふりをして。俺にはわかる。嘘をついているときはいつだってわかる！　もし本気で愛しているなら、どうしてそんなに俺を避ける？　アレッドは自分のセクシュアリティさえオープンにしようとしない。俺に対してさえ」

　彼はまた目をぬぐった。

「あの晩……アレッドは俺と一緒にいたいと何度も言ったけど、本心じゃないと思ったから、俺はノーと言った。そうしたら彼がパニックになって」ダニエルは首を振った。「彼はただ、俺のそばにいるのに慣れていて、俺を怒らせたくないだけなんだ。俺が――彼を心から愛していると知っているから。彼はもう、同じようには俺を好きじゃないのに」

「どうしてそう断言できるの？」

ダニエルはわたしを横目で見た。「君ってやつは、あきれるほど楽観的だな」

「違う、そうじゃなくて……」わたしは唇を噛んだ。「だけど……こうも考えられない？　自分がほんとうはどう考えているのかを話すのが、アレッドにとってむずかしいことはわかる。わたしも彼が何を考えているのかは、はっきりとはわからない……だけど、もし彼が……ほんとうに……あなたを愛しているんだとしたら？彼が愛していないと言っていないのなら、どうしてそう断言できるの？」

ダニエルは笑った。完全にあきらめているように聞こえる。

「ゲイのカップルには幸せになってほしいってことか」

あまりに悲しくて、その場を立ち去りたくなった。

「俺の最悪の悪夢は、アレッドが望んでいないことをさせているんじゃないかってことだ……知らないうちに……」涙がさらにこぼれる。「もちろん……人は変わるし、俺たちは前に進まなきゃいけない。だけど……」ダニエルはうつむいて両手で頭を抱えた。「少なくとも——アレッドは俺とちゃんと別れることができたはずだ。こんなふうに置き去りにするんじゃなくて……」彼の声は涙でひどく震えていて、それがあまりにもかわいそうで、わたしまで泣きそうになってくる。「アレッドがもう俺のことをそんなふうに好きじゃなくても、それはそれでしかたがない。でも、親友としてはつながっていたい……俺はただ、彼がどう思っているかを知りたいだけなんだ。どうして俺を避けるのかわからないんだ。アレッドはもう俺を好きじゃないと自分に言い聞かせるたびに、いや、そんなことはないと思ってしまう。それは、俺に何も話してくれないから。彼にほんとうのことを話してほしいだけなんだ。俺を悲しませたくなくて嘘をついていると思うと、つらくてたまらない」

彼は声を上げて泣き、わたしはまた彼を抱きしめた。わたしに何かできることがあればいいのに——どんなことでもいいから。

「ときどき、彼がほんとうに愛しているのは、自分のユーチューブだけだと思うことがある……ユニバースシティだけが彼のすべてなんじゃないかって。あれは音の形をした彼の魂だ。レディオも、二月の金曜日も、灰色の世界に閉じ込められるのも……彼の人生そのものだ……夢みたいなSFドラマの形を借りているだけで」

二月の金曜日という言葉を聞いて、心がぴくっと動いた。それが自分だと、彼は知っているんだろうか。

「アレッドはたったひとりの友達なんだ。それなのに、俺は置き去りにされた。いなくなってわかった……彼とキスしたり抱き合ったりするだけじゃなく、ただ一緒にいることがどれだけ大事だったか……彼が俺の家でうたた寝していたり……テレビゲームをしていたりするのが……。アレッドの声が聞きたい……ほんとうのことを話してほしい……」

彼が泣いているあいだずっと、わたしは彼を抱きしめていた。そして、わたしとダニエルがまったく同じ状況にあったことに打ちのめされていた。ダニエルにとって、百倍ひどい状況だったことは別として。わたしもアレッドに戻ってきてほしかった。どうして彼は、メッセージに返信してくれないんだろう。それほどわたしたちを嫌っているんだろうか。

もちろん、わたしのせいだ。

わたしは彼の信頼を裏切った。彼を遠ざけたのはわたしだ。そして、彼は戻ってくるつもりはない。

わたしたちは、現実の世界でまた彼の声を聞けるんだろうか。

少し落ち着いて身体を起こすと、ダニエルが言った。「あのさ、初めてちゃんとキスしたとき……アレッドは一瞬びくっとしたんだ」

☆ひどく疲れている

家に帰る車の中で、ダニエルとは言葉を交わさなかったけど、なんとなく、わたしたちはもう友達だと感じた。三十分ほど沈黙が続いたあと、レインが口を開いた。

「ねえ……もし……合格しなかったとしても、この世の終わりってわけじゃないのよ」

ダニエルもわたしも、この世の終わりだと思っていたけれど、わたしはすぐに言った。「わかってる、大丈夫よ」

わたしが嘘をついているのがわかったのか、レインは残りの道中、もう話しかけてこなくなった。

家に帰ると、わたしは面接の様子をママに話して聞かせ、面接官が見せた表情を、やや誇張して再現した。ママは笑って、面接官たちをありとあらゆる言葉でののしった。それから、わたしたちはピザをとって、『スコット・ピルグリム VS. 邪悪な元カレ軍団』を一緒に観た。

正直に言うと、終わってほっとした。

一年近く、ずっとストレスを抱えていたから。

たとえ、わたしがほんとうに英文学をやりたくないと思っていたとしても、もうどうでもいい。いまさら言ってもしかたがない。なるようにしかならない。

宿題はサボることに決めた。十二時ごろベッドに倒れ込み、ノートパソコンを膝に置いて、枕にもたれかかった。もう何週間も描いていない絵を描こうとも思ったが、なぜか気が乗らず、何を描けばいいのかもわからなかった。しばらくタンブラーをスクロールしていると、時間を無駄にするのをやめなければという気持ちが忍び寄ってきて、ページを更新し続けるのをやめるためにタブを閉じた。

ふと、最近のユニバースシティのエピソードを聴いてみようかと思った。聴き逃したエピソードはいくつだろう。四つ？　五つ？　これほど続けて聴かないことはこれまで一度もなかった。

かなりおかしなことだと思う。

熱狂的なファンを自認している人間にとって。

クリエイターをこれほどよく知る人間にとって。

アレッドのツイッターは、しばらくチェックしていない。ユニバースシティのタンブラーのタグもチェックしていない。わたしのタンブラーの質問ボックスは、ずいぶん前からオフにしているから、アレッドとクリエイターについて、誰もわたしに質問してこなくなった。わたしはもう番組に出演していないし、アートも制作していない。番組との関わりは一切ない。もう一か月以上、ブログに絵も載せていない。

突然、ひどく疲れていることに気がついた。ノートパソコンの電源を切り（そこに楽しいと思えることはなかった）フェアリーライトも消した。イヤホンをつけて、ｉＰｏｄにユニバースシティの最新エピソードをダウンロードし、聴きはじめた。

ユニバースシティ：エピソード 142――イエス

UniverseCity　　93,937回再生

ハロー

下にスクロールして文字起こしを表示 >>>

[…]
わからない……少し疲れているみたいだ……
[十秒の沈黙]
きのうの夜、ブロッケンボーン通りを歩いているとき、それを見たんだ――ぼんやり光る……
ああ

いいんだ、気にしないで

そのとき考えたのは――じつは、ずっと考えていたことだけど……もし……もし、これを終わらせることになったらどうなるだろうってことだ

いやいや、ごめん、ちょっと考えただけで――

ああ

こんなとき、二月の金曜日がいてくれたらどんなにいいだろう。長く……もう何年も会っていないその人が、ここにいてくれれば

[…]

☆ 何時間も何時間も

これはひどい。

最悪のエピソードだ。

すべての言葉が尻切れとんぼで、ストーリーらしきものはない。登場人物もいない。レディオが二十分間、とりとめもなく、アレッド以外の誰にも理解できないことを話し続けているだけだ。

そして、最後の二月の金曜日についてのあの言葉――

あれはいったい何？

もう何年も会っていないってどういうこと？

二月の金曜日は、ダニエルじゃなかったの？　アレッドがダニエルに最後に会ったのは、ほんの数か月前のはず。これはただの誇張なんだろうか。たぶんそうなんだろう。

ダニエルは、アレッドがユニバースシティで語っているのは自分のことだと言っていた。そのときは、そんなはずはないと思ったけれど、これを聞いたあとでは……。

二月の金曜日が実在の人物だということは、アレッドも遠回しに認めていた。

それ以外の部分も、現実なのかもしれない。

わたしは起き上がった。もう疲れてはいない。

二月の金曜日はダニエルだ。

いや、それとも――わからない。

もう何年も会っていないというアレッドの言葉が、そのままの意味なのだとすれば……。

エピソードをもう一度聴いてみる。ほかに手がかりがあるんじゃないかと思って。だけど結局は、アレッドの声がどれほど疲れているか、どれほど言葉が途切れ途切れで、何を言っているのかわからないかを再確認しただけだった。彼は、機械で声を変えてもいなかった——そこにいるのは、素の彼だった。いつもの昔風のアクセントさえ、ところどころ抜け落ちていた。

まるで彼らしくない。アレッドが心から大切に思い、いいかげんに扱うことを許さないものがひとつあるとすれば、それはユニバースシティなのに。

何かがおかしい。

わたしは眠ろうとしたが、それには何時間も何時間もかかった。

4章
クリスマス休暇

☆ネット上の謎

以前は、アレッドのツイッターのアカウント@UniverseCityを、ブラウザのタブに常時表示させていた。

アレッドは、たとえばこんなことをつぶやいていた。

RADIO @UniverseCity
闇の中では音が大きくなる！

RADIO @UniverseCity
去年の夏、君の夢が何をしたのか知っているよ……そう、君に言ってるんだ、ロミー。隠しても無駄だ

RADIO @UniverseCity
ユニバースシティのファッション最新情報：グラベルはイケてる、ホブゴブリンは終わってる。穴開けパンチをいつも持っているように（前は持っていたはずだ!!!　気をつけろ!!!）

RADIO @UniverseCity

@NightValeRadio　わたしたちは聴いている。いつも聴いている

たいていは、まったく意味のわからないことばかりだったけど、そこがいいと思った。当然ながら、すべての投稿をリツイートしていた。

けれど、アカウントの背後にいるのが誰かを知ってから、わたしはレディオの（つまりアレッドの）つぶやきを、必要以上に深読みするようになった。

英文学の試験のあと、彼はこんなツイートをした。

RADIO @UniverseCity
アルファベットは危険にさらされている。残るのは7文字だけだ……全力で守り抜け!!

また九月には、母親と口論になったとわたしに話した数時間後の明け方四時に、こうツイートした。

RADIO @UniverseCity
*** 重要：星たちはいつも君の味方だ ***

けれど、大学に行って以来、アレッドのツイートはどんどん暗くなっている。

RADIO @UniverseCity

電球を交換するのに、惨めな若者が何人必要だろう。頼む、切実だ、もう2週間も暗闇の中でじっとしている。

RADIO @UniverseCity
職業の選択肢：金属の塵、宇宙空間の冷えた真空、スーパーのレジ係

RADIO @UniverseCity
コンクリートの中に沈まずにすむコツがわかる人はいる?

きっと、あえてこんなふうにしているんだろう。ユニバースシティも少し暗い方向に向かっていることだし。それほど心配する必要はない。

気持ちを切り替えて、わたしは三週間のクリスマス休暇のほとんどを、二月の金曜日が誰かを解明しようと、ユニバースシティのエピソードをすべて聴き直して過ごした。

だけど、答えは出なかった。

聴き直してみると、アレッドは先日のエピソードの前にも何度か、二月の金曜日に〝もう何年も会っていない〟と言っていた。だから、ダニエルではありえない。わたしが間違っていらっとする。わたしは自分が間違っていることが嫌いだ。

そして白状すると、結局、わたしはネット上の謎が何より嫌いなのだ。

☆銀河の天井

十二月二十一日の午後、ママはアレッドの家のドアをノックしてくるよう、わたしをけしかけていた。

玄関先で行ったり来たりを繰り返すわたしを、ママが腕組みして見下ろす。

「キャロルが出てきたら、ぜったい話題にしちゃいけないことを教えてあげる。政治、学校給食法、アルコール、それから、あの年配の女性郵便局員」

「その人に恨みでもあるわけ？」

「昔、うっかり過剰請求をされたことがあって、今もまだ許してないの。彼女、そういうことをぜったい忘れない人よ」

「わかる」

「もしアレッドが出たら……」ママはため息をつく。「あまりくどくど、あやまらないこと。もう何十億回もあやまっているのなら、申し訳なく思っていることは、わかってくれているはずよ」

「ありがとう、ママ。そう言ってくれると少しは気が楽になる」

「沼地に足を踏み入れるには、準備が必要よ」

「うん」

ママがわたしの肩をたたく。「大丈夫、きっとうまくいくわ。話をすればたいていの問題はいい方向に進むものよ。とくに顔を見て話せば。あなたたち若い子のやり方は、いまイチ信用できないのよね。なんて言ったっけ、えっと……タンブル？」

「タンブラーよ、ママ」

「そう、とにかくそういうのって、あまり信用できない気がするの。直接会って話すのが、いちばん簡単な方法よ」

「わかった」

ママはドアを開けて、外を指さした。「行ってらっしゃい！」


玄関のドアを開けたのは、キャロル・ラストだった。彼女に会うのはヘアカット事件以来初めてだけど、あのときのことは、本気で少なくとも一日一回は思い出す。

キャロルはあの日とまったく変わらない。短い髪、肉付きのいい身体、笑っていない目。

「あら、フランシス！」わたしを見て少し驚いたようだ。「元気にしてる？」

「ええ、おかげさまで」思わず早口で言う。「お元気ですか？」

「まあ、なんとかやってるわ」彼女はほほ笑み、わたしの頭上の空中に目を向ける。「やらなくちゃならない雑用があれこれあって、いつもバタバタしているわ」

「そうなんですね」わたしはにこやかに、ただし彼女がさらに会話を続けようと思わない程度によそよそしく言った。「えっと、アレッドが帰っているかなと思って、来てみたんです」

彼女の顔から笑顔が消える。「なるほど」彼女は、怒鳴りつけてやろうかと考えているように、わたしをしげしげと眺めた。「残念だけど、帰っていないわ。まだ大学にいるの」

「そうですか」わたしはポケットに手を突っ込んだ。「それで――クリスマスには帰ってくるんでしょうか」

「直接訊いてみればいいじゃない」彼女はそう言って、唇を一文字に結んだ。

一瞬、怖じ気づいたけど、なんとか自分を奮い立たせる。

「それが――このところメールをしても返信がないんです。それで……アレッドが大丈夫なのか、ちょっと心配で」

「まあ、フランシス」彼女は憐れむように笑った。「あの子は元気よ、心配いらないわ。大学の勉強で忙しいだけ。授業がかなりハードみたいで――そうでなくちゃ困るんだけど。だから、クリスマス休暇も向こうに残るそうよ。締め切りに間に合わない課題がいくつかあるらしいわ」彼女は頭を振る。「どうしようもない子ね。やるべきことをやらずに、パーティーにうつつを抜かしていたのね、きっと」

アレッドがパーティーにうつつを抜かすとはとても考えられないけど、反論するのはやめておく。

「とにかく、昔からあの子は勉強への意欲に欠けるところがあるのよ。あれだけ頭がいいんだから、その気になりさえすれば博士号だって取れるのに。いつだって、何の役にも立たないことばかりに気を取られて。以前は、暇さえあればおかしな物語を書いて、こともあろうにコンピューターに向かって読み上げていたのよ、知ってた？　まったく、あんなマイク、どこで手に入れたのやら」

ぜんぜん笑えなかったけど、わたしは笑った。

キャロルは続けた。「ほんとうにくだらない。今が人生でいちばん大切な時期なのに。百パーセント勉強に集中しなきゃ、人生を棒に振りかねないのに！」

「ええ」わたしは無理やり言葉を絞りだした。

「これまで、アレッドのためにできることはなんでもやってきたわ。だけど、あの子には真剣さが足りないと感じることがあるの、わかる？　とても賢い子なのに、それをうまく活かせていない。あの子の力になろうと、小さいころから精いっぱいサポートしてきたのに、言うことを聞こうとしないのよ。もちろん、あの子の姉ほどじゃないけど」キャロルは苦々しげに笑った。「しょうがない子だわ」

だんだん居心地が悪くなってきたが、彼女はわたしの目を見て突然目を輝かせた。

「じつは今、ちょっとしたことに取り組んでいるの。何週間か前にあの子から電話があったとき、学位取得のための勉強に手が着かないと言うものだから……ああ、これは根本的に考え方を改めさせないといけないと思ったの。それで、彼の部屋にある物を少しずつ整理しているところなのよ」

嫌な予感がした。

「やる気を持続させるのに、環境は大切でしょ？ いちばん問題なのが、彼の部屋だと思うのよ。いつもガラクタだらけで――あなたも知ってるでしょ？」

「ええ、それは……」

「だから、ちょっと模様替えしてみたの。気が散る物がなくなれば、もっと集中できると思うわ」

彼女はドアの中に一歩下がった。「入って、見てみない？」

なんだか気分が悪くなってきた。

「え……ええ」彼女について入り、二階のアレッドの部屋に向かう。

「少し雰囲気を変えてみたの。あの子、きっと喜んでくれると思うわ」

彼女がドアを開けた。

まず戸惑ったのは、何もかもがあまりに白いことだ。ベッドからカラフルな羽根布団と摩天楼柄の毛布が消え、代わりに白とクリーム色のストライプのシーツが敷かれている。同じことがカーテンにも起きている。カーペットは前と同じだが、上に白いラグが敷かれている。片隅の段ボール箱に、フェアリーライトが丸めて入れられている。チェストの引き出しのステッカーはすべてはがされ、壁には一枚のポスターも、ポストカードも、チケットも、パンフレットも、フライヤーもない——そのうちのいくつかは、フェアリーライトと同じ箱に無造作に投げ込まれている。ただ、すべてでないのは間違いない。観葉植物はまだあるが、どれも枯れている。何の変哲もない白い壁は、元からそうだったのか、キャロルが塗ったのかはわからない。

恐ろしいことに、銀河の天井は塗りつぶされている。

「とてもさっぱりしたと思わない？　清潔ですっきりした空間が、クリアで明晰な思考を生むのよ」

わたしはなんとか「ええ」と言ったが、声が震えているのが自分でもわかった。

アレッドが見たら、きっと泣きだすだろう。

キャロルは彼のプライベートな空間を——彼の帰る場所を——奪い、破壊した。

彼の愛する物すべてを取り上げ、めちゃくちゃにした。

☆ 午前三時五十四分

わたしが段ボール箱を片腕に、もう片腕に摩天楼柄の毛布を抱えて家に帰り、アレッドの部屋の様子についてまくし立てるのを見て、ママはかなり心配したと思う。

だいたいの状況を説明し終えると、ママは苦々しげに顔をしかめた。

「彼女は恥を知るべきね」

「アレッドが大学に残っているのは、それでなんだと思う。家にはぜったい帰れない、ここにいるしかない、誰にも頼れないと思っていて……」また一気にまくしたてるわたしを、ママはソファにすわらせて落ち着かせた。キッチンでホットチョコレートを作ってきて、わたしのとなりに腰を下ろす。

「大学にはきっと友達がいるわ。それに、学校にはいろんなサポートのシステムがあるはずよ。アドバイザーとか、カウンセラーとか、匿名の相談窓口とか。アレッドはひとりじゃないわ」

「だけど、もしひとりだったら」泣きそうになるのをこらえるのは十億回目だ。「もし……苦しんでいるんだとしたら……」

「連絡を取る方法は、ほんとうにないの？」

わたしは首を振った。「メールにもメッセージにも電話にも反応がないの。彼が今いるのは六時間も離れたところだし。住所も知らないのよ」

ママが深いため息をつく。「だとしたら……心配するのはわかるけど……あなたにできることはほとんどないと思う。でも、それはあなたのせいじゃない」

だけど、わかっていながら、助けるためにできることが何ひとつないのだとしたら、わたしのせいだと感じずにはいられない。

これまでも、眠りにつくまではだいたい三時間から四時間かかっていたが、その夜はとくにひどかった。ひとりになるのが怖くてノートパソコンの電源を切れず、暗闇が怖くて明かりを消せない。考えるのをやめられない。脳のスイッチを切ることができない。パニックになりそうだ。

というか、もうなっている。

前回、苦しんでいる誰かを救いそこねたとき、その人はいなくなり、連絡も途絶えてしまった。

今回は同じ失敗はできない。

今起きていることに目をこらし、何かできることをしなければ。

タンブラーをスクロールして、これまで描いてきたアートをひとつ残らず見る。誰かにこのぜんぶを削除されたとしたら、ノートパソコンを粉々にされたとしたら――考えるだけで、怒りが込み上げてくる。わたしは絵を描くことが何より好きで、自分のアートを何より愛している。それを誰かに取り上げたらどんな気持ちだろう。アレッドのお母さんが、彼のささやかな居場所を取り上げたみたいに……。

ベッドに丸くなり、携帯の発信履歴をスクロールして、アレッドの名前を見つける。最後にかけたのは、十月だった。

もう一度かけるくらい、どうってことない。

彼の名前の横にある受話器マークをタップする。

コール音が鳴る。
そして、鳴りやむ。

A：……もしもし？

その声は、頭の中にある彼の声とまったく同じだった。柔らかく、少しかすれた、おどおどした声。

F：ア、アレッド、ああ、びっくりした。出てくれるとは思わなかった……
A：……あ、ごめん
F：いいの、あやまらないで。すごく――その――すごくうれしいわ、声が聞けて
A：うん……

何を話すつもりだったんだろう。こんなチャンスは二度とないかもしれない。

F：それで……どうしてるの？　大学ではどんな感じ？
A：うん……順調だよ
F：そう……よかった
A：ただ、勉強はすごく大変だ

彼はくすっと笑った。まだわたしにどれだけのことを隠しているんだろう。

F：でも、うまくやってる？

A：それは……

あまりに長い沈黙で、自分の心臓の音が聞こえるほどだ。

A：正直、かなりキツくて。だんだんしんどくなってきてる

F：そうなの？

A：だけど、僕だけじゃないと思う

声がかすかに震えて聞こえる。

F：アレッド……無理して元気なふりをしなくていいのよ。わたしたち、もうぜんぜん話さなくなってるけど、わたし……あなたのことをほんとうに……ほんとうに大事に思っているから。あなたがわたしのことをどう思っているのかはわからないし、今でもわたしのことを嫌っているかもしれないのはわかってる……わたしにあやまり続けてほしくないこともわかってる。だけど、わたし……ほんとうにあなたのことが心配なの。だからこうして電話してるの

A：ははは、前に言ってたよね、人に電話するのが怖いって

F：あなたに電話するのが怖かったことは一度もないわ

彼は何も言わなかった。

F：あなたが帰っているか確かめたくて、今日あなたの家に行ったの

A：え、どうして？

F：話したかったの。メールにもメッセージにも、返信がないから

A：ごめん……どう返せばいいか……わからなくて、それで……

言葉が途中で消え、彼が何を言おうとしていたのかわからない。

F：それで、あなたのお母さんと話したの。お母さん……あなたの部屋の模様替えをしていたわ。天井を塗り直したりとか、いろいろ

A：……ほんとに？

F：うん……だけど、部屋にあったものはかなり救いだした。いらないのなら、わたしが使いたいとお母さんに言って

沈黙があった。

F：アレッド？　聞いてる？

A：じゃあ、母さんは……ぜんぶ捨てようとしてたってこと？

F：そう、だけどかなり救出できたわ！　ぜんぶかどうかはわからないけど、そのうちのいくつかは……

A：……

F：ねえ、どうしてお母さんはそんなことをするの？　あなたの承諾もなしに

A：それは……

F：……

A：ははは。心配しないで

何を言えばいいか、わからなかった。

A：母さんは、いつもそうなんだ。もう驚かないよ。ぜんぜん驚くことじゃない

F：それで……クリスマスには帰ってくる？

A：……どうかな

F：よかったら、うちに泊まらない？

ノーと言われるだろうと思っていたけど、そうじゃなかった。

A：君は……君の家族はかまわないの？

F：ぜんぜんかまわないわ！　ママはああいう人だし、わたしの祖父母も叔母も叔父もいとこたちも、みんなおしゃべり好きでフレンドリーな人たちだから。あなたのことは、ボーイフレンド

だと紹介するわ

A：オーケー……すごく——すごく楽しそうだ。ありがとう

F：気にしないで……

彼はわたしを許してくれていた。わたしを嫌ってはいなかった。嫌われてはいなかった。

F：ところで、こんな時間まで起きて何をしてたの？

A：うん……レポートを書いていたんだ……締め切りを延ばしてもらっていて……

長い沈黙があった。

F：それは……キツいわね

A：うん……

突然、彼が息を大きく吸い込む音がした。風邪でもひいているんだろうか。

F：レポートを書くにしては、かなり遅い時間ね

A：(沈黙) うん……

またしても、耐えがたいほどの長い沈黙。

F：それで……うまくいってるの？

A：それが……じつは……ぜんぜん書けなくて……

次に声が聞こえたとき、その声は震えていて、そのとき初めて、彼が泣いていることに気がついた。

A：もう……ほんとうに……書きたくなくて。ずっと一日中、パソコンの画面を見つめていたんだ……

F：

A：いやなんだ……もう……こんなこと

F：アレッド、レポートを書くには遅すぎるわ。一度寝て、朝に書けば？

A：無理だよ、締め切りは明日の朝十時なんだ

F：アレッド……ぎりぎりまで放っておくから、こんなことに……

最初、彼は何も言わなかった。やがて、また震える息を吸い込む音が聞こえた。

A：うん

F：

A：そうだね、たしかに。先延ばしにするんじゃなかった……ごめん

F：いいのよ

A：それじゃ、また帰ったときに

待って、と言う間もなく、彼は電話を切った。
携帯電話を見た。時刻は午前三時五十四分だった。

☆ 焼きつくす

「どうしたの、その髪」

十二月二十三日の夕方遅く、アレッドは片手にスーツケースを持ち、背中にリュックを背負って、列車から降りてきた。

髪が肩まで伸び、毛先はピンクに染まっている。

黒のスキニージーンズに、裏地がフリースのベージュのコーデュロイ・ジャケット、それにパープルの靴ひものライムグリーンのスニーカー。ヘッドホンをつけている。わたしはトップマンのオーバーサイズのジャケット、格子柄のレギンス、ヴァンズのスターウォーズ・モデルのスニーカーという格好だ。

彼はわたしを見て笑みを浮かべた。ちょっとぎこちないけど、ほほ笑みには違いない。

「変じゃないかな？」

「ぶっ飛んでて、すごくいい」わたしは答えた。

彼の前に立って、しばらくじっと見つめる。彼がヘッドホンをはずすと、音楽が漏れてきた。ネロの「イノセンス」だ。ネロを紹介したのはわたしだ。

「ボリュームが大きすぎるわ」彼が何か言う前に、わたしが言う。

彼はまばたきをして、にっこり笑った。「知ってる」

村まで歩くあいだ、わたしたちは、列車の旅、クリスマス、天気といった、他愛もないことについておしゃべりをした。それでよかった。すぐに以前のようには戻れないことはわかっていた。彼がここにいてくれるだけで、ありがたかった。

家に着くと、ママが出迎えてアレッドに紅茶を勧めたが、彼は首を横に振った。

「母さんに話してくるよ。クリスマスのあいだここにいるって」

わたしは目をしばたたいた。「もう話したんじゃなかったの」

「直接説明したほうがいいと思って」彼はリュックを玄関の床に置き、スーツケースを壁に立てかけた。

「すぐに戻るよ。たぶん十分もかからない」

そうだといいけど、わたしは思った。

アレッドが家を出てから三十分、わたしはパニックになりかけていた。ママもそわそわしている。

「わたしが行ってきたほうがいいかしら」ママが言った。わたしたちはリビングの窓辺に立ち、アレッドの家の様子を窺っていた。「わたしが話せば、丸く収まるかもしれない。大人って、ほかの大人のほうに耳を貸しやすいから」

そのとき、アレッドの悲鳴が聞こえた。

実際は悲鳴というより、遠吠えのような長いうめき声だった。そんな声を現実の世界で聞いたのは初めてだった。

わたしが玄関にダッシュしてドアを開けると同時に、アレッドも彼の家のドアを開けて、よろよろと出てきた。わたしが駆け寄ると、彼も近づいてきた。一瞬、けがをしているのかと思ったが、涙で顔がくしゃくしゃになっている以外、身体に異状はなさそうだ。縁石の上に倒れ込む寸前に、彼を抱きとめる。その口からは、わたしがこれまで聞いたことがないほど苦しそうなうめき声が漏れてくる。まるで撃たれて、死にかけているような……。

彼は叫びはじめた。「いやだ、いやだ、いやだ、いやだ、いやだ、いやだ……」その目からは、涙がとめどなく流れてくる。わたしが、どうしたの、何があったの、お母さんに何をされたのと質問を浴びせても、彼はただ何度も首を振り、言葉にならないほどしゃくり上げていて、ようやく聞きとれたのは、こんな言葉だった。

「か、かあさんが――彼を殺した」

吐きそうになる。

「彼って？　何があったの、教えて……」

「僕の……僕の犬……僕のブライアン……」彼はまた泣きじゃくりはじめた。生まれてから一度も泣いたことがないみたいな大声で。

わたしは立ちつくしていた。

「お母さんが……殺したの？……あなたの犬を？」

「母さんは言うんだ……世話をするのは無理だったって……僕がいなくなって、ブライアンが年をとってきたから。だから――だから――安楽死させたんだって」

「そんな……」

彼はまた泣き叫び、わたしのセーターに顔を押しつけた。

そんなことをできる人がいるなんて、信じたくなかった。

だけど、わたしたちは街灯の下にすわり込み、アレッドはわたしの腕の中で震えている。これは現実で、実際に起きている。彼女はアレッドの大切なものすべてを奪い、焼きつくそうとしている。そしてアレッドのことも焼きつくそうとしている。ゆっくりと、彼が死ぬまで。

「警察に通報するわ」ママがこう言うのはこれで四度目だ。わたしたちはもう三十分以上、リビングにすわっていた。「せめて、怒鳴りつけてこさせて」

「何の意味もないよ」アレッドが今にも死にそうな声で言う。

「わたしたちに何ができる？」わたしは尋ねた。「何かできることがあるはず……」

「いいんだ」アレッドがソファから立ち上がった。「大学に戻るよ」

「そんな」わたしも立ち上がり、ドアを出ようとする彼を追った。「待って、クリスマスをひとりで過ごすなんてだめよ！」

「母さんの近くにいたくないんだ」

三人ともしばらく黙り込んだ。

「いいかい……」彼は続けた。「僕とカリスが十歳のとき……母さんはカリスがリサイクルショップで買ってきた服をぜんぶ燃やしたんだ。姉は友達と出かけたときに買ったズボンを……銀河模様の生地でできたやつだけど……すごく気に入っていた……それなのに、母さんはそれもゴミだと言って取り上げて、庭で燃やした。カリスが泣き叫んでいる目の前で。火の中から助けだそうとして、カリスは手に火傷を負った。だけど、母さんは知らん顔だった」彼の目は、まるで何も見ていないように虚ろだった。「僕が……カリスの手を、蛇口の水で冷やさなきゃならなかった……」

「ひどい」わたしは言った。

アレッドがうつむき、小さな声でつぶやく。「ただ捨てることもできたのに、あえて燃やしたんだ……」

ママと一緒にさらに十五分かけて説得したが、大学に戻るという彼の気持ちは変わらなかった。アレッドは行ってしまう。

また。

アレッドとわたしが駅に着いたのは、夜の九時前だった。迎えにきたのは、ほんの二時間前なのに、何日も前のことのように感じる。

ふたりでベンチに並んですわる。目の前に田園地帯が広がり、冬の空は黒く荒涼としている。

アレッドは膝を折りまげてベンチに両脚を上げ、手をこすり合わせはじめた。

「北部はほんとうに寒いんだ。ほら、見て」彼はそう言って、わたしの前に手を差しだす。乾燥して、指の関節がひび割れている。

「荒れた北国の手」わたしは言った。

「え?」

「ママがそんなふうに言うの」彼のひび割れた関節を、指でなでる。「乾燥して手がかさかさになったときに。荒れた北国の手って」

アレッドがにっこりした。「手袋を買って、ずっとはめていることにするよ」

「レディオみたいに?」ユニバースシティでは、レディオは決して手袋をはずさない。その理由は誰も知らない。

「うん」彼は手を引っ込めて、両腕で膝を抱えた。「ときどき、自分が本物のレディオだと思うことがある」

「よかったら使う？」紺のフェアアイル柄の手袋をはずし、彼に差しだす。「手袋はたくさん持ってるから」

アレッドがわたしを見る。「君のを盗むなんてできないよ！」

「いいの、だいぶ古いものだから」これはほんとうだ。

「フランシス、もし受け取ったとしても、悪くてはめられない」

本気で受け取るつもりがないようだ。「わかった」わたしは肩をすくめ、また自分の手にはめた。

しばらく沈黙が続き、やがて彼が口を開いた。「メッセージを返さなくてごめん」

「いいの。わたしに腹を立てるのは当然だもの」

また沈黙が落ちる。わたしは、彼が大学でどんなふうに過ごしているか知りたかった。ユニバースシティについて、わたしがまだ知らないことをぜんぶ教えてもらいたかった。学校がどれだけつまらないか、わたしがどれほど睡眠不足で、どれだけ毎日頭痛がするかを聞いてほしかった。

「最近はどう？」アレッドが尋ねた。

わたしは彼を見た。「元気よ」

そうじゃないことが、彼にはわかっていた。彼自身もそうじゃない。だけど、ほかにどう言えばいいかわからなかった。

「学校はどう？」彼が尋ねた。

「早く卒業したくてたまらない。だけど……なんとか楽しもうと努力してる」

「ほかの子たちみたいに、大学に行く前にヴァージンを捨てようなんて思ってないだろうね」

わたしは眉をひそめた。「実際にそんな人いる？」

彼は肩をすくめた。「僕は会ったことないけどね」

わたしは笑った。

「勉強のほうは順調?」アレッドが尋ねる。

嘘はつけない。「そうでもない。最近、よく眠れなくて」

彼はふっと笑って目をそらした。「ときどき、僕たちは同じ人間なんじゃないかと思うことがあるよ……生まれる前に偶然ふたつに分かれてしまっただけで、元はまったく同じ人間なんじゃないかって」

「どうして?」

「君があまりに僕とそっくりだから。まあ、くだらないガラクタをぜんぶ取り去ったあとの僕ってことだけど」

わたしは鼻を鳴らした。「ガラクタの下には……さらにガラクタがあるだけよ。わたしたち、骨の髄までガラクタだもの」

「いいね、それ。僕のデビュー・ラップアルバムのタイトルにしよう」

ふたりとも笑い、笑い声が構内に響き渡った。

やがて、頭上から声が響いた。

〝まもなく一番ホームに到着の列車は、二十一時七分発、ロンドン・セント・パンクラス行きです〟

「さて」アレッドは言ったが、動こうとはしなかった。

わたしは身を乗りだして彼を抱きしめた。彼の首に両腕を回し、彼の肩に顔をうずめて、しっかりと。彼もわたしを抱きしめてくれた。大丈夫、わたしたちは元のとおりだ。

「クリスマスを一緒に過ごせる人はいるの?」

「それは……」彼は一瞬口をつぐんだ。「うん、まあ……留学生が何人か残ってるんじゃないかと……」

そのとき、列車が到着し、彼は立ち上がってスーツケースをつかみ、扉を開けて乗り込んだ。彼は振り返って手を振り、わたしが「よい旅を《ボン・ボヤージュ》！」と言うと、悲しそうな笑みを浮かべて言った。「フランシス、君ってほんとうに……」だけど、言葉は続かず、何を言おうとしたのかはわからない。彼はヘッドホンをつけ、扉が閉まるとそこから離れ、姿が見えなくなった。

列車が動きはじめたとき、映画みたいにベンチから立ち上がり、列車と並んで走って、窓の向こうにいる彼に手を振ろうかと一瞬考えた。だけど、意味のないばかげたことに思え、そのままベンチにすわって、列車が見えなくなるまで見送った。そこにあるのはまたわたしと田舎町だけだった。原っぱと、グレーの闇と、わたしだけが残された。

☆友達

カリスが家出した前日、わたしは彼女にキスをした。彼女はそれを嫌い、わたしを嫌い、去っていった。ぜんぶわたしのせいだ。

それは、わたしが十年生、カリスが十一年生のときのGCSE試験の成績発表の日だった。その夜、彼女は学年末を祝うためにわたしの家に来ていた。ただし、彼女にとっては残念会だった。すべての試験が、落第点だったのだ。

わたしは未開封のポテトチップスの袋と、炭酸飲料のボトル（この日のための特別なごほうび）を手にソファにすわり、別のソファでわめき立てるカリスを見守っていた。

「ねえ、聞いて。わたしぜんぜん気にしてないから。ほんと、もうどうだっていい。気にしたところでどうなるわけじゃない。十一年生をやり直さなきゃならないってだけよ。それはもうどうしようもない。それで、やり直してもまただめだったら――知ったことじゃないわ！　わたし、仕事を見つける。成績なんて関係ないところで。勉強はできないかもしれないけど、できることだってたくさんあるのよ。うちの母親は、ほんとにイヤな女よ。いったいわたしにどうしろっていうの？　わたしは弟じゃないのよ！　できのいいお利口さんとは違うの！　わたしに期待しても無駄よ！」

しばらくこんな感じでわめき散らしていた。彼女が泣きはじめたとき、わたしはソファを移動して、彼女の身体に腕を回した。

カリスが言った。「わたしは役立たずじゃないし、できることだってたくさんある！　成績なんて、ただの記号よ。三角法とか、ヒトラーとか、光合成とか、そういうのを覚えられないからどうだっていうの？」彼女が見つめてきた。目の下がマスカラで黒くにじんでいる。「わたし、役立たずなんかじゃないよね⁉」

「違うわ」わたしは小さな声でささやいた。

そして、身をかがめて彼女にキスをした。

正直言って、あまり話したくない。

思い出すだけで、身がすくむ。

彼女はさっと立ち上がった。

耐えがたい沈黙が流れた。ふたりとも、今起きたことが信じられなかった。

やがて、彼女はわたしに向かって叫びはじめた。

「あなたのことは、友達だと思ってた」という言葉が何度か聞こえた。「みんな、わたしのことなんてどうでもいいと思ってる」という言葉も。だけど、いちばんこたえたのは、「これまでずっと友達のふりをしていただけなのね」という言葉だったと思う。

ふりなんてしていなかった。カリスはわたしの友達で、わたしは彼女を大切に思っていて、そのどちらにも嘘はなかった。

次の日、彼女は家を出た。その日のうちに、彼女はフェイスブックでわたしをブロックし、ツイッターのアカウントを削除した。その週のうちに、彼女は電話番号を変えた。そのときは、一か月もたてば立ち直れると思ったけど、わたしは今でも立ち直っていない。もう彼女に恋はしていないけれど、何もなかったことにはできない。カリス・ラストがいなくなったのはわたしのせいだという思いは、わたしの心にずっとある。

☆ 頭蓋骨

「わたしがいないほうがいい？」ママが言った。「部屋を出ようか？　そのほうが気持ちが落ち着くなら」

「何をどうやっても、落ち着くことはないわ」わたしは答えた。

一月になり、今日がその日だった。わたしたちは、キッチンカウンターをはさんで向かい合っていた。わたしの手には封筒がある。封筒の中には、ケンブリッジ大学の合否を知らせる通知が入っている。

「やっぱり、ひとりで見る」封筒を持ってリビングに行き、ソファに腰を下ろす。

心臓がバクバク鳴り、手は震え、全身に汗がにじんでくる。

もし不合格だったら、人生の大部分を費やしてきたことが無駄になる。そのことをいくら考えまいと思っても、考えずにはいられない。これまでの学校生活のほとんどすべてが、オックス・ブリッジへの進学を念頭に置いたものだった。Aレベル試験の科目は、オックス・ブリッジの受験を見すえて選択した。生徒会長になったのも、素晴らしい成績を取り続けたのも、すべてオックス・ブリッジのためだ。

封筒を開けて、最初のパラグラフに目を走らせた。

最初の一文を読んだだけで、涙が込み上げてきた。

二文目を読んで、喉の奥から嗚咽が漏れた。

それ以上は読まなかった。読む必要がなかった。

わたしは不合格だった。


ママがリビングに入ってきて、わたしが泣いているあいだずっと抱きしめてくれた。自分を殴ってやりたい。頭蓋骨が砕けるまで、たたきのめしてやりたい。

「大丈夫よ、あなたは大丈夫」ママはわたしが赤ん坊に戻ったかのように、身体を揺すり、ささやき続けた。だけど、ぜんぜん大丈夫じゃない。わたしは大丈夫じゃない。

そのことを泣きじゃくりながら言うと、ママは言った。「いいのよ、それで。今日は思いっきり落ち込んで、思いっきり泣けばいいわ」

わたしはそうした。

「大学は何もわかっていないのよ」しばらくして、ママがわたしの髪をなでながらつぶやいた。「あなたが学校でいちばん賢くて、世界でいちばん素晴らしい人間だってことを」

☆くたばれ

わたしがひどく落ち込んだというのは、かなり控えめな表現だ。面接がさんざんだったのはわかっていたけど、それでも心のどこかで大丈夫だと思う気持ちがあった。これが最初の大きなショックと失望だった。そして、オーダーしたピザを食べながら、ママと『バック・トゥ・ザ・フューチャー』を観るころになって、合格を期待していた自分に腹が立ちはじめた。午前三時まで眠れずにベッドに横になるころには、自分の鼻持ちならなさに嫌悪感を覚えていた。出願した五つの大学のうち、ひとつの大学に受からなかったからといって泣く人がどこにいるだろう。ひとつの大学に合格しただけで、うれし泣きする人だっているのに。

〈やった！　ケンブリッジ／オックスフォード大学に合格した!!〉フェイスブックに一日中表示されるたくさんの投稿が、さらにわたしを落ち込ませた。それが、わたしより常に試験の成績が下位だった人からの投稿だった場合はとくに。

ただ、ダニエル・ジュンからの投稿で、彼が合格したと知ったときは、少しうれしい気持ちになった。彼なら合格して当然だ。

ダニエル・ジュン　준대성
4時間前
ケンブリッジ大学の自然科学学科に合格した！　最高の気分だx

いいね！１０６件

ダニエルは死ぬほど勉強した。そばで励ましてくれる人もいなかった。彼こそ合格に値する人だ。心から誇りに思う。今では彼のことを好きだと言ってもいい。

ただ、自分勝手なことを言わせてもらえば……。

わたしは文字どおり、やれることをすべてやってきた。山のように本を読み、この一年すべてをかけてやってきた。わたしはクラスでいちばん頭がよかった。頭がいいということがどういうことかを知り、ケンブリッジが頭のいい人の行く大学だと知ったときからずっと。

それなのに受からなかった。

やってきたことすべてが無駄になった。

それくらいのことでめそめそするなと言われるかもしれない。甘ったれたティーンエイジャーの泣き言だと思われるかもしれない。たぶん、すべてがわたしの思い込みだったんだろう。だからと言って、わたしにとってのリアルじゃなかったとは言えない。だから、言わせてほしい。みんな、くたばれ。

5章
春学期(a)

☆ノイズ

一月の残りは、つとめて何も考えないようにしていた。何も考えず、ただ淡々と学校の勉強をこなした。ケンブリッジのことは誰にも言わなかったけど、わたしが不合格だったことは誰もが知っていた。アレッドがどうしているか知りたくて、何度かメッセージを送ったけど、返信はなかった。

一月末締め切りの課題がたくさんあった。それを終わらせるために、毎晩遅くまで起きていた。締め切りの前日などは一睡もできずに、そのまま学校に行った。ふらふらで倒れそうになり、昼休みにママに電話して、迎えにきてもらうほどだった。

こういったことすべてと並行して、わたしはユニバースシティを聴き続けた。十二月と一月のエピソードは、かなり退屈だった。アレッドは自分が何をしているのかわかっていないようだった。進行中のサブストーリーのいくつかは、完全に忘れられていた。新しいキャラクターはおもしろみがなく、あまり登場もしなかった。

そして、一月の最終金曜日。アレッドはユニバースシティのファンの世界を崩壊させかねないエピソードを投稿した。

〈さようなら〉というタイトルで、二十分間ノイズだけが流れるエピソードだった。

☆きっと星から来たんだ

ファンたちは、絶望の淵に突き落とされた。タンブラーのタグは、長文の追悼メッセージや、メンタル崩壊気味な投稿、感傷的なファンアートであふれた。どれもが悲しすぎて、長くは見ていられなかった。

同じ日、アレッドは最後のツイートを投稿した。

RADIO @UniverseCity
すまない。少し時間が必要だ。君たちひとりひとりは小さくても、この宇宙ではとても重要な存在だ。さようなら <3
2014年1月31日

もうユニバースシティとは何の関わりもないのに、わたしの受信箱には質問が殺到した。

匿名の質問：
この数か月、君のタンブラーは休眠状態だけど、クリエイター本人を除けば、君はこれまで番組に関わった唯一の人物だよね。最近になって、質問ボックスを復活させたようだから、質問してもいいと思うけど、二週間前に投稿された、ユニバースシティの〈さようなら〉のエピソードに

ついて、君が知っていることはあるかな（聴いたよね、もちろん）

トゥールーザーの回答：

クリエイターが決めたことについて、あなたと同じくらい悲しく思っているということ以外、答えられることは何もないわ。ただ、クリエイターが、プライベートで大変なときなんだろうというのは想像できる。ユニバースシティが復活するかどうかは、クリエイター以外の誰にもわからない。だから、わたしも含めて、それぞれが先に進むしかないと思う。思いもよらないことは起こるもの。多くの人にとってとても大切だったことに、そういうことが起こったのは、残念だと思う。

わたしはクリエイターを知っていた。その人にとって、ユニバースシティはすごくすごく重要だった。正直、そんな言葉ではとうてい足りないくらい、その人にとってユニバースシティはすべてだった。わたしにとっても、長らくユニバースシティはすべてだった。わたし自身、この先どうすればいいかわからない。クリエイターがこの先どうするつもりかもわからない。だから、答えられることは何もないの。

いったいどうして彼は終わらせることにしたんだろう。母親にやめさせられたのかもしれないし、創作に充分な時間がとれなくなったのかもしれない。あるいは、単に創るのがいやになったのか。だけどやっぱり理解できない。ユニバースシティは彼にとってほんとうに大事なものだったから。ほかの何より大切に思っていたから。

二月の金曜日が誰なのかさえ、彼はまだ明かしていない。

ノイズだけのエピソードの夜、わたしはノートパソコンを持ってリビングにすわり、少なくとも今月になって初めて、二月の金曜日が誰なのかを考えた。

突然、頭にひらめくものがあった。

アレッドが村に帰ってきた夜、カリスについて話していたことが、何週間も頭を離れなかった理由が今わかった。

火だ。

お母さんに服を燃やされたこと。

カリスがその火で火傷したこと。

あのとき、アレッドがその話をしたのはまったくの偶然だったと思う。カリスと母親の関係を物語るエピソードがたくさんある中で、彼はたまたまその出来事を話した。

ユニバースシティの文字起こしのブログをパソコンに表示させ、最初の二十のエピソードで「火」という言葉を文字検索した。検索に引っかかった文章をコピーして、ワード文書に貼りつける。

・あの火のあと、君はいなくなった
・あらゆる火の中に、君の姿が見える
・火で焼かれるのが自分ならよかったのにといつも思う。だけど、そんなことを言うのは、ただのひとりよがりなのかもしれない
・君に触れた火は、きっと星から来たんだ
・君にはいつも、火で焼かれるほどの勇気があった
　もう間違いない。

カリス・ラストが、二月の金曜日だ。

☆ 失敗

すべてが、助けを求める叫びだったんだ。

ユニバースシティが。この物語のすべてが。

弟が姉に助けを求める、切実な叫びだったんだ。

何をするべきかを見極めるのに、週末いっぱいかかった。

アレッドを助けるために、まずカリスをさがさなければ。今、彼を助けられるのは彼女だけだ。「二月への手紙」は最初からそこにあった。アレッドは、もう何年もカリスのことを書いていた。カリスの不在を嘆いていた。カリスと話したがっていた。そして、カリスがどこにいるのかをまったくわからずにいた。

彼女がまだどこかにいるのだとすれば。

カリスの居場所をアレッドに隠しているのは彼の母親だ――どうしてそんなことができるのか、なぜそんなことをするのかはわからない。だけど、考えずにはいられないし、考えれば考えるほど苦しくなってくる。わたしには、カリスを助けるチャンスがあったのに、大失敗してしまった。

大失敗、まさにそのとおり。

あのとき、わたしは救うべき人を救えなかった。

今度こそ、失敗はしたくない。

☆銀色の髪の女子

「ねえ、そこの金髪の男子、席を替わってくれない？」

週明けの月曜日、歴史のワークシートから顔を上げると、銀色の髪の女子がわたしのとなりにいた男子を無理やり退かせて、そこにすわるところだった。すわってすぐにくつろいだ様子で机にひじをつき、頬杖をついてわたしを見つめている。銀色の髪の女子は、レイン・セングプタだった。

以前は黒かった髪が、明るい銀色に染まっている。サイドの髪を大胆に刈り上げて、右側はスキンヘッドも同然だった。髪は心の窓だ。

「ねえ、フランシス、最近あんまりうまくいってないみたいね」彼女が真顔で言う。

わたしは今も学校ではレインやマヤやグループの子たちと一緒にいるし、レインとはよく話もするけれど、アレッドやユニバースシティに起きたことについては、誰も何も知らない。

わたしは笑った。「どういう意味？」

「このところずっと、湿ったビスケットみたいに浮かない顔をしてるってこと」レインはため息をついた。「ケンブリッジのことで、まだ落ち込んでるの？」

違う、アレッドのこと、カリスのこと、彼らを救うこと、失敗だらけの人生で、せめて今回だけは失敗したくないこと、そんな思いが渦巻いて、頭がおかしくなりそうなの。そう一気にぶちまけそうになったけど、代わりにこう答える。

「そんなことない、大丈夫、元気よ」

「そう、それならいいけど」

「うん」

レインはまだわたしをじっと見ている。それから、わたしの手元のワークシートに視線を落とす。そこには、答えの代わりに落書きが描かれている。

「これ、いいじゃん！　あなたが描いたユニバースシティのアートみたい」

わたしはうなずいた。「ありがとう」

「ふつうの大学なんてやめにして、美術大学に行ったほうがいいよ。ガルシア先生、きっと大喜びだよ」レインは冗談のつもりで言ったんだろうけど、ほんの一瞬、それもありかもと思ってしまった。そのことに自分でも驚き、それ以上考えるのはやめにする。

「それで、何かあった？」レインは続けた。

言いたい気持ちと、言いたくない気持ちがあった。誰かに話したいけど、その相手がレインでいいのかわからなかった。だけど、今起こっていることをぜんぶ吐きだすのにふさわしい相手なんているんだろうか？

だから、話した。

わたしとユニバースシティとの関わりから、アレッドがダニエルにしたこと、わたしがアレッドにしたこと、アレッドの母親がアレッドにしたこと、カリスが二月の金曜日だったこと、そして〈さようなら〉のエピソードのことまで、残らずぜんぶ。

ただ、ひとつだけ言えないことがあった。わたしとカリスのことだけは、まだアレッド以外の誰にも話せない。どう説明すればいいか、言葉が見つからない。

「いろいろあったんだね」レインは言った。「それで、どうするつもり？」

「どうするって？」

「このまま終わらせるつもり？」彼女は腕を組んだ。「アレッドは、たったひとりで大学に捕らわれている。カリスは行方知れずで、弟に何が起こっているのか知らずにいる。ユニバースシティは何の説明もなく終わってしまった。それなのに、すべてのことについて、誰も何もしようとしていない。たぶん、あなたを除いては」

わたしはワークシートを見つめた。「……アレッドを助けるために、カリスを見つけたいけど……たぶん、無理だと思う」

「あなた、アレッドの友達なのよね？」

「ええ、もちろん」

「助けたいと思ってるのよね？」

「それは……」もちろん、助けたい。それなのに、どうしてためらっているんだろう。「そうだけど」

レインは長いほうの髪を耳のうしろにかけた。「なんて言うか——すごくくだらなく聞こえるかもしれないけど、うちの母がいつも言ってるの。どこから手をつけたらいいかわからないときは、まず大きな目で見たほうがいいって。一歩下がって全体を見て、今やるべきことは何かを見極めるべきだって」

わたしは身を乗りだした。「うちのママもまったく同じことを言ってる」

「うそ、まじで？」

「うん、ママはそれを〝大きなくくりで見る〟って言ってる！」

「そう！　それが言いたかったの！」

わたしたちはにやりと顔を見合わせた。

レインは、真剣にわたしを助けようとしてくれているんだ。

「大きなくくりで見て、今わたしが何をすべきだと思っているかわかる？」レインは脚を組んで、わたしの目を見つめた。

「カリス・ラストを見つけることよ」

☆ファイロファックス

わたしがカリスを見つけるのが怖いと思う理由は以下のとおり。

・最後にカリス・ラストに会って話をしたのが、十八か月前だから。

・最後にカリス・ラストに会って話をしたとき、わたしが彼女にいきなりキスをして、そのことを不快に思った彼女が家出をし、わたしがそれ以来毎日、後悔と罪悪感に苛まれているから。

・カリス・ラストの居場所を知っているただひとりの人間が、恐ろしい犬殺しだと考えると、彼女の居場所を突きとめるのに必要な労力は、今以上のストレスをわたしに与えるだろうから（そんなことが可能だとすれば）。

これだけの理由があってもなお、まったく役立たずのこの人生で、たった一度でも誰かの役に立ちたいという思いが、わたしを奮い立たせている。

こういうことなんだと思う。

ケンブリッジ大学から不合格を突きつけられ、これまでの人生がすべて無駄だったような気がしていた。

そんな考えは、あまりにも情けないしばかげている。今ではよくわかる。嘘じゃない。

次の日の放課後、〝カリス捜索プロジェクト〟について話し合うために、レインがわが家にやってきた。

レインはAレベル試験の三つの教科すべてで及第点にはほど遠く、いまだに昼休みと自習時間には、校長室の外にすわって宿題をさせられている。

そして必然的に、校長室に出入りするたくさんの人たちを目にしている。ちなみに、アフォラヤン校長の執務室は、エアコン、壁掛けプラズマテレビ、観葉植物、快適なアームチェアが備えられ、大きな会議室のような役割を果たしている。

出入りする人物のひとりが、保護者会の理事のキャロル・ラストだ。

レインによると、キャロルが会議のため学校に来るときはいつも、ピンクのファイロファックスのシステム手帳を持ち歩いている。

カリスの住所を書き留めているのなら、きっとあの手帳だろうとレインは踏んでいる。けれど、どうやってキャロルから手帳を盗めばいいか、見当もつかないし、正直言って、そんなことはしたくない。これまで一度だって、何かを盗んだことはない。それに、キャロルに捕まるかもしれないと考えるだけで、気分が悪くなってくる。

「心配いらないわ」レインが言った。わたしたちはキッチンカウンターにすわって、クリームサンド・ビスケットを箱から食べていた。「わたし、あなたほど道徳心がないから。前にも物を盗んだことがあるわ」

「え、そうなの？」

「うん……まあね。バスの中でトマス・リスターがサンドイッチを投げてきたから、彼の靴を盗んでやったの」彼女は顔を上げてにっと笑った。「バスを降りたあと、彼、雪の中を靴下で歩かなきゃならなかった。いい気味」

レインの計画はこうだった。校長室から出てきたキャロルに、レインがぶつかり、抱えていた教科書を落とす。キャロルも手帳を落とし、どさくさに紛れてレインがそれを持ち去る。

あまりにもずさんな計画だ。成功するには（a）キャロルが手帳をバッグの中ではなく手に持っていなければならず、（b）レインがキャロルに気づかれずに手帳を拾える絶妙なタイミングで教科書を落とさなくてはならず、さらに（c）キャロルが手帳を持っていたことを瞬時に忘れなければならない。

つまり、どう考えてもうまくいくはずがない。

カリスの住所が手帳に書かれているという確証すらない。

そのときたまたまキッチンにいたママが、レインが話し終えるとこう言った。

「あんまりうまくいきそうにないわね」

レインとわたしは、ママをさっと振り返った。

ママはにやりと笑って、長い髪を束ねた。「ここはひとつ、わたしにまかせて」

キャロルが、二月十三日木曜日の午後二時に、保護者会の会議のために学校に来ることはわかっていた。木曜日の午後二時に学校に来られる親は、いったいどんな仕事をしているんだろう。そもそも、キャロルはどうして自分の子どもが通っていない学校の理事をしているんだろう。

その日、ママは仕事を休んだ。有給休暇を残しておくのは、こんなときのためだと言って。

この計画に参加することに、すごくわくわくしていたんだと思う。

ママは、午後三時にアフォラヤン校長と面会の約束を取りつけていた。保護者会の会議を終えて出てきたキャロルに声をかけるつもりだと言っていた。どうやってカリスの住所を訊きだすつもりなのかは言わなかった。レインとわたしは歴史の授業中だから、何が起こるか知るすべはない。
「大丈夫、うまくやるわ」ママはいたずらっぽくにやりと笑った。

その日学校が終わると、わたしはレインと一緒に列車でうちに帰ってきた。ママはキッチンのテーブルでわたしたちを待っていた。持っている唯一のパンツスーツを着て、ヘアクリップで髪をまとめたママは、これまで見てきた中で、最も典型的な母親に見えた。

その手には、ピンクのファイロファックスがあった。

「すごい！　やった！」わたしは大声で叫び、玄関の隅に靴を蹴り飛ばし、カウンターのスツールに勢い込んですわった。レインもすぐにとなりに来て、尊敬のまなざしでママを見つめている。「いったいどうやって手に入れたの？」

「貸してもらえないかって訊いたの」ママはなんでもないことのように肩をすくめた。

思わず笑ってしまった。「どういうこと？」

ママはテーブルに身を乗りだした。「地元の国会議員の連絡先を知っているか彼女に尋ねたの。怠惰な学生たちに課せられている宿題の量が少なすぎることと、地元の学校がいかに学生のやる気をなくさせ、怠け者にしているかについて、糾弾する手紙を書きたいからと言って」ママはわたしたちにファイロファックスの手帳を差しだした。「だけど、校長先生とのアポイントがあって、その場ですぐ書き留める時間はないから、面談が終わって帰ったらすぐ、お宅のポストに返しに行くと言って借りてきたの。だから急いだほうがいいわ」

「よっぽどママのことが好きなのね」わたしは首を振り振り、手帳を受け取った。

ママは肩をすくめて言った。「知ってる。郵便局で会うたびに話しかけてくるのよね」

レインとふたりで住所録のページを隅々まで調べ、カリス・ラストの名前がないことを確認するまで、十分とかからなかった。

そのあと、メモのページを調べたが、あったのは雑多な買い物リストや、やることリスト、仕事関連の覚え書き（それでも彼女の仕事が何なのかはわからない）、それと、面談中にママが書いたらしき落書きだけだった（〝話長っ！〟という走り書き、スマイルマーク、小さな恐竜のイラスト）。そのページはしっかり破り取って捨てる。

「ここにはないわ」がっかりしすぎて力が抜けてくる。何か見つかるに違いないと思っていた。キャロルは娘の住所をどこかに記録しているはずだ。

カリスに住所があるのだとすれば。

レインはうめいた。「これで振り出しに戻ったわね。もう二月よ。アレッドがいなくなって、もう二か月にもなるのに……」

「二月」わたしは突然言った。

「え、何？」

二月だ。

「二月《フェブラリー》よ」手帳を引き寄せる。「もう一度見せて」

住所録のページを一枚ずつゆっくりめくる。そして手をとめ、「あった！」と叫んでページを指さす。

「これなの？」レインがささやく。

住所録の〝F〟のページに書かれた名前は四つだけだ。いちばん上にあるのは、姓の欄が空白の人物だった。名前の欄に単語がひとつだけ書かれている。

〝February《フェブラリー》〟

☆ロンドンは燃えている

その週の金曜日、わたしはロンドン行きの列車に乗った。ママは、防犯ホイッスルを常に身につけておくことと、一時間ごとにメールすることをわたしに約束させた。

計画はこうだ。

わたしがカリスを見つけだす。そして、カリスがアレッドを助けだす。

わたしは、住宅街にある、こぎれいなタウンハウスの前に立っていた。思っていたより、ずっとしゃれた建物だ。もちろん、ロンドン住まいと聞いたときに思い描くような、純白の瀟洒なタウンハウスではないけれど、少なくともあばら家ではない。ここに来るまでは、崩れかけの壁と、板を打ちつけた窓のある住まいを想像していた。

玄関前のステップを上がって、ドアベルを鳴らす。「ロンドンは燃えている」のメロディーが鳴り響く。

鮮やかなピンクの髪をした若い黒人の女性がドアを開けた。一瞬、言葉が出てこなかった。爆発的なカーリーヘアのあちこちからデイジーの花がのぞいていて、これまで見た中で最高の髪型だったから。

「どうしたの、大丈夫?」典型的なロンドンっ子の発音。レインの口調に少し似ている。

「えっと、わたし、カリス・ラストをさがしているんです」声がうわずっているのに気づいて、咳払いする。「ここに住んでいると思うんですけど」

女性は気の毒そうな顔をした。「残念だけど、ここにカリスという子はいないわ」

「そうですか……」気持ちが一瞬でしぼんだ。

そして、はっと思いついた。

「あの――フェブラリーという人は？」わたしが言うと、女性は少し驚いた顔をした。

「ああ、フェブのこと！　ひょっとして、昔の友達？」

「えっと……まあ、そんな感じです」

彼女はにっこり笑って、ドアの枠にもたれかかった。「そっか、彼女が名前を変えたのは知ってたけど……カリスなんて、いかにもウェールズっぽい名前だよね」

わたしも笑った。「それで……彼女はいますか？」

「ううん、今は仕事に出かけてる。時間があるなら、行ってさがしてくれば？　それともここで待つ？」

「職場は遠いんですか？」

「サウスバンクだからすぐよ。彼女、ナショナル・シアターで働いてて、ツアーガイドをしたり、子ども向けのワークショップを企画したりしてるの。ここから地下鉄で十分ほどよ」

カリスは最低賃金の過酷な仕事に就いて、苦労しているんだろうと想像していたから、これにはすごく驚いた。

「行っても大丈夫でしょうか。仕事の邪魔にならないかしら？」

女性がごつい黄色の腕時計に目を落とす。

「大丈夫、もう六時だから、ワークショップは終わっているはず。ギフトショップに行けば会えると思うわ。仕事が終わる八時まで、いつもそこで手伝っているから」

「ありがとう」わたしはステップの上で足をとめた。いよいよだ。ようやくカリスに会える。

いや、待って。確かめないと。念のために。

「それで、カリスは――」言いかけて訂正する。「そのフェブラリーって人は……一応確認なんですけど、髪はブロンドで――」

「染めたブロンドの髪、ブルーの瞳、大きな胸、殺人鬼みたいににこりともしない表情」女性は笑った。「合ってる?」

わたしはぎこちなく笑みを浮かべた。「ええ、合ってます」


ナショナル・シアターまでは二十分もかからなかった。サウスバンクは、カフェや屋台、レストラン、大道芸人が集まる川沿いのエリアで、あたりはすでにかなり暗くなり、ディナーや劇場に繰りだす人たちで賑わっている。誰かがアコースティックギターで、レディオヘッドの曲を演奏している。ここには一度だけ来たことがある。学校から『軍馬ジョーイ』のお芝居を観にきたのだ。

グーグルマップを頼りにシアターに向かう途中、自分の着ているものをチェックする。吹き出しが散りばめられたTシャツに、ストライプのジャンパースカート、厚手のグレーのタイツ、フェアアイル柄のカーディガン。よかった、わたしらしい格好だ。それだけで、この状況にあっても堂々としていられるような気がする。

ナショナル・シアターに足を踏み入れる直前、ほんの一瞬、まわれ右して家に帰りたくなった。泣き顔の絵文字をママに送ると、ママからは、立てた親指と、サルサを踊る少女と、四つ葉のクローバーの絵文字が送られてきた。

よくあるロンドンの劇場とはまったく違う、グレーの巨大なブロックのような建物に入ると、入口のすぐ近くにギフトショップがあった。わたしは入っていった。見つけるのに少し時間がかかったが、さがす必要はなかった。昔と同じように、彼女は目立っていたから。

カリスは本棚の本を整えたり、並び替えたり、抱えた段ボール箱から何冊か加えたりしていた。わたしは近づき、声をかけた。

「カリス」その名前を聞いたとたん、彼女は眉をひそめ、さっと振り返ってわたしを見た。そう呼ばれたことに怯えるように。

一瞬の間があった。わたしだと気づくと、彼女は「フランシス・ジャンヴィエ」と、まったくの無表情で言った。

たくさんのことがわたしをたじろがせた。たとえば髪。以前はブロンドだったカリスの髪は、脱色でほとんど白くなり、前髪は額の真ん中あたりで切りそろえられている。目は以前にくらべてかなり大きく見え、目力が半端ない。完璧に跳ね上げられた太いアイラインは、描くのに三十分はかかるだろう。

赤い口紅をつけ、マリンストライプの短いトップスに、ふくらはぎ丈のベージュのスカート、パステルピンクの厚底のストラップシューズ、ナショナル・シアターのＩＤカードを首から下げた彼女は、二十四歳くらいに見える。

以前と変わらないのは、革のジャケットだけだ。あの頃着ていたのと同じものかどうかはわからないけれど、同じインパクトを与えている。

そして、わたしを殺すか、訴えるかみたいな顔で見ている。たぶん両方だろう。

そのとき、彼女がふっと笑った。

「やっぱりね」アレッドに似た柔らかな声。ちょっと気取った『メイド・イン・チェルシー』風のアクセントは、テレビの中の人みたいだ。「いつか誰かに見つかるだろうとは思っていたけど」わたしを見下ろす彼女は、まぎれもなくカリスだったけど、これまで会ったことのある人と話しているようには感じなかった。「まさか、あなただったとはね」

わたしはぎこちなく笑った。「驚いた？」

「まあね」カリスは眉を上げ、うしろを振り向くと、レジにいる女性に大声で呼びかけた。「ねえ、ケイト！　早退してもいい？」

いいわよ、と女性が言うと、カリスはバッグを取りに行き、わたしたちは一緒にそこを出た。

カリスはわたしをシアターのバーに連れていった。驚くことじゃない。彼女は十六歳のころからお酒が好きで、今も好きだというだけだ。

彼女はおごるわと言って、わたしがとめるのも聞かずにダイキリ・カクテルを二杯注文した。ロンドンの物価を考えると、一杯二十ポンドくらいはするだろう。わたしはカーディガンを脱いで椅子の上に置き、噴きだしてくる汗をとめようと必死だった。

「それで、どうしてここにいるの？」彼女は二本の小さなストローでカクテルを飲みながら、わたしの目をじっと見すえた。「どうやって、わたしを見つけたの？」

ファイロファックスを巡る騒動を思い出し、思わず声を上げて笑う。「うちのママが、あなたのお母さんの手帳を盗んだの」

カリスは眉をひそめた。「母はわたしの住所を知らないはずだけど」そして、さっと目をそらす。「やられた。きっとアレッドに出した手紙を読んだんだわ」

「え、アレッドに手紙を送ったの？」

「ええ、去年ルームメイトと一緒に引っ越したときに、新しい住所と、元気でやっていることを知らせるためにね。わたしがその名前を使っていることが伝わるように、差出人に〝フェブラリー〟とだけ書いて」

「アレッドは……」わたしは小さく首を振った。「あなたからの連絡は一切ないと言っていた」

わたしの声が耳に入っていないように、カリスがつぶやく。「母のやりそうなことだわ。わたしったら、何を驚くことがあるの」彼女はゆっくり息を吐き、眉を上げてわたしを見た。

何から話せばいいんだろう。彼女に伝えなきゃいけないこと、彼女に尋ねたいことがたくさんありすぎる。

先に切りだしたのはカリスだった。「服装が変わったわね。前よりずっとあなたらしくなった。髪も下ろしたのね」

「うん、ありがとう」

「それで、あなたはどうしてるの？」

しばらくのあいだ、カリスはわたしを質問攻めにして、話す隙を与えなかった。話したいことはたくさんあった。たとえば、(1) 七か月ほど前からあなたの双子の弟の様子がおかしくて、心配でたまらない、(2) わたしはふがいない友達で、そのことを申し訳なく思っている、(3) どうしてそんなに自立した人生を送っているのか？　まだ十八歳なのに、(4) どうして今、フェブラリーと名乗っているのか？

彼女はわたしがこれまで会った中で、いちばん威圧感のある人だ。以前よりさらに凄みが増した気がする。彼女のすべてが、わたしを縮み上がらせる。

「それで、ケンブリッジには合格したの？」カリスが尋ねた。

「だめだった」

「あらそう。それで、これからどうするの？」

「まだ……決めてない。だけど、そのことは今どうでもいい。そんな話をしに来たんじゃないの」

カリスはわたしを見つめたが、何も言わなかった。

「アレッドのことで話があって、あなたをさがしに来たの」

カリスはわたしを横目で見て、眉を上げた。わたしのよく知る石のような表情が戻ってきた。「それで？」

わたしは最初から順を追って話した。アレッドとわたしがどうやって友達になり、何がきっかけで意気投合し、ユニバースシティのことでどんな偶然があったのか。わたしのせいで彼がクリエイターだと知られてしまったこと、彼がメッセージを返してくれなくなったこと、そして、お母さんが彼の大切なものすべてを徹底的に破壊しようとしていること。

わたしはグラスを手から手へ移動させながら話を続けた。カリスはカクテルを少しずつ飲みながら耳を傾けていたが、徐々に深刻な表情になってくるのがわかった。

「それは……」わたしが話し終えると、彼女は言った。「驚いたわ――母がアレッドにまでそんなことをするなんて」

訊くのが怖かった。「そんなことって？」

カリスは一瞬口をつぐむと、脚を組んで髪を払った。「わたしたちの母親は、勉学で成功する以外に充実した人生を送る道はないと信じているの」彼女はグラスを置くと、片手を上げ、指を一本ずつ折りながら話した。手には火傷の痕がまだ小さく残っている。「まず、成績は常に上位でなければならない、そしてGCSE試験とAレベル試験の選択は主要科目でなければならない、そして一流大学に入学して学位を取得しなければならない」彼女は手を下ろした。「そうでなきゃいけないと固く信じていて、そのすべてをなし遂げられないのなら、わたしたちが死んだほうがましだと本気で思っているの」

「ありえない」

「そう、ありえない」カリスは笑った。「あなたも知っているように、残念ながらわたしはどれだけ努力しても、どの教科でもいい成績が取れないタイプの人間だった。だけど母は、無理やりにでも勉強させれば、わたしを魔法のように賢くできると考えていた。家庭教師、問題集、サマースクール、その他もろもろ。そんなわけないのに」

彼女はまたストローに口をつけた。そういえば以前、夏休みをどう過ごすのかと尋ねたとき、彼女が同じことを淡々と話していたのを覚えている。

「アレッドはわたしと違って頭がよかった。母にとって望みどおりの子どもだった。八歳のときに父が家を出る前から、わたしたちに対する母の態度は明らかに違っていた。数学の問題を解けないことで、わたしのことを徹底的に見下していた。母にとってわたしは太った能なしで――そのせいでわたしの人生は地獄だった」

訊くのが怖かったが、訊かずにはいられなかった。「お母さんに何をされたの？」

「母はわたしの人生に喜びをもたらすものをひとつずつ奪っていったわ」カリスは肩をすくめた。「たとえば、試験でAを取れなかったら、週末は友達と遊ばせないとか。小テストで十点満点を取れなかったら、ノートパソコンを二週間取り上げるとか。それが次第にエスカレートしていって、たとえば、GCSE試験でAを取れなかったら、週末のあいだ部屋に閉じ込めるとか、落第点を取ったら、この先ずっと誕生日プレゼントはなしにするとか」

「そんな……」

「あの人は、正真正銘のモンスターなの」カリスは人差し指を立てた。「だけど、巧妙でもある。違法なことや、虐待を疑われるようなことは一切しなかった。だから、誰にも気づかれなかった」

「それで……今はアレッドにもそんなことをしていると思う？」

「あなたの話を聞くと……そのようね。母がアレッドを標的にするようになるとは、思ってもいなかった。彼は母にとって望みどおりの子どもだった。わたしがそばにいれば……わたしが知っていれば……弟が手紙を見て、わたしに返事を書いて打ち明けてくれていたら……」カリスは言葉を切り、首を振った。「自分ひとりの身でさえ母から守ることができなかったのに、弟を守るなんてとうてい無理だったでしょうね。きっとわたしがいなくなって……母はたたきのめす別の相手が必要になったんだと思う」

言うべき言葉が見つからなかった。

「それにしても、犬を死なせるだなんて信じられない」カリスは続けた。「あまりに……むごすぎる」

「アレッドはショックで打ちのめされてた」

「でしょうね、あの犬のことが大好きだったから」

また沈黙が落ち、わたしはカクテルをぐいっと飲んだ。喉の奥が熱くなる。

「だけど、正直に言うと、あの頃は弟が大嫌いだった」

驚きだった。「大嫌い？　どうして」

「母からのすべての苦しみをわたしが負わされてきたから。弟は望みどおりの子で、わたしはできそこないだった。弟は母がわたしにどんなひどい仕打ちをしているか知っていたのに、ただの一度もわたしの味方をしてくれなかった。そんな彼が許せなかった」わたしが怪訝な顔をするのを見て、カリスは眉を上げた。「あら、心配しないで、もうそんなふうには思ってないから。今はアレッドを責めるつもりはないし、すべてあの女のせいだとわかっている。それに、弟がわたしのために母に歯向かったところで、ふたりともの人生が耐え難いものになるだけだった」

すべてのことがあまりにも理不尽だ。ふたりには何とかして会って話をしてもらいたい。たとえそれがどんなにむずかしいことでも。

「そしてある日、わたしは家を出るしかないと思った」彼女はカクテルを飲み終えて、グラスを置いた。「このまま家にいれば、一生みじめな人生を送らなきゃならないと思ったの。Aレベル試験を受けさせられて、合格できなかったら留年させられて、たとえ卒業できたとしても、母の期待に見合った仕事をさがさなきゃならない」彼女は肩をすくめた。「だから、黙って家を出たの。そして、祖父母、つまり父の両親を頼ってしばらく一緒に暮らしたわ。父はすでに亡くなっていたけど、祖父母とは連絡を取り合っていたから。そのあと、ナショナル・ユース・シアターの活動に関わるようになって、演劇コースのオーディションを受けて、資金援助を受けることができた。それで、今はここで働いているってわけ」カリスは映画スターのように髪をさっと払い、わたしを笑わせた。「今は最高の人生を送っているわ！　友達何人かと暮らして、楽しめる仕事に就いて。教科書や成績だけが人生じゃないのよ」

カリスが幸せだと知って、胸のつかえが取れた気がした。

カリスに再会できたら、彼女についていろんなことがわかると思っていたけれど、ここまでのことは期待していなかった。

「だけど……」彼女は椅子にもたれた。「アレッドがつらい思いをしているのは心配だわ」

「そうなの、わたしもずっと心配しているの。彼がユニバースシティを創るのをやめたときからずっと」

カリスは首を傾げた。白っぽいブロンドの髪が、バーのLED照明できらりと輝く。「大学《ユニバースシティ》を……創る？」

そのとき気づいた。

カリスはユニバースシティのことを知らないんだ。

「――ユニバースシティの物語を知らないのね」額に手を当てる。「そうだったんだ」

彼女はいぶかしげにわたしを見つめた。

わたしはユニバースシティの物語にまつわる一部始終を彼女に話した。二月の金曜日のことも含めて。

わたしが話すうちに、冷ややかだった彼女の表情が変化していった。目が大きく見開かれ、首が何度も振られる。

「知っているものだと思っていたわ」話し終えたあと、わたしは言った。「あなたたちは……双子だから」

カリスは鼻先で笑った。「テレパシーでつながっているわけじゃないわ」

「そういうんじゃなくて、てっきりあなたには話しているんだと思ってた」

「アレッドは何も言わないわ」彼女はまた眉を寄せて思いにふけった。「ほんとうに、何ひとつ言わないのよ」

「あなたがフェブラリーと名乗っているのは、それでだと思っていたけど――」

「フェブラリーは、わたしのミドルネームなの」

刺すような沈黙があった。

「それで、その物語のすべてが、わたしのためのものだったと？」カリスが尋ねる。

「正確に言うと……彼自身のためのものだったと思う。だけど、彼はあなたが聴いてくれることを願っていた。あなたと話がしたかったのよ」

やがて、彼女はため息をついた。「昔から、あなたたちふたりは似ていると思ってた」

わたしはストローをグラスの中で回した。「どんなところが?」

「ほんとうに思っていることを、口にしないところが」

☆ 家族

わたしたちはバーにもうしばらくいて、さまざまなことを話した。三か月しか年上じゃないのに、彼女はわたしの十倍は大人だった。自分で仕事を見つけ、請求書や税金を支払い、赤ワインを飲んでいる。わたしは、医者の予約さえ自分でできないのに。

九時半になり、わたしはそろそろ帰ると言った。自分の分は払うと何度も言ったのに、彼女がわたしの分まで払い、一緒にウォータールー駅まで歩いた。

アレッドを助けてほしいとまだ言えておらず、これが最後のチャンスだった。

コンコースの真ん中で別れのハグをしたあと、わたしは静かな声で尋ねた。

「アレッドと――話してもらえないかな？」

彼女は驚く様子もなく、いつもの無表情に戻っていた。「それが言いたくて、わたしをさがしてここまで来たんでしょ？」

「ええ……まあ」

「ふふ、ほんとうに彼のことが好きなのね」

「彼は……これまでにできた……たったひとりの親友なの」言ってすぐに、少し悲しくなった。

「それは素敵ね。だけど――彼と話すことはもうないと思うわ」

期待がぺしゃんこになった。「ど、どうして」

「わたしは――」カリスはぎこちなく目をしばたたいた。「過去を捨ててきたから。別の道を歩んでいるから。わたしにはもう関係のないことなの」

「だけど……アレッドはあなたの弟なのよ。あなたの家族なのよ」

「家族なんて何の意味もないわ」カリスは言った。本心だということはよくわかった。「家族だからといって愛する義務はないわ。自分で選んだわけじゃないんだから」

「だけど——アレッドはいい人よ。彼には——彼には助けが必要なの。だけど、わたしじゃだめなの」

「わたしには関係ないって言ってるでしょ」彼女の声が少し大きくなった。けれど、誰も振り向かない。周囲を慌ただしく人が行き交い、その声が構内に響き渡っている。「あと戻りはできないのよ、フランシス。もう過去は振り返らないと決めたの。アレッドはうまくやっていけるわ。子どものころから、大学に行くことを運命づけられてきたんだから。わたしを信じて。ずっと一緒に育ってきたからわかるわ。大学でむずかしい学位を取得する人がいるとすれば、それはアレッドよ。大丈夫、彼は楽しくやっているわ」

そのとき、彼女の言うことをぜんぜん信じられない自分に気がついた。

彼は行きたくないと言っていた。あの夏の日、大学に行きたくないと言っていたのに、わたしたちは耳を貸さなかった。そして今、彼はその場所にいる。十二月に彼に電話をかけたとき、彼は今にも死にそうな口調だった。

「二月への手紙は、アレッドがあなたに宛てて書いたものよ」わたしは言った。「あなたに聴いてほしくて。あなたがまだ家にいたときから、ユニバースシティを創っていた。あなたに見つけて、話しかけてきてほしかったからよ」

カリスは何も言わない。

「それでも気にならない？」

「気にならないとは言わないけど――」

「お願い。お願いよ。わたし、怖いの」

彼女は小さく首を振った。「怖いって、何が？」

「彼が消えてしまうんじゃないかって。あなたがいなくなったみたいに」

彼女は凍りつき、足元を見下ろした。

彼女に罪悪感を覚えてほしいとさえ思った。

わたしがこの二年間ずっと感じてきたことを、彼女にも感じてほしかった。

彼女がくすりと笑った。

「わたしに罪悪感を抱かせて、思うようにしようというわけね、フランシス」そう言って、笑みを浮かべる。「わたしの言いなりだった、あのころのあなたが懐かしいわ」

わたしは肩をすくめた。「ようやく、ほんとうに思っていることを口にしただけよ」

「ほんとうの思いには力がある、と言いたいの？」

「アレッドを助けてくれる？」

彼女は大きく息を吸い込み、目を細めて、両手をポケットに突っ込んだ。

「いいわ」

☆あの出来事

そのあとすぐにカリスの家に着替えを取りに行き、わたしの家に帰る列車に乗るため、セント・パンクラス駅に向かった。北部にあるアレッドの大学に行くには遅すぎるので、いったんわたしの家で一泊して、翌朝あらためて出発することにしたのだ。そのことをママにメールで伝えると、問題ないと言ってくれた。

列車の中ではあまり話しはしなかった。こんなふうに彼女とまた一緒にいるのは、現実離れした感覚だった。テーブルをはさんで向かい合わせにすわり、外の暗闇を見つめる。多くのことが変わってしまったけど、彼女が頬杖をつく様子と、窓の外に向けられた視線は以前とまったく変わらない。


家に着くと、彼女は中に入り靴を脱いだ。「ぜんぜん変わってないわね」

わたしは笑った。「わたしもママも、DIYにはまるで興味がないの」

ママがキッチンから廊下に出てきた。「カリス！　うわっ、いいわね、その髪。昔、そんな前髪にしたことがあったわ。わたしにはぜんぜん似合わなかったけど」

カリスも笑った。「ありがとう！　最近ようやくなじんできたところなの」

それからしばらくカリスはママとおしゃべりをして、わたしたちはベッドに向かった。すっかり真夜中になっていた。外は真っ暗で、ダークブルーの中に街灯がほのかなオレンジ色の光を放っている。

「昔、わたしがここに泊まったときのことを覚えてる？」バスルームでパジャマに着替えて戻ってくると、カリスが尋ねた。

「そうそう、覚えてる」たった今思い出したかのように答える。忘れるはずがない。あの出来事の二日前のことだ。あまり気の進まないホームパーティーにカリスに連れられて行ったあと、彼女がうちに泊まったのだ。「あなた、酔っぱらってたよね」

「そうだった」カリスが言う。

彼女が歯磨きと、パジャマに着替えにバスルームに行った。わたしは落ち着かない自分の気持ちと、わたしを見るカリスの視線に気づかないふりをしようと努めた。

ふたりでわたしのダブルベッドに入った。天井の照明を消して、フェアリーライトをつけると、カリスがわたしに顔を向けて言った「賢いってどんな感じ？」

わたしは思わず噴きだしたけど、彼女に目を向けることができず、代わりに天井のフェアリーライトを見つめた。「どうしてわたしが賢いと思うの？」

「成績がいいからよ。それって、どういう気持ち？」

「とくに……どうってことないわ。便利ではあるけど。そうね、便利なのは確かね」

「ふーん、わかる気がする」彼女も上を向いて、天井を眺めた。「わたしも頭がよければよかったのに。うちの母は、わたしにいい成績を取らせようと必死だった。だけど、だめだった。わたし賢くないから」

「だけど、もっと大事な点であなたは賢いわ」

彼女はまたわたしに目を向けてにっこりした。「あなたってかわいいわね」

わたしも彼女をちらっと見て、思わず笑みをもらす。「え、ほんとに？」

「あなたはかわいい」

「そんなことない」

「かわいいわよ」彼女は片手を上げて、わたしの髪をすいた。「この髪型も似合ってる」そう言って、人差し指でわたしの頬をそっとなでる。「そばかすがあるのを忘れてた。かわいい」

「かわいいは、もうやめて」わたしは小さく笑って言った。

カリスは黙ってわたしの頬をなで続けた。しばらくして、わたしが頭をくるりと彼女に向けると、彼女の顔がほんの数センチのところにあった。フェアリーライトに照らされた肌が、ブルーからピンク、そしてグリーンからまたブルーへと、ゆっくりと変化していく。

「ごめん――」わたしの声がかすれる。「――ごめんね、いい友達じゃなくて」

「キスしてごめんって言いたいのね」

「ええ」わたしはささやく。

「そう」彼女の手が頬から離れ、わたしには彼女が何をしようとしているのかわかった。どうやってノーと言おうか迷っているうちに、彼女が顔を近づけて、唇をわたしの唇に重ねた。

しばらくそのまま身を任せていた。素敵だった。だけどそうしているうちに、わたしはもう彼女に惹かれていないこと、そしてこんなことをまったく望んでいないことに気づいた。

そんなことをぼんやり考えているうちに、彼女がわたしの顔の反対側にひじをつき、片脚を押しつけて、ほとんどのしかかるように覆いかぶさってきた。そして、二年前わたしに怒鳴ったことを埋め合わせるように、ゆっくりとキスをした。あのときから今までのあいだに、たくさんの人とキスをしたのだろうという印象を受けた。

今何が起こっているかを頭の中で整理し終えたあと、わたしは顔を横に向けて唇を離した。

どう言っていいのかわからず、笑ってしまった。

「あのふたり、そうなの？」彼女は魔女みたいな笑い声を上げた。「最高だわ。ほんと、最高。それを知って母がブチ切れるところを見てみたいわ」

「アレッドは、ええっと……彼の友達のダニエルを覚えてる？」

「どういうこと？」

「そうか……それも知らないんだ……」

「アレッドには彼女がいるの？」カリスは尋ねた。

最大の理由は、自分がもうカリスに恋をしていないことがはっきりしたことだ。

わたしはほっとしていた。

ふたりで声を上げて笑った。

「キスをされたというだけで、あなたに向かってたっぷり十分間わめき散らしたことに対する謝罪」

「何に対する謝罪？」

「そうじゃない。ただ、ごめんと言いたかったの。謝罪のキスよ」

彼女はふっとほほ笑んだ。

「わたしに恋をしてるとか、そういうことじゃないんでしょ？」わたしは尋ねた。

しばらく沈黙があった。

「そう、わかった」

カリスはしばらくのあいだじっとしていた。そして、わたしから離れてベッドに仰向けになった。

「こういうの……望んでない」わたしは言った。

彼女は寝返って、わたしを見た。

「ユニバースシティを聴かせてくれない？」

「エピソードを聴くってこと？」

「うん、聴いてみたい」

わたしはもう一度彼女の方を向き、携帯電話を求めて枕の下を手さぐりした。最初のエピソードをロードし（聴くなら初めからのほうがいいと思った）、再生を押した。

アレッドの声が部屋に響きはじめると、カリスはまた身体の向きを変えて、仰向けになった。そして、アレッドの声に耳を傾けながら、天井を見つめた。何も言わず、反応もあまり示さなかったが、いくつかのおもしろいセリフには笑みを浮かべた。しばらくすると、わたしはだんだん意識が遠のいて、眠ってしまいそうになった。アレッドの声が頭上の空中から語りかけていることだけがわかった。まるで、彼がこの部屋にいるかのように。エピソードが終わり、「ナッシング・レフト・フォー・アス」の最後のコードがフェードアウトすると、部屋は苦しいほど空っぽで、静かになった。静寂。

カリスに目をやると、驚いたことに彼女はさっきとまったく同じ姿勢で、物思いに沈むようにゆっくりとまばたきをしていた。やがて、目尻からひと筋の涙がこぼれ落ちた。

「悲しいわね」彼女はつぶやいた。「すごく悲しい」

何も言えなかった。

「弟はずっとこれをやっていた。わたしがいなくなる前から……呼びかけていた」

カリスが目を閉じる。

「わたしもこれくらい繊細でピュアならいいのに。わたしにできるのは、大声でわめくことだけ

「……」

彼女に顔を向ける。「さっき、彼を助けようとしなかったのはどうして？」

「怖かったの」彼女はささやいた。

「何が？」

「会ったら、もう離れられなくなりそうで」

カリスがそのあとすぐ眠りに落ち、わたしはアレッドにメッセージを送ろうと思った。返信をくれるとは思えない。ひょっとすると、見てくれないかもしれない。それでも、わたしはそうしたかった。

フランシス・ジャンヴィエ
ハイ、アレッド。元気にしてる？　わたし、カリスを見つけたの。明日、一緒にあなたの大学に行くわ。そのことを知らせたくて。あなたがほんとうに心配で、大好きで、会いたいの xxx

ユニバースシティ：エピソード１――ダークブルー

UniverseCity　109,982回再生

窮地にある。ユニバースシティに閉じ込められている。助けがほしい。

下にスクロールして文字起こしを表示 >>>

[…]

君に恋をしているわけではない。だけど友よ、君にすべてを話したい。遠い昔、どうしても言葉が出てこないひどい状態に苦しめられて、何が原因でどうしてそうなるのか、自分でも説明がつかなかった。人生とはそういうものだ。

けれど、君を見ていると、自分もこんなふうに話せたらいいのにと思えてくる。ずっと遠くから見てきたけれど、君はまぎれもなくこれまでの人生で出会った最高の人間だ。君には、有無を言わさず人に自分の話を聞かせる能力がある。たとえそれを使うことはまれでも。君になりたいと半分本気で思う。どういう意味かわかるかい？　きっと、わからないだろうね。ただの繰り言だ。忘れてくれていい。

とにかく。いつか再会できたら、そのときはわたしの話に耳を傾けて、わたしをちゃんと見てほしい。こんなことを言える相手は、ほかにはいないんだ。君は今は聴いていないかもしれない。聴きたくなければ聴かなくてもいい。わたしが君に何かをさせるような人間だとでも？　とんでもない、わたしは何者でもない。だけど君は――ああ、どうしてだろう、君の話なら何時間でも聴けると思えてしまう。

[…]

5章
春学期（b）

☆ 芸術は人生を映しだす

「念のために言っておくと、わたし文無しなの」レインが、小さなフォード・Ｋａの窓から言った。

「だから、あなたたちが現金を持ってればいいんだけど」

翌朝、わたしはレインが〝大学からのアレッド救出作戦〟に加わってくれることを祈りながら電話をかけた。もちろん、彼女は二つ返事で引き受けてくれた。

「ガソリン代はわたしが出すわ」カリスが後部座席に乗り込みながら言った。レインは目を丸くして彼女を見た。

「カリスよ」カリスが言った。

「だよね」レインは言った。「マジか」そして、カリスに見つめられていることに気づいて、咳払いをした。「わたしはレイン。アレッドとはあまり似てないよね」

「双子といっても、同じ人間じゃないから」

わたしは背もたれを戻して、助手席にすわった。「北部まで車を出してもらって、ほんとうにいいの？」

レインは肩をすくめた。「学校に行くよりマシよ」

カリスが笑う。「言えてる」

レインがエンジンをかけたとき、急に思いついた。

「ダニエルにも声をかけたほうがよくない？」レインとカリスが、そろってわたしを見る。

「この計画を知ったら、きっと……一緒に行きたいと思う」

「あなたってほんと、地球上でいちばん機転の利く人間だよね」レインが言った。

カリスが肩をすくめる。「人数が多いほうが楽しいわ」

携帯を取りだしてダニエルに電話をかけ、一部始終を話す。

「オッケーだった？」レインが尋ねる。

「うん。ダニエルを迎えに行かなくちゃ」

カリスは窓の外を見つめている。

レインがバックミラーで彼女を見て言った。「大丈夫？　何見てるの？」

「なんでもない。さあ、行きましょ」

車が彼の家に着くと、ダニエルは家の外の低いレンガの塀にすわって待っていた。制服の下にえんじ色のセーターを着込み、不安発作でも起こしそうな表情をしている。

わたしはいったん助手席から出て、彼を後部座席のカリスのとなりにすわらせた。彼が腰を下ろすと、ふたりはしばらく視線を交わした。

「驚いたな」ダニエルが言った。「帰ってきたんだ」

「ええ、帰ってきた」カリスは言った。「また会えてうれしいわ」

六時間のドライブだった。はじめのうち、車内の空気はかなり張りつめていた——レインはカリスの独特の存在感に圧倒されたのか、かつてのわたしと同じように、彼女を少し警戒しているようだった。ダニエルは携帯を手から手へ移動させながら、クリスマスにアレッドに起こったことを、細かい部分までわたしに質問し続けた。

二時間ほど車を走らせたころ、レインのコーヒー休憩と全員のトイレ休憩のために、サービスエリアに立ち寄った。車に戻っていくとき、風が吹きすさぶ駐車場でレインがカリスに訊いた。「それで、いったいどこに消えてたの？」

「ロンドンよ」カリスは言った。「今はナショナル・シアターで働いていて、ワークショップなんかを運営しているの。お給料は悪くないわ」

「知ってるわ！　ナショナル・シアター。何年か前、『軍馬ジョーイ』を観に行った」レインは真剣な顔でカリスを見つめた。「資格とかは必要なかったの？」

「いいえ、誰も尋ねもしなかったわ」

それを聞いて、ダニエルは眉をひそめ、レインは何も言わなかったが、口元がニッとほころんだ。車に乗り込むカリスを横目で見て、レインがわたしにささやいた。「彼女のこと、気に入ったわ」

そのあとの車内の空気は、少し軽くなった。レインがｉＰｏｄの操作をまかせてくれたので、わたしがマデオンをかけると、ダニエルがうるさいと文句を言い、しかたなくラジオ1をかけた。カリスはサングラスをかけ、オードリー・ヘプバーンみたいに窓の外を見つめていた。

わたしはすごく緊張していた。アレッドからの返信はまだない。たぶん寮の自室にいるか、講義を受けているかなんだろう。だけど、それ以外の状況を——もっと深刻な状況を想像せずにはいられなかった。

そういうことは起こりうる。

そして、今のアレッドには誰もいない。

「大丈夫か、フランシス？」ダニエルが尋ねた。途中でカリスと席を替わり、わたしはダニエルのとなりの後部座席にすわっていた。いつになく真剣な口調で、黒い瞳がわたしをのぞき込んでいる。「彼には……誰もいない。今のアレッドには誰もいないの」

「ばか言うなよ」ダニエルは鼻で笑って、シートにすわり直した。「ここに四人もいるじゃないか。このために、俺は化学の授業をさぼったんだぜ」

高速道路のドライブには、気持ちを落ち着かせるものがある。いつもそう思ってきた。わたしはイヤホンをしてユニバースシティのエピソードを聴き、窓の外を飛び去るグレーと緑の風景を見つめた。

ダニエルはわたしのとなりで窓にもたれ、両手で携帯を握りしめている。カリスはペットボトルの水を飲んでいる。レインはラジオでかかっている曲に合わせて口を動かしているけど、わたしはイヤホンをしていて、何の曲かはわからない。わたしの耳の中では、アレッド、もしくはレディオが、「わたしにも彼女と同じくらいたくさんの物語があればいいのに」と語っている。ここにいる全員が同じことで頭がいっぱいになっているけれど、今この瞬間はひどく穏やかに感じる。少なくともわたしにとっては、この何年ものあいだでいちばんストレスを感じていない。目を閉じる。車の走行音、ラジオの音、穏やかなアレッドの声が混じり合って、ひとつの素晴らしい音楽を奏でている。

あと三十分ほどで到着するころ、わたしは言った。「なんだか、ユニバースシティの世界にいるみたい」

レインが笑う。「どういうこと?」

「レディオがユニバースシティに閉じ込められていて、彼のＳＯＳにようやく気づいた誰かが、救出に向かっているの」

「芸術は人生を映しだす」カリスが言う。「あるいは……その逆かもしれない」

☆悲しい顔をしたコンピューター

そこうするうちに、わたしたちはアレッドの大学のある町に着いた。予定していたよりもだいぶ早かった。

そこはいろんな意味で、わたしたちの町とそっくりだった。ディケンズの小説に出てきそうな背の高い建物と石畳の通り、路面店が建ち並ぶ小さな広場、町を縫って流れる川。夜の九時を過ぎていた――通りは人でにぎわい、大勢の学生たちが町を散策したり、パブで談笑したりしている。

セント・ジョンズ・カレッジをさがして車を走らせたが、たどり着くまでにたっぷり二十分かかった。建物の前に車をとめる。駐車禁止の黄色い二重線が引かれているが、レインはおかまいなしだった。建物はまるでテラスハウスのようにこぢんまりしていて、これほど小さな建物が大学のカレッジだという意味がわからなかった。けれど、中に入ってみると、周囲に広がるいくつもの建物ぜんぶが、ひとつのカレッジを構成しているのだということがわかった。

ホールに入ったとたん、途方に暮れた。右側に大きな階段があり、前方に廊下が二本延びている。

「さあ、どうする？」わたしは言った。

「アレッドは俺たちが来ることを知ってるのか」ダニエルが尋ねる。

「ええ、メールで知らせたわ」

「返事は来た？」

「ううん」

ダニエルがわたしを見下ろす。「じゃあ、俺たちは招かれざる客ってわけか」

誰も何も言わなかった。

「言い訳するわけじゃないけど、わたしたち少しパニックになってたの」レインが言った。「アレッドが今にも自殺しそうに思えて」

これまで誰も言えなかったその言葉をレインが口にしたことで、また全員が黙り込んだ。

「誰か彼の部屋番号を知ってるの？」カリスが言う。

「受付で訊けばわかるかも」

「わたしが訊いてくる」カリスは何のためらいもなく、受付デスクにいる年配の男性の方に向かっていった。その人としばらく話したあと、戻ってきた。「教えられないきまりらしいわ」

ダニエルがうめいた。

「学生の誰かに訊いてみるのは？」レインが言う。「アレッドを知っているかって」

カリスがうなずく。

「知っている人が見つからなかったら？」わたしは言う。

レインが何か言いかけたとき、知らない誰かの声が階段から聞こえた。

「ひょっとして――今〝アレッド〟って言った？」

わたしたちがいっせいに振り向くと、ボート部のロゴが入ったポロシャツを着た男子学生がそこにいた。

「えっと、はい」わたしは答えた。

「君たちは、地元の友達？」

「ええ、わたしは姉だけど」カリスが実際より十歳くらい年上の声で言った。

「ああ、よかった」男子学生が言った。

「どういうこと?」ダニエルが言った。

「それが――彼、ちょっと様子がおかしいんだ。僕は向かいの部屋に住んでいるんだけど、――まず第一に、ほとんど部屋から出てこないんだ。食事の時間にも降りてこないし、ほかにもいろいろ」

「彼の部屋はどこ?」カリスが尋ねる。男子学生が、行き方を教えてくれた。

「地元に友達がいてよかったよ」立ち去る前に、その学生は言った。「彼、すごく孤独に見えたから」

アレッドの部屋には、わたしがひとりで行くことになった。

ある意味、ほっとした。

青い絨毯が敷かれ、ひび割れたクリーム色の壁にピカピカのドアが並ぶ廊下を延々と歩いて、部屋にたどり着いた。

ドアをノックする。

「アレッド?」

返事がないので、もう一度ノックする。「アレッド、わたしよ」

何も聞こえてこない。

ドアノブを回し――鍵がかかっていなかったので、中に入った。部屋の中は薄暗く、カーテンが閉められている。わたしは照明をつけた。

そこはまるで解体現場だった。

部屋自体は、典型的な寮の部屋で、かなり狭い。わたしの部屋よりも狭いくらいだ。シングルベッド以外のスペースは数平方メートルしかなく、薄汚れた衣装ケースと、同じように薄汚れた机が置かれている。薄いカーテンからは、街灯の明かりが透けて見えた。

けれど、心配になったのは、部屋の中身のほうだ。乱雑という言葉をはるかに超えている。アレッドはそれほど散らかすほうではないのに。デスクチェアの上には大量の衣類が積み上げられ、床にはさらにカーペットを覆いつくすほど大量の衣類が散らばっている。衣装ケースはほとんど空っぽ、ベッドはぐちゃぐちゃで、シーツは何か月も換えられていないように見える。枕元のテーブルには、少なくとも十二本の空のペットボトルとノートパソコンがあり、電源ライトがひっそりと点滅している。部屋できれいなのは壁だけだ。ポスターもなければ、写真もない――ただの味気ないミントグリーンの壁。ひどく寒い――窓は開いたままだ。

机の上は、種々雑多な紙切れやチケット、チラシ、スナック菓子の袋、炭酸飲料の缶で覆われている。そこから一枚の紙を拾い上げる。文字が書いてあるのは数行だけだ。

詩　14／I――ジョージ・ハーバート：形と態の講義

・一六三〇年代

・パラテキスト――ジェラール・ジュネット

詩のテキスト形式――ページ上でどのように見えるか

・対話――強弱格

・ジョン・ウェスレーのキリスト　一七四四　一八四四　？？？？？

残りの部分は、渦を巻く線で塗りつぶされている。
そのあとも、自分が何をさがしているのかよくわからないまま、机の上の紙を調べ続ける。講義メモの中には、箇条書きがひとつかふたつしかないものがたくさんあった。学生融資機構から、来年も融資を受ける場合は、再申請の手続きが必要だという通知が何通も届いていた。
最初の手書きの手紙を見つけたのは、そのときだった。

大勢の人にとってこれほど大切な番組をやめるなんて、よくもそんなことができたものだな。自分が全部仕切っていると思っているのかもしれないが、そんな段階はとっくに過ぎている——俺たちファンがいなければ、おまえは今のポジションにいないはずだ。いいか、ユニバースシティを復活させろ。さもなければ、後悔することになる。

それから、二通目を見つけた。

アレッド・ラストのクソ野郎!!!　世界中のたくさんの人たちの楽しみを台無しにした。さぞかしいい気分だろうな。

それから三通目を。

ねえ、ユニバースシティを創らないなら、どうしてまだ生きてるの？　あなたは何千人もの人の心を引き裂いたのよ。死んじゃえばいいのに。

そして四通目。そして五通目が。

最終的に、机の上には十九通の手紙が散らばっていた。

いったいどうしてこんなことに――。そして、思い出した。数か月前に投稿された、カレッジに入っていくアレッドのあの写真を。この人たちは好きなことを書き、封筒に彼の名前を書いて、カレッジ宛てに送るだけでよかったのだ。

もう一枚、別の手紙もあった。便箋の上部には、ユーチューブのロゴと並んで、いくつかの知らないロゴが並んでいる。わたしはさっと目を通した。

親愛なるミスター・ラスト

先日来、何度かメールを差し上げましたが、返信がないため、郵便で連絡させていただくことをお許しください。私ども〈ライブ！ビデオ〉事務局は、夏のイベント〈ライブ！ビデオ　ロンドン〉にあなたをぜひ招待したいと考えております。この一年、絶大な人気を博している、あなたのユーチューブ・チャンネル〈ユニバースシティ〉のライブ・バージョンを披露することに興味はおありでしょうか。これまで、物語のポッドキャストのライブ・バージョンを上演したことはありませんが、あなたを第一号として迎えることは、私どもにとって非常に光栄なことだと考えております。

さらに、アレッドがこのオファーに返信していないことを示すフォローアップの手紙が何通かあり、わたしはひどく悲しい気持ちになった。

手紙やメモの山の下に、アレッドの携帯電話があった。切れていた電源をオンにし、知っていたパスワードを入力すると、すぐにメッセージを八件受信した。そのほとんどがわたしからで、いちばん古いものは一月上旬に送信したものだった。

一月から電源を切ったままだったんだ。

「何してるんだ?」背後から声が聞こえた。

振り返ると、アレッドが戸口に立っていた。

白いTシャツ(悲しい顔をしたコンピューターが描かれている)に、膝の破れたジーンズ。肩の下まで伸びた髪は、違う色で何度か染め、そのあとしばらく放置してあるような緑とグレーに見える。片手には歯ブラシと、歯磨き粉のチューブがある。

けれど、いちばん目を引いたのは、クリスマスに最後に会ったときからかなり痩せていることだ。もともとはとくに痩せているほうではないのに、今は顔の丸みが失われ、目が落ちくぼみ、Tシャツはまるでテントのように肩から垂れ下がっている。

口は驚きで開いたままになっている。彼は何か言おうとした。そして、突然、逃げだした。

☆声を聞きたい

彼を追って駆けだしたが、すぐに見失い、ひとりで外の暗闇に取り残された。彼が建物から出たのは間違いないけれど、どの方向に行ったのかはわからない。この寒さの中、TシャツとジーンズだけではAの芯まで凍えてしまうだろう。わたしは携帯を取りだし、連絡先リストからアレッドの名前をさがして電話をかけたが、やはり応答はない。そしてそのとき、彼の携帯が部屋にあり、もう何週間も使われていないことを思い出した。

どうすればいいだろう。部屋で待っていれば、帰ってくるだろうか。それとも、何かおかしなことを考えているんじゃないだろうか。

彼が冷静に物を考えられる状態でないのは間違いない。

振り返ってカレッジのドアを見る。

違う、こっちじゃない。

わたしは町の中心に向かって、通りを駆けだした。

アレッドはすぐに見つかった。暖かそうなコートやセーターを着た学生たちが、人生の春を謳歌するかのように（実際そうだろう）楽しげに談笑する中で、白いTシャツ一枚の姿はひどく目立っていた。

わたしが大声で名前を呼ぶと、彼は振り返ってわたしを見て、また走りだした。

どうして逃げるの？

そんなにわたしに会いたくないの？

わたしは彼を追っていくつかの階段を下り、通りの角を曲がって橋まで行った。彼はさらに右に曲がり、階段を下りて姿を消した。あとを追っていって、突然気づいた。

彼が消えたのは、ナイトクラブのドアの中だ。

クラブからは音楽が鳴り響いている。並んでいる人はいないが、すでに混み合っているのがわかる。

「やあ、お嬢さん」強いニューカッスル訛りで、ドアマンが声をかける。「ＩＤはあるかい？」

「えっと……」運転免許もないし、パスポートも持ち歩いているわけじゃない。「そうじゃなくて、わたしはただ……」

「悪いね、ＩＤがないと入れられないんだ」

一瞬、思案する。スキンヘッドの百九十センチを超える大男と議論するのが得策だとは思えない。だけど、ほかに選択肢はない。

「お願い、友達がたった今、ここに入っていったの。すごく取り乱していて、どうしても話をしなくちゃいけないの。見つけたらすぐに出ていく。約束する……」

ドアマンが同情するようにわたしを見る。腕時計に目をやり、ため息をついた。

「行ってきな、まだ十時だしな」

息をはずませて礼を言い、わたしは店の中に駆け込んだ。

そこは、ジョニー・Ｒよりひどかった。床はベトベトして汚く、壁は結露でぐっしょり濡れ、店内は暗くてほとんど何も見えず、大音量で鳴り響く古いポップ・ミュージック以外は、ほとんど何も聞こえない。とび跳ねて踊る学生たちの群れをかき分けて進む――不思議なことに、ほとんどの人がジーンズとTシャツ姿だ。おしゃれをしてジョニー・Rに集まる地元のシックス・フォーマーたちとはぜんぜん違う。迷惑そうな視線を投げてくる学生たちを無視してあちこちさがし回り、二階への階段を上がって、そこでも同じことをすると……

いた。壁にもたれている白いTシャツ姿。点滅するライトで、人工芝みたいに見える緑の髪。そっと近づいて二の腕をつかむと、彼はびくっとした。骨の動きがわかるほどの勢いで。

「アレッド！」大声で叫んだが、自分にも聞こえないほどだから、ほとんど意味はない。

あまりにも音楽がうるさくて、すべてのものが振動している。床も、わたしの肌も、わたしの血液も。

彼は初めて本物の人間を見るように、わたしを見つめている。目の下には濃い紫のクマができている。少なくとも数日は髪を洗っていないように見える。ブルー、赤、ピンク、オレンジ色が、肌で点滅している。

「何をしてるの？」わたしの叫び声は、どちらの耳にも届かない。「音楽がうるさすぎる！」

彼が口を開いて何かを言い、わたしはこれまでにないほど必死で耳を澄ましたが、何も聞きとれず、唇を読むこともできない。そのあと、彼は唇を噛んで、じっとしていた。

「すごく会いたかった」思いついたことの中で、唯一ほんとうのことを言った。きっと唇の動きで何を言ったのかわかったのだろう。彼の瞳に涙があふれ、「僕もだ」と唇が動いた。彼と一緒に過ごしてきた時間の中で、これほど彼の声を聞きたいと思ったことはなかった。

ほかにどうしていいかわからず、わたしはただ彼の腰に両腕を回し、彼の肩に頭を預けて、彼を抱きしめた。

最初、彼はじっとしていた。しばらくすると腕を上げ、ゆっくりわたしの肩に回し、そしてわたしの髪に顔をうずめた。そのまま一分ほどじっとするうちに、彼が震えているのがわかった。もう一分ほどして、自分も泣いていることに気がついた。

すごくリアルだ。自分がわたし以外の誰かになろうとしているようにも、何かを演じているようにも感じない。

わたしは彼のことを大切に思い、彼はわたしのことを大切に思っている。

ただそれだけだ。

☆誰も

わたしたちは、町の広場に行った。そこまで歩くあいだ、お互い何も言わなかった。わたしたちは手をつないでいた。

石のベンチに腰を下ろす。そうするのが正しいことに思えたから。しばらくして、そこが数か月前にアレッドがタンブラーに投稿された写真を盗撮された場所だと気がついた。

わたしが落ち込んでいるとき、いちばん人にされたくないのが、同情され、憐れまれることだ。今の彼が、単に〝落ち込んでいる〟状態とはほど遠いことはわかっているけれど、わたしはそれとは違うアプローチを取ることにした。

「それで、ずっと鬱々してたってこと?」わたしたちはまだ手をつないでいた。

アレッドの目尻にかすかにしわが寄った。たぶん笑みを浮かべたんだろう。彼はうなずいたが、何も言わない。

「何が原因なの? 特定の誰かが原因なんだったら、百パーセントたたきのめしてやる」

アレッドがまたほほ笑む。「ハエをたたきのめすことはできないよ」

彼の声が暗がりに響く——彼の声がリアルな世界に響いていることに、わたしはまた泣きそうになる。

彼の言ったことについて考える。「たぶん、そうでしょうね。ハエはすごくすばしっこいし、わたしは人生のほとんどの場面でのろまだから」

彼は声を上げて笑った。奇跡的に。

「それで、何か心当たりはあるの?」医者っぽい訊き方で尋ねる。

アレッドはわたしの手の甲を指でとんとんたたいた。「……ぜんぶだ」

わたしは待った。

「大学にいたくないんだ」

「そうなの?」

「うん」彼の目にまた涙が込み上げる。「嫌でたまらないんだ。大学のすべてが。頭が変になりそうだ」涙がこぼれ落ち、わたしは彼の手をぎゅっと握った。

「どうしてやめないの?」小声で尋ねる。

「家には帰れない。家も嫌いで。だから……どこにも行くところがないんだ」声が震えている。「どこにも行くところがないし、誰も助けてくれない」

「わたしがいるわ。わたしがあなたを助ける」

彼はまた笑ったが、笑い声はほんの一瞬で消えた。

「どうしてわたしと話してくれなくなったの?」今でも理解できなかった。「ダニエルとも」

「僕は――」彼は声をつまらせた。「怖かったんだ」

「何が怖いの?」

「僕は――これまでの人生で、困難なことすべてから逃げてきた」彼はそう言うと、いら立つように笑った。「むずかしいことに直面したとき、簡単には説明できないことを誰かに話さなきゃならないとき、いつだってきちんと向き合わずに逃げてきた。そうすれば、その困難が消えてなくなるみたいに」

「じゃあ……わたしたちとは、どうして――」

「君たちふたりに……そう……拒絶されると思うと怖くてたまらなかった。そうなるくらいなら、逃げたほうがいいと思った」

「どうして――どうしてわたしたちが拒絶すると思ったの？」

アレッドは、つないでいないほうの手で目をぬぐった。「わかった……話すよ。ダンとは……いろんなことで言い合いをした。いちばんの口論の種は、僕が好きだと言うのを彼が信じてくれないことだ。僕が嘘をついていると決めつけて、僕が彼を好きなふりをしているのは、子どものころからずっと友達で、僕が彼に同情しているからだ、なんておかしなことを言うんだ」彼はわたしの顔をのぞき込み、表情を窺った。「ひょっとして、君もそう思っているの？」

「ダニエルがそう確信していたから……」

アレッドがつらそうに言う。「ばかげてるよ。僕が――自分の気持ちをストレートに口にしないからといって……」

「ダニエルを無視することが、どうして問題解決になるの？」

彼は首を振った。「解決なんてしない。それはわかっている。ただ、ちゃんと話すのが怖かったんだ。僕がその気じゃなさそうに見えるという理由で、ダンが僕たちの関係を終わらせるかもしれない、そう思うと怖くてたまらなかったんだ。夏休みの前から、僕はずっと彼を遠ざけてきた。それは、僕が――意気地なしの大バカ野郎だからだ。そのせいで、こんなに距離ができてしまって……もう前みたいな関係に戻れるかどうかわからない……」

彼の手をぎゅっと握る。

「じゃあ、わたしとはどうして？」

「話そうとしたんだよ」アレッドはかぶせるように言い、わたしの目を見つめた。「嘘じゃない。君からメッセージが届くたびに、返事を書いた。だけど、送れなかった。読んだら僕を嫌いになるだろうと思った。そして時間がたつにつれて、その気持ちはだんだんふくらんでいった。君は僕を嫌っていて、僕が何か言ったところで、ますます愛想をつかされるだけだと思い込むようになっていった」彼の目がまた潤む。「何も言わないほうがいいと思ったんだ。そうすれば、少なくとも……僕の人生に何かいいことが残っているというかすかな期待が持てた……ユニバースシティが……なくなってしまった今となっては……」

「嫌ってなんかいないわ。実際、その正反対よ」

彼が鼻をすすった。

「ほんとうにごめん。僕はほんとうに大バカだった。もっと早く話していれば……こんなことにはならなかったのに……」

「いいの。よくわかったわ」

それはほんとうにそうだ。

思っていることを言えないことはある。言葉にするのがむずかしすぎることが。

「なぜユニバースシティを終わらせたの？」

「エピソードを配信するたびに、母から電話がかかってきた。配信をやめろ、やめなければ仕送りをとめるとか、大学に直接電話するとか言って。最初は無視していたんだけど、しまいには配信するたびにビクビクするようになって、アイデアも出てこなくなって、もうやるのが嫌になってしまった」彼は顔をくしゃくしゃにして、さらに涙を流した。「こうなることはわかっていた。母さんが僕に残されたたったひとつのものを奪い、めちゃくちゃにすることはわかっていた」

つないだ手をほどき、わたしはまた彼を抱きしめた。

しばらくふたりとも黙り込んだ。何ひとつ解決していないけど、ようやく彼の口から、彼が心に抱えていたことを正確に聞けたことで、少し気持ちが楽になった。

「わたしたち、あなたが無事でいてくれればそれでいいの」わたしはハグを解いた。「わたしたちみんな」

「みんなって――君とダニエル？」

わたしは首を振る。「カリスも来てるわ」

アレッドが固まる。

「カリスが？」もう何年もその名前を口にしていなかったような、ささやき声。

「そうよ」わたしも小声でささやいた。「カリスもここに来てるの。わたしと一緒に。あなたに会うために」

その言葉が蛇口をひねったかのように、アレッドはわっと泣きだした。涙がとめどなくあふれ出てくる。

思わず笑ってしまう。すごく不謹慎かもしれないけど、不思議と幸せを感じずにはいられない。何を言えばいいかわからず、もう一度彼を抱きしめると、彼も泣きながら笑っていることに気がついた。

☆そう思いたい

わたしたちがカレッジに戻ると、カリスとダニエルとレインは、まだ玄関ホールの椅子にすわっていた。わたしたちがドアから入り、アレッドがカリスを目にした瞬間、彼は足をとめてじっと見つめた。

カリスも立ち上がり、アレッドを見つめる。ふたりとも青い目とブロンドの髪で、以前はとてもよく似ていた。今はまったく似ていない。カリスは背が高く大柄で、すべてが鮮明で、清潔で、堂々としている。アレッドのほうは、痩せて貧弱で、肌は荒れ、服はしわくちゃで、髪は乱れ、グリーン、パープル、グレーのまだらになっている。

部屋の向こうからカリスが近づいてきて、わたしはアレッドから離れた。

「あの人とふたりきりにしてごめんなさい」というささやきが聞こえ、カリスがアレッドをハグした。

ダニエルとレインが、椅子にすわったままそれを遠慮なく見つめている。ダニエルはアレッドのやつれぶりに目を見張り、レインは家族再会の感動ドキュメンタリーでも見るみたいに目をハート型にして。

ふたりの頭に手を置いて、あまりじろじろ見ないようにそっと顔の向きを変える。

わたしが椅子に腰を下ろすと、ダニエルが尋ねる。「アレッドの様子は?」

ここで嘘をついてもしかたがない。「正直言って、最悪。だけど、少なくとも死んではいない」

半分冗談のつもりだったが、ダニエルは真顔でうなずいた。

わたしたちはやり遂げた。

アレッドを見つけた。彼を助け、救いだした――そう思いたい。

わたしたち全員がそう思っていた。カレッジのドアが勢いよく開き、トートバッグを肩にかけた、太った短髪の女性が入ってくるまでは。

わたしは椅子から立ち上がった。これまで生きてきた中で、こんなに素早く動いたことはない。入ってきた女性を見て、カリスがアレッドの腕をさっとつかみ、ドアから遠ざける。アレッドが一瞬きょとんとした顔をして、ゆっくりとドアを振り返る。

「久しぶりね、アリー」キャロルが言った。

☆あなたひとりで

全員が立ち上がっていた。膠着状態というのがどういうものかはよく知らないが、これがそうなのかもしれない。

キャロルが一瞬目を見張った。「カリス。いったいここで何をしているの」

「アレッドに会いに来たのよ」

「いまでも家族のことを気にかけていたとはね」

「相手によるわ」カリスが食いしばった歯のあいだから言った。

キャロルが眉を上げた。「それはわたしも同じ。わたしが来たのは、あなたに会うためじゃないし、あなたのことは顔も見たくない。わたしは、ほんとうの子どもとだけ話をしたいの」

「そんな資格はないわ」カリスが言い放ち、そこにいた全員が息をのんだ。

「何ですって?」キャロルの声が大きくなる。「自分の息子にどう接するか、あなたに口出しされる筋合いはないわ」

カリスの笑い声が、ホールに響き渡る。「いいえ、いくらでも口出しするわ。アレッドを自分の人形みたいに扱って苦しめ続けるかぎり」

「よくもそんなことを……」

「それをわたしに言う? ひどいのはどっちよ。あなたは犬を殺したのよ、キャロル。犬を殺したんでしょ? 小さいころから一緒に育ってきて、アレッドがあんなに好きだった犬を……」

「面倒で手に負えなかったし、生きていてもみじめなだけだったわ」

「僕に話をさせて」アレッドのほんの小さなささやきに、全員が静まりかえった。彼はカリスの手をほどいて、母親に向かった。「少しだけ外で話そう」

「あなたひとりで話す必要はない」カリスは言ったが、その場から動かなかった。

「話さなきゃいけないんだ」そう言うと、アレッドは母親に続いてカレッジのドアを出ていった。

十分待った。それからさらに十分。レインはドアまで何度も小走りして、ふたりがまだいるか耳をそばだてている。　何人もの学生が、いぶかしげな顔でわたしたちの前を通り過ぎていく。

カリスがダニエルに小声で話しかけ、ダニエルは聞きながら膝をせわしなく上下させている。わたしは椅子にすわったまま、外でいったい何が起きているのか、キャロルが彼に何を言うつもりなのか、思いを巡らせていた。

「アレッドは大丈夫だよね？」レインは六度目にわたしのとなりに来て、腰を下ろした。「きっと何もかもうまくいくよね」

「わからない」わたしは言った。正直な気持ちだった。アレッドの運命は、今夜彼がどう決断を下すかにかかっている。

「お母さんは、わたしたちがここにいることをどうして知ったんだろう」わたしたち四人が、車で六時間かけてアレッドを助けに来たちょうどその日に、たまたま彼女が来たとは思えない。

「わたしたちが車で出発するのを見たのよ」カリスが突然言った。「窓から外をのぞいているのが見えたわ」

「だけど、行き先まではわからないはずよ！」レインが言うと、カリスは笑った。「ずっと行方不明だった姉が、アレッドの親友と一緒に、長距離のドライブに備えて食料品の詰まった袋を抱えて車に乗り込んだのよ。推理するのはそれほどむずかしくないわ」

レインが何か言いかけたとき、車のドアが閉まる音がした。彼女は椅子から飛び出し、ドアを開け、「ノー！」と声を張り上げた。わたしたちがドアに駆け寄ったちょうどそのとき、アレッドと母親を乗せたタクシーが走り去っていった。

☆ 大学

「もうこれ以上悪くなることはありえないと思ったのに」ダニエルが言う。「ありえたってことか。最悪だ」

わたしたちは道路の真ん中に立ち、走り去るタクシーを見送っていた。

「行き先は、おそらく駅ね」カリスが言った。「あの人はアレッドを家に連れて帰るつもりよ」

「そんなことさせるわけにはいかないわ」わたしは言った。

レインはすでに自分の車に向かいはじめていた。車はカレッジの建物からすぐの黄色い二重線の上に、無事にとまっている。「みんな乗って」

その声に反応するまでに一瞬間があった。レインが「とっとと乗りなさい！」と叫び、わたしたちが急いで乗り込むと、車はタクシーを追って走りだした。

レインが制限速度を無視したおかげで、駅には三分で着いた。道中、ダニエルは「スピードを落とせ、みんな死ぬぞ」と叫び続けていた。車を降りて駅に入り、出発案内板を確認すると、キングスクロス行きの列車が三分後に一番ホームから出るのがわかった。わたしたちは無言でホームに向かって走った。そこに彼がいた。ベンチのそばに、母親と一緒に立っている。わたしが大声で叫ぶと――チケットがないから、改札の中には入れない――彼は振り返り、大きく目を見開いた。わたしたちが追いかけてくるのを、ずっと待っていたかのように。

「家に帰っちゃだめ！」わたしは叫んだ。暗闇をバックに、ホームがオレンジと金色に浮かび上がっている。「お願い！　アレッド！」

アレッドはわたしたちの方に一歩踏みだしたが、母親に腕をつかまれて、足をとめた。何か言いたげに口を開くが、言葉が出てこない。

「あなたを助けたいの！」そのあと何を言うつもりだったのか思い出そうとしたが、鼓動が激しすぎて、頭がうまく働かない。アレッドをあの列車に乗せてしまったら、二度と取り戻せないかもしれないということ以外、何も考えられない。「お願い！　あなたはお母さんと一緒にいる必要ない！」

キャロルはわたしに向かって舌打ちをして、わたしの言うことなど耳に入らなかったかのように背中を向ける。だが、アレッドはわたしを見つめ続けている。列車がまもなくホームに入ってくる。

「だけど、そうするしかないんだ」そう言ったように聞こえたが、ホームに到着する列車の車輪がきしむ音で、ほとんど聞きとれない。「ここにいるのはもう耐えられない。だけど、ほかに行くところはない――」

「うちに来ればいいわ！」わたしは叫ぶ。

「うちに来てもいいのよ！」カリスも叫ぶ。「ロンドンのわたしのところに！」

「あなたの家は、帰るべき場所じゃない！」わたしは続けた。「帰ったら、大学に連れ戻されるだけよ！　大学はあなたにふさわしい場所じゃないのに……」

キャロルがアレッドを無理やり列車のドアに向かって引っ張りはじめた。彼はゆっくり足を進めるが、目はまだわたしを見ている。

「あなたの決断は間違っていた。行きたくなくても、大学には行かなくちゃならないと思ってしまった。もしくは――行きたいと無理やり思い込もうとした。それが唯一の選択肢だと思い込まされてきたから」わたしは身体がふたつに折れそうなほど、全体重をかけて改札のゲートに身を乗りだす。「そんなことぜったいにない！　やっとわかったの……わたしも、同じ間違いを犯した――いえ、犯すところだったから。でも――もう間違わない……」

アレッドは重い足どりで列車に乗り込んだが、ドアのところに立ったまま、わたしを見つめている。

「お願い、お願いだから、アレッド……」彼に向かって激しく首を振るうちに、自分が泣いていることに気づいた。悲しいからじゃない。わたしは怖かった。

誰かに脇腹をつつかれ、ふと見ると、レインが両手の指を組んで、わたしの足の下に差し入れていた。何をしようとしているのか、すぐにわかった。彼女はウインクをして言った。「改札係に気づかれないうちに、さあ、早く」

組んだ手の上に足を乗せると、レインはわたしを改札の中に思いきり投げ飛ばした。改札係の駅員がわたしに怒鳴っているのがわかったが、列車に向かって走り、アレッドのいるドアの前で立ちどまった。キャロルは彼を車内に引っ張り込もうとしていたが、アレッドは動かなかった。そこに立ったまま、わたしを見ていた。

わたしは手を差しだした。

「お母さんと一緒に行かないで……ほかにも道はあるわ……あなたはとらわれの身なんかじゃない」パニックと必死さで声が震えているのがわかる。

「もしほかに道がなかったら？」彼がささやく。「もし……仕事を見つけられずに……家を出ることができなかったら……」

「わたしの家に住めばいいわ。ふたりで村の郵便局でワークシェアして、一緒にユニバースシティを創りましょうよ。きっと楽しいわ」

彼はまばたきして涙を払った。「僕は――」うつむいて地面の一点をじっと見つめている。それ以上何も言わなかったが、心を決めたのだとわかった。

「アレッド！」せき立てるような鋭い声が、彼の背後から聞こえてくる。

アレッドは母親の手を振りほどき、わたしの手を取った。

「神様、感謝します」小さくつぶやき、ふと見ると、アレッドはパープルの靴ひものライムグリーンのスニーカーを履いている。

彼は列車を降りた。

5章
春学期(c)

☆ ユニバースシティ

その日は全員でアレッドの部屋に泊まった。車で家に帰るには遅すぎた。アレッドが予備の羽根布団を一枚貸してくれたけど、眠れる気はぜんぜんしなかった。けれど、レインは「お泊まり会なんて超久しぶり！」と言ってからわずか十分で眠りに落ち、カリスも革のジャケットにくるまるとすぐに寝息をたてた。

ダニエルもそれから十五分たたずに眠りについた。制服をアレッドのTシャツとパジャマのズボンに着替え、机の下に両脚を突っ込んで。そうでもしないと、狭い部屋で五人が寝るのはとうてい無理だった。そして、アレッドとわたしだけがまだ眠らずに、ベッドで壁にもたれてすわっていた。

「さっき、大学のことで間違いを犯したと言ってたよね。あれはどういう意味？」アレッドがわたしの顔を見て、小声で訊いた。「今は――進路についてどう考えているの？」

「そうね……確実に言えることは……わたしが英文学に興味がなくて、大学で勉強したいとは思ってないってこと」

アレッドは驚いた顔をした。「え、そうなの？」

「ていうか、ほんとうに大学に行きたいのかどうかもあやしくなってきてる」

「だけど……君が何より気にかけてきたのは大学じゃなかったの？」

「大学に行かなきゃだめだと思い込んでいたから。それに、いい成績を取るのが得意だったから。だから、いい人生を送るにはそれしかないと思い込んでいた。だけど……そうじゃなかった」

一瞬口をつぐんだ。

「わたしね、あなたとユニバースシティを創っているときは、生きてるって感じるの。勉強しているときは、そんな気持ちになれないのに」

アレッドがわたしを見つめる。「どういう意味？」

「あなたと一緒にいると、ありのままの自分でいられるの。そのわたしは……ほかの人がそうだからとか、学校がそうしろと言うからという理由で、あと三年も英文学を勉強したくないと思っていて……そのわたしは、高給を稼げるという理由だけで、オフィスワークに就きたくないと思っているの。そのわたしは、自分のやりたいことをやりたいと思っているの」

アレッドは小さく笑った。「君のやりたいことって？」

わたしは肩をすくめて、笑みを浮かべた。「まだわからない。ただ……そのことについては、もう少しよく考えなきゃいけないと思っている。自分の決断を後悔しないように」

「僕みたいに」アレッドはそう言ったが、ほほ笑んでいる。

「そういうこと」わたしが言い、ふたりとも笑った。「だけど、何だってできるわ。やろうと思えば、鼻ピアスだってできる」

わたしたちは、また笑った。

「美術はどうなの？」

「美術？」

「君はアートが好きだよね？　美術大学に進学するのはどうかな。絵がすごく上手だし、いつも楽しんで描いているし」

それについて考えてみる。真剣に。そのことをわたしに提案したのは、アレッドが初めてじゃない。それに、間違いなく楽しめる自信がある。
ほんの一瞬、すごく素晴らしい考えのように思えた。

そのあとのことで覚えているのは、夜中に目が覚めて、ダニエルとアレッドの話し声を聞いたことだ。ほとんど聞きとれないほどのささやき声だった。アレッドはベッドでわたしのとなりにいて、ダニエルは床から彼を見上げているようだった。盗み聞きしていると思われないように、すぐに目を閉じる。

「え、よくわからないな」ダニエルの声。「それって、セックスを一切したくない人のことを言うんじゃないの？」

「そういうタイプの人もいると思う……」アレッドが言う。少し緊張しているみたいだ。「だけど、アセクシャルというのは……むしろ……誰にも性的魅力を感じない人のことを言うんだ」

「そうなんだね」

「中には……自分を部分的にアセクシャルだと感じる人もいて……よく知っているごく親しい人にだけは性的魅力を感じる人もいる。精神的なつながりのある人ってことだけど」

「なるほど。で、君はそのタイプだってことだ」

「うん」

「そして、俺に惹かれている。俺のことをよく知っているから」

「うん」

「よく知らない誰かに惹かれるなんて、ぜったいにないってことか」

「うん」一瞬沈黙があった。「それを〝デミセクシュアル〟と呼ぶ人もいて……呼び名はどうでもいいんだけど――」

「デミセクシュアル？」ダニエルはくすっと笑った。「初耳だな」

「だよね。だけど、言葉はどうでもよくて……僕が知ってほしいのは、僕が実際にどう感じてるかってこと。大切なのは、どう感じてるかってことだ」

「わかった。ちょっとややこしいけど」ガサゴソという音。ダニエルが寝返りを打ったのかもしれない。「そういうこと、ぜんぶどこで知ったの？」

「インターネットで」

「話してくれればよかったのに」

「くだらないと言われるかもしれないと思って」

「人のセクシュアリティをどうこう言えると思うか？　ゲイのこの俺が」

ふたりとも穏やかに笑った。

アレッドが続ける。「僕はただ、カミングアウトしたくない理由を、君にわかってほしかったんだ。決して君を好きじゃないとかそういうことじゃないことを――」

「いいよ、わかった。よくわかった」

「それと、怖かったんだ……どう説明すれば君に信じてもらえるかわからなくて。それで、少しずつ君を避けるようになった……そのことで、君を好きじゃないと誤解させてしまった……そうなってからは、君に話しかけたら別れを切りだされるんじゃないかと怖くなった。ほんとうにごめん。あんなひどい態度をとって――」

「ひどいどころじゃない。クソ野郎だ」ダニエルがおどけたように言い、ふたりは声をひそめて笑った。「もういい。俺も悪かった」

アレッドが羽根布団から手を出すのがわかった。ふたりは手をつないでいるんだろうか。「僕たち、前みたいになれるかな」アレッドが小声で言う。「元の僕たちに戻れるかな」

ダニエルが答えるまで、しばらく間があった。

「もちろん、戻れるさ」ダニエルは言った。

翌朝カリスが、歯を磨くまではどこにも行かないと言い、アレッドとわたしは全員分の歯ブラシを買いにドラッグストアに出かけた。しばらくすると戻ってきた。アレッドは毛染めを見に行くと言ってふらりと離れ、しばらくすると戻ってきた。部屋に帰ったら染めてあげようかと訊くと、彼はうんと答えた。

アレッドは髪をきれいに洗ってデスクチェアにすわり、わたしは文房具店で買ってきたハサミを手に、うしろに立つ。

「フランシス……」明らかに怯えた声。「もし君のカットがひどかったら、ウェールズまで逃亡して、髪が伸びるまで戻ってこないからね」

「心配ないって！」わたしは空中でハサミを鳴らした。「わたしを信じて。美術の成績はAなんだから」

アレッドのベッドにすわっているレインが笑う。「ヘアカットの実技はなかったでしょ？」

わたしは振り返り、彼女にハサミを向ける。「もしあれば、パスしていたはずよ」

全体的に、数センチカットする。まだ耳は隠れているけれど、かなりすっきり見える。切り終えたあと、中世の騎士の従者みたいに見えないように、軽くレイヤーを入れてみる。わたし的にはおおむね満足な仕上がりだったし、アレッドもこれまで美容院でやってもらったどんな髪型よりもいいと言ってくれた。

カットが終わった髪を、全員でブリーチする。かなり時間がかかったあげく、髪は黄色とオレンジのまだらになり、わたしはあまりにもおかしくて、自分の携帯で何枚も写真を撮る。

それが終わると、アレッドにごついデニムジャケットのミュージシャン（髪はあごより少し長く、色は淡いピンク）のGIF画像を見せられ、わたしたちはそれを参考に彼の髪をパステルピンクに染める。完成した彼の髪は、ユニバースシティで語られていたレディオそのものだった。

レインの車に乗り込み、五分ほど走ったところで車が故障した。

彼女は路肩に車をとめ、しばらくじっとすわっていたが、やがてボソッと言った。「これって悪い冗談？」

「家からこんなに遠く離れた場所で故障したら、どうすればいいの？」わたしは尋ねた。

「呼んだら来てくれる修理会社はないの？」ダニエルが尋ねた。

「わかんない」レインは言った。「これまで故障したことなかったから」

全員で車から降りた。

「どこに電話すればいいんだろう」わたしはカリスに目を向けた。

「こっちを見ないでよ。所得税の払い方は知っているけど、車のことは何ひとつ知らないんだから。わたし、ロンドンに住んでるのよ」

アレッドとわたしはもちろん、ダニエルも免許を持っていない。全員がその場に立ちつくした。

カリスがため息をつき、ポケットから携帯を取りだす。「ちょっと待って、ググってみるから」

「どうしても帰らなきゃいけないんだ」ダニエルが言う。「化学の授業をもう三回も休んじゃって、これ以上休んだら、ついていけなくなる」

「列車ならいつでも帰れるわ」わたしは言った。

「ケントまで帰るには、九十ポンドくらいかかるだろ。調べたんだ」

「僕が出すよ」アレッドが言い、全員が彼を見た。「最近はほとんどお金を使っていないし、少し前に学生ローンが振り込まれたばかりだから」

「だけど、わたしの車はどうなるの?」レインが芝居がかった調子でボンネットに覆いかぶさり、片手でなでる。「この子を置いては行けないわ」

「アレッドの荷物もあるしね」ダニエルが言う。

カリスがため息をついた。「わたしが残るわ、レイン。車のことは、ふたりでなんとかしましょ。三人は列車で帰ればいいわ」

「ほんとに?」わたしは言った。

「ええ」カリスがにやりと笑った。「どっちにしても、彼女と話がしたかったし」そう言って、ボンネットをやさしくなでながら、よしよしとなだめているレインを指さす。

「何を話すの?」

「数学の問題を解くのが苦手な人にとっての、大学に代わる選択肢とか」カリスは肩をすくめた。

「学校では教えてくれないことを」

ダニエルは勉強すると宣言していたが、列車に乗り込むとすぐに眠ってしまった。わたしがアレッドとテーブルをはさんで言葉を交わすうちに、話題はユニバースシティへと移っていった。

「このまま終わらせたくない」わたしは言った。

アレッドは息を吸い込み、「僕もだ」と言った。

「わたしは、再開させるべきだと思う」

「そうだね……できればそうしたい」

「じゃあ、やる？」

「たぶん」と彼が言い、そのあとすぐに新しいエピソードについての話し合いが始まった。トゥールーズは、次のエピソードで、〈死者の門〉の回での突然の失踪から、劇的な復活を遂げることになり、さらに紺青《ダークブルー》ビル、二月の金曜日、ユニバースシティそのものにまつわる、長めのサブストーリーのプランも練りはじめた。そのうちに、ふたりで交互にセリフをささやき、アレッドがそれを携帯に書き留めた。そうこうしているうちにダニエルが起きてしまい、わたしたちのしていることに気づくと目を丸くしてにやりと笑った。彼はもう一度寝ようとしたが眠れず、わたしたちの話を黙って聞いていた。


「少なくとも三週間は、皿洗いをしてもらわなくちゃね」電話の向こうでママが言った。わたしたちはまだ列車の中にいて、家まではあと半分くらい道のりが残っていた。アレッドとダニエルが眠っているので、通路を歩いて車両と車両のあいだのドアのところに移動する。「それと、来月は土曜の夜に観る映画はぜんぶわたしが決める。九十ポンドなんて金額を、気軽にポンと出すことはできないのよ。もしできるなら、そうしていたわ。このあいだホームセンターで、犬がおしっこしている形の噴水があったの。八十ポンドしたから、迷ってすぐには買えなかった。フランシス、わかる？　わたしは今、わが家に必要な支出の話をしているの、あなたが列車に乗るために、わたしがどんな支出を犠牲にしようとしているのか――」

「わかった、わかった、それでいいわ」わたしはニヤリと笑った。「土曜日の映画はママが選んでいい。『シュレック』じゃなければね」

「『シュレック2』はどう?」

「『シュレック2』ならいいわ」

ママが笑い、わたしは列車のドアに頭を預けた。列車はどこかの町を通り過ぎていく。どこの町だろう。今どのあたりを走っているのかもわからない。

「ママ」わたしは言った。

「どうしたの?」

「わたし、大学で英文学を勉強したくない」

そう言って、しばらく黙った。「大学にも行きたくない」

「そう、フランシス」ママはがっかりしていないようだった。「それでいいわよ」

「いいの?」ちょっと信じられなかった。

「ええ」ママが言った。「何も問題ないわ」

☆ 新たなる声

アレッドのショーは、その日のメイン・イベントのひとつで、午後四時にいちばん大きなステージで開催される。アレッドが準備を整え、スタッフたちと一緒にリハーサルをするあいだ、ほかのユーチューバーのステージを観て時間を過ごした。パフォーマンスを披露しているのはミュージカル・コメディアンの女性だった。彼女はタンブラーについてあれこれ話し、ステージに登場した俳優ふたりにインタビューをして、ドラマ『スーパーナチュラル』の曲を何曲か歌った。

ふと気づくと、どこかで見たことのある女性がとなりに立っていた。髪は漆黒、もしくは濃い茶色で、眉が隠れるほど前髪を分厚く垂らしている。少し疲れた感じで、自分がどこにいるかわからないように、ステージをぼんやり見ている。

わたしがたっぷり十秒ほど見つめていると、彼女が視線を返した。

「前に会ったことあるわよね」わたしより先に、彼女が言った。「ヒッグス女子校に通ってた?」

「ええ、何年か前に。そのあとアカデミーに移ったけど……」言葉が途切れる。

彼女は視線を上下させて、わたしを見た。「ドクター・フーのコスプレをしてた? パーティーで」

わたしは驚いて、思わず笑った。「してた!」

それから、一瞬ふたりとも黙った。

「アカデミーはどう? 勉強にかなり力を入れるようになったと聞いたけど。わたしの移った学校

「わたしたち、学校ってそういうところでしょ？」

わたしたちは目配せをして笑った。

彼女はまたステージに向き直った。「あやうく学校に殺されるところだったわ。終わってせいせいした」

「わたしも」わたしはにっこりして言った。


そのあと、わたしは舞台裏に急いだ。時間をちゃんと見ていなかったから、遅れないためには走らなきゃならなかった。

舞台裏の通路を駆け抜けようとしたとき、ヘッドセットをつけた全身黒ずくめの女性に呼びとめられたが、「レディオの関係者よ」と言って、首から下げたパスを振って見せると、すぐに行かせてくれた。きっとファンに見えたんだろう——ティーンエイジ・ミュータント・ニンジャ・タートルズのレギンスと、バンドのロゴが入ったオーバーサイズのスウェットという格好だから。ずんずん先に進む。何も書いていない扉をいくつも抜けた先に、ようやく左向きの矢印と〈ステージ〉の表示があった。

そこを左に曲がり、階段を数段上る。〈ステージ〉と書かれた扉を抜けると、そこは舞台裏の暗がりだった。滑車やロープやワイヤーがいたるところにあり、照明や機材が置かれ、銀のテープがあちこちにベタベタ貼られている。黒い服を着た男女が慌ただしく行き交う中、台風の渦に巻き込まれたように右往左往していると、ようやくひとりの男性が立ちどまって「クリエイターと一緒に来てるの？」とわたしに尋ね、わたしはそうだと答えた。

彼はニカッと笑った。かなり大柄で、ひげを生やし、ｉＰａｄを持っている。少なくとも三十歳にはなっていそうだ。

「そりゃ、すごい。じゃあ、クリエイターを知っているんだね。うらやましいな。僕はまだ会えていないんだ。アレッドという名前だというのは聞いたけど、どんな人かはぜんぜんわからなくて。ヴィッキーは見たと言っていたけどね。今はステージの右手でスタンバイしているはずだよ。とにかく、彼のステージが楽しみだ。待ちきれないよ」

何と言っていいかわからず、わたしは急いでその場を離れ、カーテンとレンガの壁にはさまれたステージ裏の狭い通路を走り抜けた。壁際にライトが並んでいて、誘導灯に導かれて着陸する飛行機になった気分だ。

ステージの右手は、左手にくらべるとがらんとしていた。ステージのそばに三つの人影があり、ふたりの人がもうひとりに何か説明している。

アレッドだ。

わたしは息をのむ。

現実だとは、とても信じられない。

いいえ――信じられる。なんて素晴らしいんだろう。夢みたいだ。

三人がわたしに気づいたらしく、暗闇から明かりの下に出てきた。アレッドと、舞台スタッフふたり――青い髪の二十代前半らしき男性と、ドレッドヘアの四十代らしき女性だ。

アレッドがわたしに向かって歩いてくる。想像できるかぎり最高に奇妙で、最高に素敵だ。彼は緊張した表情で一瞬わたしの目を見つめ、ぎこちない笑みを浮かべて下を向く。手は手袋をもてあそんでいる。わたしはにっこり笑って彼の全身に目を走らせる。まぎれもなく、レディオだ。あのクレイジーなパステルカラーの長い髪を耳にかけ、スリーピースのスーツ、ネクタイ、手袋を身につけて。新たなファンアートの波が押しよせる予感がする。きっとファンは熱狂するだろう。

「すごく素敵よ」これはお世辞じゃない。彼は文句なしに素敵だ。地平線から昇って雲のあいだに浮かぶ新たな太陽にでもなれそうで、笑顔で誰かを殺すことさえできそうで、世界でいちばん素晴らしい人間に見える。

わたしのポケットには、美術大学の合格通知がある。アレッドはそのことをまだ知らない。こんなにわくわくするのは生まれて初めてだ。だけど、今はまだ話すつもりはない。あとで伝えて驚かせるつもりだ。

今日はほんとうに最高の一日だ。

「僕は――」彼は何か言いかけたが、最後まで言わずに口をつぐんだ。

客席の明かりが消え、観客がざわめき、歓声を上げた。わたしたちはステージの袖にいて、右側のパイプに取り付けられた小さなデスクランプの明かりでしか、お互いを見ることができない。

「二十秒前」ドレッドヘアが言う。

「うまくいくよね？」アレッドの声は震えている。「台本は……あれでよかったよね？」

「ええ、いつもどおり完璧よ。でも、わたしがどう思うかは関係ない。これはあなたのショーなんだから」

アレッドが声を上げて笑う。かなりレアで、美しい現象だ。「君がいなければ、僕はここにいなかった。君は最高の大バカ野郎だ」

「わたしを泣かせないで！」

「十秒前」青い髪が言う。

〝それでは、このイースト・コンサートホールに、新たなる声をお迎えしましょう……〟

彼の顔が蒼白になった。嘘じゃない。わずかな明かりの中でも、顔から笑みが消え、ほんの一瞬、息絶えたのがわかった。

〝チャンネル登録者が七十万人を突破し、社会現象を巻き起こしたユーチューブの新星……〟

「みんなが気に入らなかったらどうしよう」ようやく聞きとれるほどの小さな声。「みんな最高のステージを期待しているのに」

「みんなのことは関係ない。これはあなたのショーなの。あなたが気に入れば、それが最高のステージなの」

〝この三年間、ベールの陰に隠れていた謎の学生……〟

ステージがぱっと輝き、色とりどりのフラッシュライトがコンサートホールを飛び交う。「ナッシング・レフト・フォー・アス」のベースのイントロが流れはじめると、アレッドはギターを取り、ストラップを肩に掛けた。

「ああ、神様」わたしは言った。「どうしよう、始まっちゃう、ああ、神様……」

「五秒前」

〝謎に包まれた……〟

「四秒前」

〝前代未聞……〟

「三秒前」

〝空前絶後の……〟

「二秒前」

〝カリスマ・クリエイター……〟

「一秒前」

〝レディオ……サイレンス！〟

彼がステージのライトの中に足を踏み入れたとき、わたしに見えたのは、彼の後頭部とスーツのジャケットからほんの少しのぞく首のうしろだけだった。心臓がとまるかと思うほどの音量で音楽が宙に放たれる中、彼はゆっくりとステージに向かっていく。わたしは息を殺し、すべてを目に焼きつける。聴衆は総立ちになり、ようやく生のレディオを見ることができる歓喜に沸いている。彼がステージの照明の中に足を二歩踏みだしただけで、これほどたくさんの人を笑顔にできるなんて、夢を見ているみたいだ。

ステージの左の袖では、正体不明のクリエイターをひと目見ようと、スタッフたちが押し合いへし合いしている。アレッドが手袋をはめた手を高く振り上げ、わたしは客席に目を向ける。どの顔も笑顔だ。レディオのようにスーツと手袋を身につけている人が大勢いる。ほかにも、チェスターやアトラス、今年になって登場した新しいキャラクターのマリーン、ジュピター、アトムのコスプレをした人もいる。ステージの近くに、トゥールーズに扮した女の子を見つけて、胸がいっぱいになる。

わたしは、ステージにいるパフォーマー――アレッドであれ、レディオであれ、誰であれ――がマイクをつかみ、口を開けるのを見つめる。そして、彼が観客に向かって大声で放つその言葉を、一緒につぶやく。

「ハロー。誰か聴いてくれているといいけど」

ユニバースシティ ライブ at〈ライブ! ビデオ ロンドン 2014〉

Live! Video［公式］　　1,562,979回再生

9月16日公開：
8月22日、イースト・コンサートホールで行なわれた〈ライブ！ビデオ　ロンドン2014〉での、レディオの登場シーン。初めて公の場に姿を現したレディオが、失われた弟《ロスト・ブラザー》捜索の顚末と、ユニバースシティからの脱出ルート探索にまつわる最新の状況について語り、さらに、ユニバースシティや全国に散らばるその姉妹都市の将来について意見を述べている。

追記：
レディオは世界的な人気を集めるポッドキャスト・シリーズ〈ユニバースシティ〉のクリエイターである。彼のポッドキャストは2011年3月以来、ユーチューブで1000万回以上再生されている。各エピソードは20分から25分で、シリーズ全体を通して、ユニバースシティの学生たちが、シティの秘密、陰謀、偽善を暴いていく冒険を、シティからの脱出を図る謎の学生、レディオ・サイレンスの視点から描いている。
［転載不可］

謝辞

わたしの二作目となる本書の執筆中、サポートしてくれたすべての人に感謝します。長い時間がかかったけれど、ついにここまでたどり着くことができました！

わたしが仕事をする上で、なくてはならない人たち、エージェントのクレア、編集者のリジー、サム、ジョセリン。みんなのおかげで、自分の書いているものは素晴らしく、決してひどくはなく、すべてが順調だと信じ続けることができました。あなたたちの存在がなくては、わたしはここにいなかったでしょう。

そして、両親と弟に感謝。いつも最高の家族でいてくれてありがとう。

地元の素晴らしい友人たちにも感謝。会えばいつでも笑い合い、ハグして、車の中で一緒に歌えると思うと、すごく心強かったわ。大学時代の素晴らしいルームメイトのみんな、わたしをなんとか正気でいさせてくれてありがとう。そして、大切な友達、ローレン・ジェイムズに感謝。あなたがいてくれたから、どんなときもこの作品を信じ続けることができました。

ユニバースシティのインスピレーションの源泉で、掛け値なしに素晴らしいポッドキャスト『Welcome to Night Vale（ナイト・ヴェールへようこそ）』にも感謝します。

そして読者のみなさんに心からの感謝を。はじめての方も、どうしても作家になりたいとタンブラーに投稿していた二〇一〇年のころからわたしを知っている方も、あなたが誰であれ、どのようにこの本を見つけてくれたのであれ、わたしは、わたしたち全員のためにこの本を書きました。

アリス×

訳者あとがき

ベストセラーLGBTQ+コミック『ハートストッパー』の作者、アリス・オズマンのデビュー二作目となる長編小説『レディオ・サイレンス』をお届けします。

フランシス・ジャンヴィエは、学年トップの成績で生徒会長を務める優等生。学生生活のほとんどを、ケンブリッジ大学に入学するために費やしてきました。周囲からは勉強にしか興味のない退屈な子だと思われていますが、ひそかに楽しみにしていることがあります。それは〈ユニバースシティ〉というポッドキャストのドラマを聴くことと、そのファンアートを描くこと。

アレッド・ラストは、男子校に通う寡黙な秀才で、名門大学への進学が決まっています。彼が〈ユニバースシティ〉のクリエイター、レディオ・サイレンスであることは誰にも気づかれていません。

そんなふたりが偶然出会い、周囲には知られていないもうひとつの顔を明かすうちに、友情を深めていきます。やがて、思わぬことから番組が注目されることになり、ふたりの信頼関係を打ち壊すある出来事が起こります……。

著者のアリス・オズマンは、一九九四年イギリスのケント州生まれ。二〇一四年に『ソリティア』で小説家デビュー。その後、二作の中編小説を刊行したあと、二〇一六年、二十一歳のときに本作を発表します。大学在学中に執筆したこの作品について、アリスは、自身の体験がベースになっていると明かしています。主人公のフランシスと同様、学業優秀だったアリスは、いい学校に入ることを周囲から期待され、そのことに疑問を持たずに名門大学に進学しますが、そこで学ぶことを楽しめない自分に気づきます。自分はいったい何者なのか、自分に喜びをもたらすものはいったい何なのか……そんな切実な模索の中から、やがて小説を書くこと、グラフィック・ノベル（コミック）を描くことへの道を拓いていきます。

そんな著者自身が投影された主人公のフランシスは、表向きはまじめな優等生ですが、じつはオタク気質で、絵を描くことや、ポップな服装が大好き。そんな彼女と同じ価値観を持つアレッドもまた、母親からの強いプレッシャーで大学に進む以外に道はないと思い込まされています。『ハートストッパー』で、主人公チャーリーのシャイで物静かな友達として描かれているアレッドの内に秘めたクリエイティブな才能と、背景の深刻さには驚かされずにはいられません。アレッドとの交流にフランシスは喜びを見いだしていきますが、作中で彼女が宣言するように、ふたりは恋愛関係にはなりません。これもこの作品の大きな方向性を示しています。大学には行くものだ、恋愛はするものだ、就職はするものだ――そういった世間の規範に捉われることの息苦しさと、それらは選択肢のひとつにすぎず、どんな道を選んでもいいのだという希望が、作品を通して力強く描かれていきます。

作品の大きな魅力のひとつが、ふたりを取り巻く登場人物たちの生き生きとした描写と、その多様性でしょう。アレッドの双子の姉でレズビアンのカリス、韓国にルーツを持つボーイフレンドのダニエル、フランシスの友人のインド系のレインとは、人種、セクシュアリティ、学力、家庭環境、親の経済格差といった違いを超えてつながっていきます。また、フランシスとアレッドの母親の子どもへの向き合いかたの違いは鮮明で、まさに〝親ガチャ〟という言葉を思い浮かべずにはいられません。立場の違いや多様性を、もう一段踏み込んで描いている点で、『ソリティア』からさらにバージョンアップした作品になっていると言えるでしょう。

本作は一連のシリーズからは独立した作品ですが、『ハートストッパー』や『ソリティア』の登場人物がカメオ的に登場するところも見逃せません。どの場面で、どのキャラクターが登場するかを見つけるのも楽しみのひとつです。

彼女の作品を、イギリスでの刊行年順に紹介します。

〈小説〉
長編『*Solitaire*　ソリティア』（２０１４）
中編『*Nick and Charlie*　ニック・アンド・チャーリー』（２０１５）
中編『*This Winter*　ディス・ウィンター』（２０１５）
長編『*Radio Silence*　レディオ・サイレンス』（２０１６）本書
長編『*I Was Born for This*』（２０１８）未訳
長編『*Loveless*』（２０２０）未訳

〈グラフィック・ノベル（コミック）〉

『*HEARTSTOPPER*　ハートストッパー』1巻（2019）／2巻（2019）／3巻（2020）／4巻（2021）／5巻（2023）

ちなみに、本作のタイトル『*Radio Silence*』は、ラジオの放送休止期間のこと。転じて〝音信が途絶えた状態〟という意味があります。

本作は、優れたヤングアダルト小説に贈られるインキー賞を二〇一七年に受賞しました。

二〇二四年五月

石崎比呂美

著　者

アリス・オズマン

Alice Oseman

作家・イラストレーター。1994年生まれ。17歳の時に初めて出版契約を結び19歳の時に小説『Solitaire ソリティア』（小社刊）で作家デビュー。その後本作、『I Was Born for This』『Loveless』（共に未訳）『This Winter ディス・ウィンター』『Nick and Charlie ニック・アンド・チャーリー』（小社刊）などの小説作品を刊行。2016年に『HEARTSTOPPER』をWEBで発表するやいなや、多くのファンに支持され2019年にペーパーバック版を刊行し、2022年にはNETFLIXドラマ『HEARTSTOPPER』シリーズが配信され、その脚本も手掛ける。普段は存在の無意味さを問いかけながら、ボーっとパソコンの画面を見つめている。オフィスワークを回避するためなら何でもやる。イギリス・ケント州出身。

♡ www.aliceoseman.com
♡ Instagram @aliceoseman
♡ X @AliceOseman

訳　者

石崎比呂美

Hiromi Ishizaki

翻訳家。大阪府出身。主な訳書にアリス・オズマン『ソリティア』『ディス・ウィンター』『ニック・アンド・チャーリー』、キャサリン・メイ『冬を越えて』、ロザムンド・ヤング『牛たちの知られざる生活』、ジェニファー・ニーヴン『僕の心がずっと求めていた最高に素晴らしいこと』などがある。

〈メンタルヘルスについての相談先〉

メンタルヘルスや心の病に関する情報やサポート、
ガイダンスを提供する機関の一覧です。

○厚生労働省 こころもメンテしよう
https://www.mhlw.go.jp/kokoro/youth/

○チャイルドライン（18歳までの子ども専用）
https://childline.or.jp/

○摂食障害情報ポータルサイト
https://www.edcenter.ncnp.go.jp/edportal_general

○摂食障害全国支援センター：相談ほっとライン
https://sessyoku-hotline.jp/

○特定非営利活動法人 SHIP
https://ship.or.jp/

○にじいろtalk-talk
https://twitter.com/LLinq2018/

○よりそいホットライン
https://www.since2011.net/yorisoi/

※掲載データは2024年5月現在のものです

装　丁　　藤田知子
校　正　　阿部真吾
編　集　　小泉宏美

Radio Silence

レディオ・サイレンス

2024年 6月24日　初版 第1刷 発行

著　者　アリス・オズマン
訳　者　石崎比呂美

発行者　住友千之
発行所　株式会社トゥーヴァージンズ
〒102-0073　東京都千代田区九段北4-1-3
電話：(03) 5212-7442
FAX：(03) 5212-7889
https://www.twovirgins.jp/

印刷所　中央精版印刷株式会社

ISBN 978-4-910352-79-4

Printed in Japan

定価はカバーに表示しています。

JASRAC出 2404087-401